彼岸文丛
BEYOND

佩格传奇（第一部）
懦夫与野兽
The Coward and the Beast

[土耳其]巴里希·穆斯特贾布奥洛 著
方凡 顾晔 高莹 谢国建译

ZHEJIANG UNIVERSITY PRESS
浙江大学出版社

儒夫与野兽

目录
CONTENTS

目 录
CONTENTS

懦夫与野兽

The Coward and the Beast

无至善之人，亦无至恶之人。

如果结束战争是英雄之举，那么就从与自己和解开始做起。

Tho-en Kurme, Ancestors—97th statement

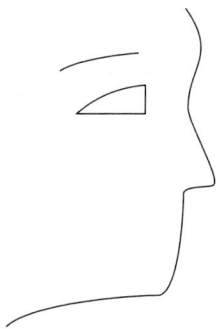

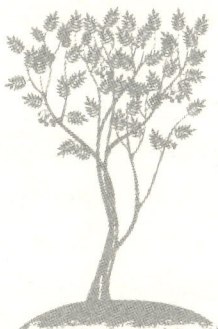

引 子

　　哈尔库冲着忧心忡忡地站在山洞入口处的妻子和儿子生气地喊道："胆子大点吧！我可不想因为一个愚蠢的传闻就不能按时赶去参加婚礼！"

　　妻子阿尔美紧握着年幼儿子的手，问："万一传闻是真的呢？"

　　从她脸上的表情看，与其说她在担心自己的安全，不如说她更担心儿子的安全。注意到这一点后，哈尔库随即压低了说话声音。他温和地笑笑，说："好啦，我们将决定权留给叔叔。假如他不愿从山洞穿过，我们就不走山洞。要是那样，我们就必须绕过这座该死的山。十有八九等到宴会快结束时，我们才能到达婚礼现场——如果那样也算准时参加婚礼的话。"

　　阿尔美极不情愿地接受了他的提议。如果由她做决定，她根本不会去参加婚礼。一想到整晚都要跟那些乏味的人一起度过，她就浑身不自在；走进那个阴森恐怖的山洞更使她不安。但她不想跟挚爱的丈夫发生争执，新郎是丈夫最好的朋友之一。她得善解人意。

阿扎尔戈叔叔气喘吁吁地到了。没人知道他到底有多大年纪了，但他是看着这两个年轻人长大的。他有些尴尬，说："我亲爱的孩子们，不服老不行啊。我在你们这个年纪的时候爬这座小山简直是身轻如燕。如今我恐怕连小孩子都追不上了。"他一边说，一边亲昵地冲那个牢牢抓着母亲手的小男孩眨眨眼。

"叔叔，您不用担心，"哈尔库回答，"我们一直都在这里。我们正犯难，不知道该走哪条路好。阿尔美坚持不走山洞。她说这个山洞受到了诅咒，还说格里索就是在里面失踪的……难不成仅仅因为这个傻瓜的失踪就让我不能按时赶去参加婚礼吗？"

"失踪的不仅仅是格里索，"阿尔美反驳道。她乌黑的双眼闪烁着火星样的两点亮光。"格里索确实疯疯癫癫。希斯科特的羊羔可比你机敏得多，它们不也消失得无影无踪吗？这些可怜的动物在山洞外面吃草时突然不见了。你怎么解释呢？"

哈尔库耸了耸肩，壮着胆说："只不过是一个疯子和几只羊而已。或许山洞中有豺狼。尽管叔叔这把年纪了，但他一个人就能轻松解决掉十几只豺狼。我真不明白有我在你身边，你还怕什么！"

阿扎尔戈叔叔咳嗽了一声打断了他们的争论，夫妻二人静了下来。阿扎尔戈慢悠悠地说："我认为应该由我们中间最明智的人来做决定。缄默是明智的体现。我建议让这里最沉默的人来决定。"

他微微弯下腰，摸了摸孩子的下巴说："列奥弗德，你有什么看法？关于这个山洞的一切传闻你都听说过。你害怕进去吗？"

列奥弗德在地上踢土的脚停了下来，骄傲地喊道："我什么都不怕！"他挣脱了母亲的手朝着山洞走去。"快点！爷爷！我们一起进去！我们来保护爸爸妈妈！"

哈尔库高兴地笑了。这才是自己的儿子！阿尔美不得不点头认输。这个世界上最难的事就是对孩子说不。阿扎尔戈叔叔个子很高，因而无法跟列奥弗德手拉手地走。他先点燃了自己的火把，然后摸了摸孩子的金发，说道："我们先走。"

哈尔库和阿尔美也点燃了火把，跟在阿扎尔戈叔叔和儿子后面进入了山洞。哈尔库对他们行进队伍的顺序感到满意。假如山洞中有豹——可能性不大——它们会从背后偷袭，阿尔美紧握住自己的长剑，像个真正的卡迪女子。看起来若有不测降临到孩子身上，她的剑刃肯定会首先落到犟脾气的丈夫脑袋上，然后才是敌人头上。

走在山洞中，列奥弗德陷入了沉思。他非常喜欢格里索。其他的孩子不是朝格里索扔石子就是取笑他走路一瘸一拐的样子。为此，列奥弗德跟这帮孩子不知道打过多少架。格里索的不辞而别令列奥弗德不安。也许妈妈是对的——有可能这个山洞跟格里索的失踪有关联。望着阿扎尔戈微弱火把光下依稀可见的洞壁，列奥弗德感到战栗不安。尽管已经穿过这个山洞好多次了，但他心里仍七上八下。

他感觉到阿扎尔戈的大手轻轻地拍着他的头，他应该信任这只大手的主人。关于阿扎尔戈的故事他已经听得多了。跟卡迪最优秀的武士之一在一起还感到害怕的话，那真是太愚蠢了。列奥弗德重复着爸爸的话："一个疯子和几只羊……"但一想起格里索那张和蔼可亲的脸，列奥弗德为把他看成一个疯子而感到羞愧。

他不是疯子，列奥弗德想，他只不过有点与众不同罢了。他只要一发现有趣的东西便立刻拿给我看。我希望他能赶紧回来。

阿尔美开始觉得自己开始的担心也许是多余的。他们已经走过了山洞的二分之一，一切顺利。即使豹先进了山洞，它们也不会在里面待这么长时间。她刚打算把这个想法告诉丈夫时，就听到了儿子惨烈的哭声。她惊慌失措，跑上前去，发现阿扎尔戈叔叔正低头看着坐在地上大哭的列奥弗德。

"列奥弗德！"她哭喊着，"你还好吗？天哪！怎么回事？"

紧接着，哈尔库来到了他们跟前。"孩子，你怎么不哭出来？怎么了？"

"没什么，"阿扎尔戈说着，指了指刺进孩子一只脚里的一根大刺，"我也不知道它是从哪里来的，一定是从动物身上掉下来的。"

"孩子，疼吗？"阿尔美心疼地问。

列奥弗德摇摇头，尽管眼中噙满了泪水。

感觉到妻子对自己投以抱怨的一瞥，哈尔库说："叔叔，你能把刺拔出来吗？我们可以先将他的脚用布包扎好，到达婚礼现场时再请别人为他检查一下。"他尽量表现得无动于衷，但是他还是被儿子的眼泪触动了。

"够了！"阿扎尔戈叔叔大声喊道。他扶起把头深埋在自己胸膛的小男孩。"不就是一根刺吗……你怎么变成爱哭鼻子的孩子了？"

听到责备，列奥弗德停止了抽泣。他紧咬下嘴唇，努力不哭出来。谢天谢地，阿扎尔戈的第二声训斥不是针对自己的。"难道还用得着你们教我怎么包扎伤口吗？"

哈尔库感觉好像被人扇了几耳光似的。他知道阿扎尔戈身上的伤疤可能比自己经历的岁月还要多。

"你和你妻子先走。我可忍受不了两个牢骚满腹的家伙在我身旁。等我给孩子包扎好后会追上你们的。你们在山洞外面等我们。"

阿扎尔戈的口气强硬，不容反抗。尽管阿尔美忐忑不安，但她还是扯扯丈夫的胳膊离开了。这对夫妇默默走开后，阿扎尔戈把手里的火把插进地里，开始为孩子拔脚上的刺。

"他们两个成年人跟孩子似的，"他抱怨道，"列奥弗德，你可比他们坚强多了。我给你拔刺的时候你肯定不会大喊大叫的。"

事实上，阿扎尔戈更担心的是，一旦孩子大叫起来，他亲爱的侄子和侄媳会更加难过。列奥弗德一直紧咬着下嘴唇，无论如何他都不会大声哭叫。

　　突然，一声尖叫打破了山洞中的寂静，但那不是列奥弗德的声音。远处的哭叫声充满了恐惧、绝望和痛苦，在山洞中回荡了片刻。紧接着传来了阿尔美和哈尔库的呼救声。

　　阿扎尔戈叔叔急忙站起来。他示意列奥弗德不要动，自己拿起火把，朝着哭喊传来的方向飞奔。列奥弗德被孤零零地留在黑暗之中。他想试着站起来跟在阿扎尔戈后面，但疼痛又让他摔倒在地。

　　几秒钟后，列奥弗德听到了阿扎尔戈惊恐的尖叫。听起来老人似乎在喊："啊，我的天啊！这不可能是真的！"这是列奥弗德所听到的最后几句话！等到这几句话的回声消失后，山洞变得像墓地一样寂静无声。

　　小男孩透过黑暗朝深爱的亲人所在的方向望去。每分每秒他都渴望看到他们火把的亮光，渴望听到他们的脚步声，渴望这场噩梦赶紧结束。但是没有人来，最终也没有人过来。列奥弗德泣不成声，忘记了脚上的伤痛。突然，他感觉似乎有什么东西靠近了他，并嗅到了一股野兽的气息。一只锋利的爪子抓住了受伤的那只脚。随即他就昏厥了过去。

　　列奥弗德醒过来时依旧躺在山洞中。他多么希望所有的这一切都只是一个噩梦。他的脚不像以前疼得那么厉害了。他用手指去碰碰自己的脚，他发现里面的刺已经被清除，伤口也被包扎了。头晕目眩的列奥弗德慢慢地站起来，一瘸一拐地朝前走。他一边呼喊着父母的名字，一边扶着山洞的壁缓慢地向前走。不一会儿，他见到了光亮，却始终不见父母和阿扎尔戈叔叔的踪影。走到山洞出口时，阳光像刀子般刺痛了他的双眼。他重重地跌倒在地。

几个在不远处看守羊群的牧羊人看到了他，急忙跑到这个坐在地上伤心地啜泣的可怜男孩面前。

从那以后，人们再也没有找到阿尔美、哈尔库和优秀骑士阿扎尔戈的任何踪迹。

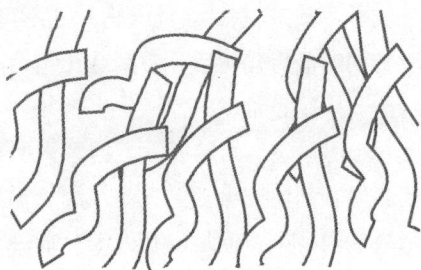

第一章 骑 士

　　列奥弗德又一次大汗淋漓地从梦中醒来，发现自己正躺在阳光照耀的草地上，而不是在漆黑一片的山洞中，他深深地感到欣慰。他坐起来，胳膊肘支在膝盖上，两手托腮，喃喃自语道："已经过去二十多年了。但谁又知道八岁时的噩梦有多少次重现在我的眼前和梦中，现在的我依然和当年一样心惊胆战。"

　　列奥弗德已经很多年没有再靠近那个山洞了，但他却永远无法割断与它的联系。这个地方留给他的是挥之不去的痛苦，这一点始终无法改变。

　　他站起来朝自己的马匹走去。他惊讶地发现一朵在佩格珍贵而罕见的花正盛开在草丛中。他绕过这朵美丽圣洁的花儿，卷起刚才铺在身子底下的那块绣花床单，塞到马鞍下面。"德诺斯，你怎么看？"他一边抚摸着马匹的鬃毛，一边叫着自己爱骑的名字，"你觉得参加这场战斗是个好主意吗？"

　　尽管列奥弗德思考这个问题已经好多天了，但还是不能得出答案。他既觉得没有必要为这次战争拼命，也不关心胜利会花落谁家。作战双方的领主都自高自大，剥削老百姓，这让列奥弗德心生厌恶。如果说他支持科赞反对阿苏伯，那也仅仅是出于保护朋友缪塔耶克的考虑。

列奥弗德想到了好朋友缪塔耶克。此刻，朋友可能正用他一如既往的饱满热情鼓舞着军队的士气。缪塔耶克是个精力充沛的年轻人。"一个真正的男人……"默默地想到这里，列奥弗德微微地笑了。在他心里，缪塔耶克一直都像个大人，十岁时就俨然像个大人了。他总是雄心勃勃，努力用行动将理想化作现实。缪塔耶克是骑士古尔曼的儿子，列奥弗德的家人死后，是古尔曼收养了他。在生活起居和训练上，古尔曼对两个男孩一直都一视同仁，直至临终前，还嘱咐孩子们要互相帮助、相互扶持。古尔曼在一场战斗中受了重伤，不久便撒手人世了。在即将到来的战斗中，列奥弗德必须站在缪塔耶克这一边。

缪塔耶克非常重视这场战斗。他坚信：一旦阿苏伯获胜，他一定会欺压百姓。然而，列奥弗德倒没觉得科赞与阿苏伯有多少区别，科赞生性残忍、暴虐，很难让人相信他出身高贵。然而与老奸巨猾、自高自大的阿苏伯相比，列奥弗德或者稍微倾向于科赞一些。即便如此，他觉得为科赞战死疆场也不值得。要是受人爱戴的卡迪老首领汉顿还活着就好了。

老首领活着的时候没人敢争权夺位，多少年来，百姓们都过着太平的日子。科赞声称汉顿指定自己为接班人，却无法证明这一点。有不少的权贵们支持科赞，但是绝大多数经验丰富的勇士们投靠了阿苏伯。今天，除了几个同自己类似的骑士外，几乎所有有名的将士都会出现在阿苏伯的麾下。为此，列奥弗德感到肩上的责任重大。

带着沉重的心情，列奥弗德跳上了马背。拿起系在马鞍上的一小束花，深深地嗅闻着。几天前，他和谢尔图克村子里最漂亮的姑娘埃尔米拉订了婚。列奥弗德真希望此刻自己闻的不是未婚妻在订婚仪式上赠送的花，而是她那天鹅般颀长的颈项。他知道喜欢埃尔米拉的男子不只是自己一个。在许多人眼中，埃尔米拉是卡迪的珍宝，甚至于在其他国家里也不乏她的追求者。在这场战斗中，列奥弗德可能会碰上不少企图将他置于死地并借机追求埃尔米拉的骑士。想到这里，列奥弗德再次抱怨缪塔耶克不该将他卷进这场毫无意义的战争。

在骑了两个多小时的马后，列奥弗德最终到达了古尔奇山脚下的基斯曼山谷。在那里，他所看到的队伍让他精神稍微振奋了些。他虽然怀疑这些农民士兵的作战能力，但至少，他们已经全副武装。在阳光的照射下，他们的剑梢、矛尖和箭镞都闪着耀眼的光芒。一些士兵甚至还穿上了皮铠甲。缪塔耶克已经集聚了一支庞大的军队。除了一些骑士和令人厌恶的兽人外，阿苏伯的阵营里人数不多。列奥弗德喜出望外，今天终有机会杀死一帮兽人了。他对兽人的厌恶之情由来已久。自从汉顿死后，这群愚蠢、长得像大猩猩似的家伙们就被宠坏了，开始连人类都不放在眼中了。似乎阿苏伯向它们承诺过丰厚的酬劳。

走在军队中，年轻的骑士列奥弗德为自己在众人中引起的注意深感骄傲。他注意到认识他的人流露出信任的眼神，不认识他的人崇敬地望着他那张帅气的脸。突然，人群闪开了一条道，骑着一匹骏马的缪塔耶克来到了面前。

"我亲爱的朋友！"年轻的将领大喊道，"你一直未到，我们刚准备开始战斗。我很担心你……我知道你是个守信的人，但我担心的是你的安全。"

列奥弗德深情地紧握朋友的手，微笑着说："不好意思！只有老天知道我费了多大劲才到这里。说服埃尔米拉比打仗更难。"

缪塔耶克把手抽回来，垂下视线。把刚订婚不久的朋友卷入这场战斗，他深感抱歉，但这一切都是为了卡迪的未来着想。他既不像兽人那样为了占领老百姓土地，也不像某些骑士那样为了获取特权。他支持科赞仅仅因为他相信这位首领嫉恶如仇，主持正义。他抬起头，仔细打量着列奥弗德。造物主一定是花了大力气在这位年轻人脸上体现出它的伟大。尽管身经数战，列奥弗德帅气的脸上没有一丝伤痕，这也无疑显示出他是具有高超的作战本领的武士。

"看那边！"缪塔耶克大喊，"那帮胆小鬼们正向我们逼近！"

列奥弗德朝着缪塔耶克指向的山谷望去。第一队兽人在战场上就位了。其他的兽人紧随其后。列奥弗德有生以来还是第一次看到这么多兽人同时出现。这些家伙们配备的都是他们的传统兵器：斧头和可以喷射毒箭的管子。他们的铠甲蔚为壮观，这肯定耗费了阿苏伯大量钱财。然而，跟科赞的部队一比，他们还是略显单薄。每个兽人至少要对抗两个农民士兵。

兽人们各就各位以后，骑士们也陆陆续续到达了战场。从远处不容易辨别他们的面容，但列奥弗德相信他们中的绝大多数人自己都认识。以前他们曾经并肩作战过，可今天列奥弗德并没有因为要与之挥刀相向而伤心。骑士们各就各位，与兽人们保持着一段距离。显然，他们不想跟兽人们混在一起。

"布鲁辛也在他们中间，"缪塔耶克说，"我看到他那带红色羽毛的头盔了。"

列奥弗德点头表示同意。"我喜欢布鲁辛。他们当中数他最勇敢。但是如果今天他与我狭路相逢，我会毫不犹豫地砍下他的头。"

列奥弗德是在为佩格扫除耶代克土匪的战斗中与布鲁辛相识的。两个人都不止一次地救过对方的命。布鲁辛是一个骄傲、勇敢的年轻勇士。尽管列奥弗德对缪塔耶克说了上述一番话，但看到敌人阵营中的布鲁辛，列奥弗德还是很伤心。

列奥弗德和缪塔耶克慢悠悠地骑马到了敌人的前方。缪塔耶克从远方村子招募来的一些富有经验的勇士也加入了他们的行列。晴朗的天空下，缪塔耶克扬起剑，大喊一声，战斗开始了。

列奥弗德径直冲着骑士们杀了过去。经过了漫长的旅途，未经休息的德诺斯还能疾驰飞奔，这让它的主人大受鼓舞。缪塔耶克与他并排驰骋。其他的骑士和一小队骑马的农民位于队尾。骑士们的数量并不多，但很明显战斗会相当激烈。箭枝嗖嗖嗖划破空气的声音在列奥弗德耳边响起。幸运的是，他们身旁无人被箭射中。正如列奥弗德所预料的，兽人们将步兵们作为攻击对象。农民士兵的射箭本领同兽人们一样高超，因此兽人需要先歼灭他们。

不一会儿，列奥弗德便遇上了他的第一个对手——一个骑着灰白大马、身材魁梧的黑人。他身披银线缝制的衣服和斗篷，看起来精神抖擞。黑人用尽全身力气挥着斧头朝列奥弗德砍去。列奥弗德挡开这一击，将长剑的一半刺进了对手的胸膛。列奥弗德一边将剑柄快速拔出，一边拭去溅在脸上的鲜血。空气中弥漫着金属兵器相撞的声音——这种声音列奥弗德再熟悉不过了。

列奥弗德又迅速击败了两个敌人。他环顾四周，现在看来，他们占优势。缪塔耶克招募的勇士们表现出色，农民作战的英勇程度让人惊讶。突然，布鲁辛的红头盔进入了列奥弗德的视线，仅仅几秒钟的工夫，布鲁辛已砍下两名骑马的农民。列奥弗德猛地调头冲向布鲁辛。还未等列奥弗德冲到他面前，又有一个人死在了布鲁辛手中。当注意到这位年轻的骑士冲到自己面前时，血一下涌上了布鲁辛的脸，充血的脸庞看起来和他红色的胡须一样红。布鲁辛从胸腔深处发出一声大叫，扬起剑刺向列奥弗德，长剑碰到对方的盾牌发出了砰砰的声响。几乎与此同时，列奥弗德挥起手中的剑砍向对手的大腿。红胡须的家伙立刻感到冰冷的剑刺进了自己的身体，疼痛使布鲁辛愣了片刻。列奥弗德趁机又给了他致命的一击，布鲁辛摔下马来。列奥弗德立即环顾四周寻找新的对手，只见缪塔耶克正敬佩地望着他。

"朋友，你真是眼明手快啊！"缪塔耶克喊道，"我刚消灭了两个敌人，你手上就已经沾上了四个人的血——而且他们都是最有实力的对手。"

列奥弗德没有搭腔。他就像舞着一把刀似的挥起长剑，将一个正准备从背后偷袭缪塔耶克的骑士砍下了马。缪塔耶克疾速转身，用斧头结果了受伤的敌人。

"现在不是讲话的时候！"列奥弗德喊着，从剑鞘中取出第二把剑，并在头顶上挥动了几圈。他一边同缪塔耶克打着招呼，一边骑马离开寻找新的对手去了。

不到半个小时，战斗胜负已定。绝大多数的骑士已被消灭，幸存下来的骑士也无法作战了。有不少农民惨遭杀害，但他们还是将兽人们打得落花流水。他们那些骑马作战的同伴们可以轻而易举地歼灭正企图逃跑的敌人们。

地上洒满了鲜血。科赞胜券在握。列奥弗德拉住缰绳，扫了一眼地上的尸体和受伤的人。这场胜利来之不易。他喜欢听刀剑相交的金属碰撞声，但他却不习惯伤者和垂死者的呻吟。这时他看到了一个令他撕心裂肺的场面，一个年轻人跪在地上，嘴里不停地吐着鲜血。表面看来，那人并无致命伤，但脸上的伤已使他面目全非。列奥弗德心想：我宁可心脏被捅一刀，也不愿带着丑陋的面容度过余生。

他想立刻离开战场。他开始寻找缪塔耶克，想与他告别，他看到自己的朋友正骑在马上，行进在农民队伍的前面。缪塔耶克大声地告诉他们，战争已经结束，不必再去追赶逃离的敌兵。战斗的目的在于取胜，战斗胜负已定后，再多取几条生命或拿自己的生命去冒险毫无意义。看到缪塔耶克指挥军队的架势，列奥弗德不禁对朋友的领导才能充满了敬佩之情。毫无疑问，他作战能力比缪塔耶克强，但论领导才能却无法与朋友相提并论。要是能把卡迪所有贪婪的领主们一网打尽，由缪塔耶克执政该有多好。

突然，列奥弗德看到远处尘土飞扬。不一会儿，他便意识到是一小队人马妖正逼近科赞的军队。缪塔耶克也注意到了他们。这些人马妖从头到脚一袭黑衣。加上他们的马匹也是黑色的，使他们从远处看起来如同一朵黑云，正在步步逼近。他们既没有穿铠甲也没有拿盾牌，唯一的兵器就是闪闪发光的长剑。由于隔得很远，他们的面容不可辨认，但是他们看起来像是人类，既非兽人，也非土著人。

"天哪！"列奥弗德喊道，"这帮家伙是来找死的！"

阿苏伯一定是从一些遥远的国度雇了一批雇佣兵，以做垂死挣扎。如果这些人马妖来得早些或许还能帮得上阿苏伯的军队，可现在他们到了也于事无补了。农民停止了庆祝胜利，又将弓箭架到了弩上。列奥弗德觉得没有一个人马妖能够对缪塔耶克构成威胁。或许缪塔耶克跟他想法一样，认为没有撤退的必要。突然间，数百十支箭同时射向空中，呼啸着从缪塔耶克头顶上穿过。箭在空中划着弧形的轨迹，然后落在黑衣骑手们的身上。但他们竟无一个落马。他们身上插着箭，仍顽强地向前冲。

"我的天啊！"列奥弗德惊叫着，简直不敢相信自己的眼睛，"这是些什么魔鬼？他们衣服底下穿的是什么样的铠甲？"

意识到危险，他拼命地向前冲去想帮助正准备杀入敌阵的朋友。他一边快马加鞭地冲向缪塔耶克，一边绝望地呼喊着。但他的朋友没有听到他的呼喊声。缪塔耶克就像被施了魔法似的，停在那里一动也不动，任凭那些黑衣人马妖一步步向他咄咄逼近。就连其中一个人马妖来到他跟前，扬起剑，将他劈成了两半，他都没有进行丝毫的反抗。列奥弗德伤心欲绝地大叫了一声。

　　战争的局势骤然之间发生了变化。阿苏伯的人马妖们轻而易举地驱散了农民们。他们以迅雷不及掩耳之势挥舞着长剑，不放过任何攻击目标。列奥弗德奔向已落马的朋友，凝视着他那张满是鲜血的脸。他辜负了古尔曼的嘱托。缪塔耶克死了！列奥弗德怒火中烧。他急红了眼，起身寻找离他最近的敌人。看到一个黑衣人马妖正在追赶农民们，列奥弗德跨上马冲了过去。他筋疲力尽的坐骑凭借最后一丝气力飞奔。看到列奥弗德，黑衣人发出一声嚎叫，那声音足以使狼群不寒而栗。

　　忽然，一支长矛划过天空穿透了人马妖的腹部。看到长矛的顶端从人马妖的背部露了出来，列奥弗德犹如一个丢了玩具的孩子，面带失望。黑衣人在马上晃了几下，似乎要从上面摔下来，但接着他紧握住长矛，用力一拔便把它从身体中拔了出来。他的黑衣上竟然没有一滴血。列奥弗德睁大眼睛，此时他确信眼前的这些家伙非同寻常。这么多年以来，这是他第一次——也许是那次山洞经历后第一次——胆战心惊。

　　列奥弗德毫不犹豫地拉紧缰绳，掉转马头，朝着古尔奇山的方向撤退。德诺斯最终会疲惫而死，但它不想让主人失望。列奥弗德扭头向后望，发现敌人正全力追赶。幸运的是，黑衣人的坐骑缺少德诺斯的耐力，始终与德诺斯保持着一定的距离。列奥弗德脑子里想的不是战斗，不是科赞，甚至不是缪塔耶克；他现在满脑子里想的是如何活命，如何回到心爱的埃尔米拉身边。突然，另外一个黑衣人马妖出现在他面前。列奥弗德在躲过了朝自己脖子袭来的一击后继续逃离。他甚至都没有想过与敌人对抗，因为他知道这样做没用。这时，他明白了当时缪塔耶克惊讶地动弹不得的原因。这些家伙们貌似是人，但在他们应该是眼睛的地方却只是两个窟窿！

　　只有两个人马妖还在追他，他已经如愿以偿，到了山顶上。

他从德诺斯身上跳下来，松开马缰绳。考虑到这是自己唯一的生还机会，列奥弗德碾碎了遮挡在地洞入口的茂密枝叶，迅速钻进了山洞。山洞的影子在他的记忆中依旧鲜活。内心有一个声音告诉他：人马妖是不会跟随他过来的。根据他以前在某个地方听到的一条"不成文的规则"，邪恶力量不喜欢阴暗之处。尽管他也不想将生命赌在一个模棱两可的说法上面，但这毕竟是他此刻唯一的出路。他顺着洞壁摸索着前进，尽可能快地向前走。翻过了山就安全了。

他停顿了一下，想听听是否有追击的脚步声，但只听到了自己沉重的呼吸声。或许他已经在这场生命的赌博游戏中获胜了。他竭力地保持冷静，更加谨慎地前行，因为他还记得曾经就是在这里他的脚被一根刺扎伤了。或许在家人失踪后，他是踏进这个阴森恐怖山洞的第一人。关于这个山洞被诅咒的传闻在卡迪被传得沸沸扬扬。他从一些游侠口中得知，就连遥远国度的人们也在谈论这个山洞，许多巫师们得到领主的获准后蜂拥至此检验他们的法力。等到他感到稍微安全了，新的想法在他脑中盘旋。将所有发生的一切理解透是不可能的。那些所向无敌、矛剑不入的家伙们究竟是谁？阿苏伯玩的又是什么把戏？列奥弗德能为自己最好的朋友报仇雪恨吗？

"可怜的缪塔耶克啊，"他悲伤地叹着气说，"你真是不自量力！你到底为什么想成为一个英雄呢？"

几分钟后，列奥弗德看到前面出现了亮光。虽然很沮丧，但他还是笑了笑，庆幸自己又一次度过了鬼门关。他朝着有亮光的地方又迈了一步，亮光就好似光彩照人的埃尔米拉，给他带来了生还的希望。可还没等他看清外面树上的绿叶，脚下的土就坍塌了。列奥弗德向下跌了好几米深，头猛地撞到一块石头上，昏厥了过去。

第二章 野 兽

列奥弗德醒过来时还以为在家里。这真是一场噩梦。他想站起来拉开窗帘，让阳光洒进来驱走黑暗，但是隐隐作痛的脑袋把他拉回到了现实。他想摸摸看前额是否肿了起来，但他竟然连胳膊都抬不起来！他大惑不解，接着他意识到自己被紧紧地绑住了。他甚至无法坐直。在无助的黑暗中，他拼命地喊救命，忽然传来一个声音："你属于我了……"他吓呆了！

起初，列奥弗德以为这声音是自己的幻觉。他从没听到过如此恐怖的声音：它既不属于人的声音，也不属于他所能想到的任何动物。这声音中有令人毛骨悚然的恶毒，又夹杂着造作且令人作呕的激情。列奥弗德冲着那隐身的劫持者大声喊道："你是谁？快把我松开！"

一阵短暂的沉寂后，他感到有根很粗的针刺进了他的胳膊。他痛苦地抽搐着，一种黏稠液体开始流入他体内。液体涨满了他的血管，他感到双眼灼热、火辣辣地疼。在他再次昏迷之前，他听到那个令人无法忍受的声音一遍遍地重复着："你属于我了……"

　　同样的折磨不断地重复着，列奥弗德也数不清有多少次了。每一次恢复知觉后，只要他稍微一动或者呻吟，新一轮液体的注射便会开始，接着他就像被烫伤的小猫一样再次昏厥过去。他很快就意识到，这种折磨间隔不过几秒钟而已。再后来，他感觉这种折磨似乎永无休止，劫持者嘴中吐出的一直都是那句令人呕吐的话："你属于我了！……"列奥弗德只能泪流满面地痛苦喊叫，问它为何折磨自己？这位年轻人也不知这样的日子过了多久。到后来，某一天，折磨戛然而止，就和他开始一样突然。

　　列奥弗德再次醒来时，他意识到自己已经睡了好长时间了。让他惊讶的是，他的胳膊竟然可以动了，尽管那时他早已做好了再次被针刺的准备，就像一个早已被调教好的孩子一样。最令他意想不到的是，在经历了这么多天几近瘫痪的状态后，自己竟然感觉浑身都是力气。他慢慢睁开了双眼，爬满洞顶和石壁上的稀奇古怪的植物把他吓了一跳。他试着寻找光亮，可让他吃惊的是，虽然没有火把，没有出口，他却能在一片漆黑中看得见周边的东西。接下来他看到的一切更是让他失声大叫起来：他的胳膊居然变得又短又粗，如同两根树桩；指尖上居然长出两个比手掌还大一倍的锋利螯甲。他想自己一定是神志糊涂了，也许这是注入体内的毒药产生的幻觉。他站起来，发现自己长高了许多，胸部变得鼓囊囊的，犹如扣了一个稀奇古怪的壳，胸肌发达得能让熊都妒忌。两条支撑着如此庞大身躯的腿也变得异常粗壮。他站在那儿全身发抖，脑子一片混乱。他注意到墙角有一碗水，就朝着那边走去。可粗大的螯爪费了好大的劲才握住碗，他低头，却看到自己在那水中的倒影，他一下子就把碗捏得粉碎，发出绝望的咆哮。

　　突然，他身后传来一个熟悉的令人呕吐的声音："你终于醒了，奥希尔塔亲爱的仆人。"

列奥弗德憎恶地转过身来，他看到了自己有生以来见过的最丑陋的一张脸！丑得足以和刚才他看到的自己的水中倒影相媲美。这个丑家伙身材看起来像九、十岁的孩子，模样像只老鼠，两腿纤细。它的尾巴像蛇那样盘绕向上翘着，尾巴尖上耷拉着一根看似有毒的螫针。它撅起黏湿的嘴唇，咧嘴冲列奥弗德笑。列奥弗德突然有种冲动，想狠狠揍这个一直折磨他的可恶家伙。但是他一步也靠近不了它，好像他们之间隔着一堵无形的墙。

这个家伙咯咯地笑着："奥希尔塔的仆人，不要白费力气了！你伤害不了奥希尔塔的……它的血液在你的身体中流动……"接着，它又恶狠狠地说："你是属于它的！"

泪珠在列奥弗德眼中打转，他双膝一软，跪在了地上。到底是怎么回事？他那张曾经帅气的脸庞变得如此丑陋，就连野兽都能被吓跑；他那曾经抚摸过心爱的埃尔米拉的温柔双手，现在变成了能置人于死地的螫爪。

"老天啊！究竟发生了什么？"他呻吟着。

听到列奥弗德提到"老天"，奥希尔塔极为不满。它生气地低声吼道："当着我的面，不要提'老天'！你命中注定就是我奥希尔塔的仆人！"

这个可怕的家伙把两只后爪支撑在地上，然后抬起两只略小的前爪，再次生气地低声吼道："你是属于我的！"

日子一天天过去了，列奥弗德温顺地服从着奥希尔塔的所有命令，因为只要他一有反抗的企图，身上的血液就会突然变得滚烫，灼痛得他直不起身子。不论他有多么不情愿，也不得不在光天化日下或夜深人静时，走出地洞为奥希尔塔捕捉羊羔或鹿。有时候，他躺在那里看主人狼吞虎咽，心中充满了厌恶。奥希尔塔每次都把猎物吃光，连骨头都不剩，可她的食欲还是得不到满足。

列奥弗德渐渐地习惯了自己那两只毛茸茸的爪子、树干一般粗的胳膊和庞大的身躯。不过，他也时常思念他的心上人埃尔米拉。他想自己是永远也不可能与她再相见了。每次想到这里，他的内心就充满了悲伤，眼泪顺着那张野兽般的脸流淌。

一天，奥希尔塔来到他面前，两眼放光。"奥希尔塔的仆人，站起来！交给你一个新任务！"

列奥弗德无奈地坐起来。

"终于有机会吃到我垂涎已久的食物了。我的嗅觉告诉我，那食物就在洞口。"

这个家伙面朝洞顶，深呼了一口气，两眼放着贪婪的光："我命令你去把食物弄回来。动作快点！别误事儿！"

列奥弗德只好顺从，他站到一个洞顶出口的下面，奥希尔塔绳子一拉，打开了洞口，列奥弗德一跃三米多高，轻而易举地蹦到洞口处。很快，他听到身后传来关闭洞口的声音。快出洞口时，他对奥希尔塔如此急于吃到的东西感到有些好奇。森林中所有的动物他可都给它逮过。有一次，为了满足它强烈的食欲，列奥弗德甚至抓回一只吉富尔大熊。要知道，这只熊可是一只爪子就能将十几个人碾成肉泥。列奥弗德对付这样的庞然大物也是小菜一碟，为此他曾感到有点自豪，可随即他又意识到，自己已经沦落成了一个可怕的家伙，不禁又万分伤心起来。

列奥弗德到了洞口，发现奥希尔塔所谓的"食物"竟是三个小男孩！他们正在玩捉人游戏呢！列奥弗德的血液在燃烧，奥希尔塔的欲望驱使他要去杀害他们，可他发自内心地不想让自己的手沾满孩子们的鲜血。老天啊！他感觉体内有火山在喷发。他双膝跪倒在地，把两只爪子深插入土中。他害怕失去控制，致使这些无辜的生命死在自己的手下。他宁可受痛苦的折磨也不愿伤害这些孩子们。他觉得身体仿佛被一分为二，双脚不由自主地向前移动，不过，深插在土中的两只爪子阻止了他前行。

突然，列奥弗德大声嚎叫起来，小男孩们转头朝向他，眼前这个恐怖的怪兽，吓得孩子们大叫着仓皇逃去。等到他们跑得不见了踪影，奥希尔塔都无法嗅到他们的气味了，列奥弗德的伤痛才开始渐渐消退下来。他瘫倒在地，躺了几分钟，然后起身弓背返回山顶。体内的血液又一次猛烈翻滚起来，他听见血液再次发出的命令。洞顶的出口一开，他便跳了进去。

奥希尔塔在等他回来。看到他空手而归，它勃然大怒："你这个蠢猪！我的食物在哪儿？你竟敢空着手回来？"

列奥弗德无助地辩解着："他们只是一群孩子。我不能杀害他们。"

列奥弗德还是第一次听到奥希尔塔发出如此尖利的叫声。它用那双小手扇了列奥弗德几个耳光。列奥弗德没有还手。他不能反抗它，尽管他只需一拳便能将这家伙揍扁。

"蠢货！叛徒！你竟敢违抗主人的命令？你是属于我的，你是属于我的……"

奥希尔塔突然停了下来，狂怒地说道："这都是我的错，我不应该找一个人充当我的猎犬，我本应该找一个兽人的。你这个蠢货同先前的那个一样无用。我以后再也不能犯同样的错误了。"

列奥弗德惊讶地听着它的话。他鼓足了勇气问："先前的一个？在我来之前你还有其他仆人吗？"

奥希尔塔疯狂地大笑起来："一个？你这可怜的家伙，你以为我是谁？服侍过我的人有几十个。我已经四百三十岁了！"

看到列奥弗德惊讶的表情，它很得意地笑起来，又接着说："我的上一个仆人疯疯癫癫的，不过至少他还算忠诚。我定居这个山洞后，就选定了由他伺候我。为了我，他还杀死过三个人。不过，他让一个小男孩逃脱了。不管怎么说，他这个仆人比你强。"

突然，列奥弗德心中的谜团解开了。一直以来，他对自己所经历的一切都感觉糊里糊涂的。这个家伙的前一个仆人不是别人，正是自己的朋友格里索！列奥弗德的命是他救的。自从亲爱的父母和爷爷变成这个可恶的家伙的猎物后，列奥弗德就再也没能找到他们的任何踪影。

奥希尔塔没有注意到列奥弗德脸上的表情，也没有注意到列奥弗德正慢慢起身。它沉浸在自己的故事里，接着说："不幸的是，那次捕猎之后，他变得更加神志不清，最后竟然头撞墙死了！假如他今天还活着，我肯定不会容忍像你这样的混蛋。不管怎么说，有你伺候我总比没有人伺候我好。你来这儿之前，我只能吃老鼠度日。"

突然，奥希尔塔意识到列奥弗德正笔直地站在自己面前。它没弄清楚到底是怎么回事，不过它可不喜欢被他这样盯着看。它呵斥道："你竟然敢这样盯着我看！退回去！混蛋……"

列奥弗德没有遵从它的命令。地狱般的火焰在他体内燃烧着，血管就像要爆炸似的。一想到是这个坏蛋吃掉了自己的家人，他就有了忍受疼痛折磨的力量，心中燃起万丈怒火。奥希尔塔意识到了列奥弗德的转变，它像一只受了惊吓的小猫一样往后退着，"你是属于我的……"它低声说，但声音越来越弱。猛然间列奥弗德锋利的爪子抓起它的肚子，将它往上抛。它的身体撞到墙，倒在了血泊中。它痛苦地扭动着身体，充满怨恨的双眼死死地盯着列奥弗德。

"你竟然背叛我！"它哭着，声音越来越微弱，"你也会死的……我的血液在你的身体中流淌，它们会为我报仇的……它们会一天天地将你毒死……直到你变成一个魔鬼……等到你把身边所有的人都杀害后，你也会自我毁灭。"

列奥弗德一动不动地站在那里，直到看着奥希尔塔咽气。他愉快地看着夺走自己一切的家伙临死前痛苦的挣扎。然后，他打开山洞顶上那个出口，跳了上去。离开这个折磨自己这么长时间的地狱时，他连头都没回。他头上顶着那个被他吓跑的孩子们扔下的野餐篮，走进了森林。

　　奥希尔塔的仆人自由了！

第三章　懦　夫

　　"二十年前你就应该见见我，"赫鲁扎姆叹着气说。他睡眼惺忪地扫视着森林。

　　"老朋友，我认识你都三十年了！"吉宁带点嘲弄地嘟囔着。

　　"哪怕现在敌人的人马妖从天而降，我单枪匹马也能对付五个。"

　　吉宁暗自发笑："就像你昨天拼命找地方躲避那头野猪那样吗？"

　　"你大声点！"赫鲁扎姆皱了皱眉，"你知道我听不到你说什么。你难道怕吓跑了乌鸦吗？"

　　吉宁把声音压得更低了："你耳背五年了！"随后，他靠过去冲着朋友的耳朵大声喊道："他们说那些人马妖刀剑不入！"

　　"但是这次，我们已经准备好了。"赫鲁扎姆大笑，"如果他们回来，我们就放火烧他们！"

　　"我们？"吉宁问。他仔细瞅了瞅自己那双布满皱纹的手，叹了口气："我们——就我们这些无用之人？"

　　赫鲁扎姆一直都盼望着参加战斗，可他耳朵背，总是没有机会。可吉宁是有生以来第一次没有参战。大家都说：他是该退役了，还是让年轻的勇士们去战斗吧。尽管他一直坚持要上战场，却没人理会。对像他这样一辈子都在打仗的骑士而言，一想到自己连农民都获准参加的战斗都不能参加，他心里可不是滋味。村子几乎成了废墟，能够作战的男人女人都上前线了，只剩下老人、孩子、孕妇和腿脚不便的村民。

　　一个瘸子拄着拐杖从家里走了出来。无意间，他看到了这两个老兵，就大声喊道："早上好！前辈！"

　　吉宁挥了挥手说："早上好，古尔林——最近村子里要当爸爸的就只有你了！"

　　听到这番话，古尔林呵呵地笑了。园子里的两棵树之间拉着一根绳子，他拿下晾在上面的衣服，顺手搭在肩上，哼着小曲儿又回了家。

　　吉宁很担心，古尔林身体不是太好。前不久，这个年轻人从马上摔下来，扭伤了脚。他的脚伤迫使他留在了村子里，不能参战。他和妻子鲁米正等待着宝宝的出生。留守村子的夫妻就只有他们这一对。吉宁猜想古尔林一定很沮丧。

　　一阵微风拂过吉宁花白的长头发，一只流浪狗摇着尾巴靠近了他。吉宁将井边的半桶水倒出来，看着这只狗贪婪地舔着流淌过草地的水，他笑了。

　　突然，他意识到赫鲁扎姆好像被什么东西吓住了。赫鲁扎姆的目光正朝向吉宁的身后，顺着他的视线，吉宁看到一支骑兵部队正穿过东门进入村子。他们看起来好像是阿苏伯领主的骑兵。可这里离战场那么远，他们怎么会到这里来呢？

　　这群骑兵来到村子的中央场地上。是七个人，一个穿着华丽的中年人领头。他扫视了村子一圈，然后冲着两个老头子喊道：

"嘿，那两个老家伙！到这儿来！"接着，他又提高嗓门大声说，"所有的人都到这里集合！识相的，就别让我们动粗！"

吉宁很不情愿地站起来，向骑兵们走去。赫鲁扎姆没听清楚那个指挥官说什么，但他也跟在朋友后面。一些惶恐不安的村民从家里走出来，聚集在中央场地上。指挥官皱了皱眉，很不高兴地大声嚷嚷着，让他们动作快点。吉宁尽量让自己保持镇定。"长官，欢迎你们！"他彬彬有礼地说，"需要我们做什么，您尽管吩咐。"吉宁心里清楚，留守的村民中，没有一个人能作战，他得尽力让这些不速之客安静下来。指挥官不屑一顾地瞅了这个老骑士一眼。吉宁的面容丝毫显示不出他曾经是一名勇士。

"老蠢货，我们需要食物和水！把你们所有值钱的东西都拿过来，放到马车上。这些农民想活命的话，就最好快点！"

吉宁不知道该怎么办。他原以为，这群不速之客只是来吓唬吓唬这些追随科赞的村民，或者命令他们投靠阿苏伯罢了。"老首领汉顿活着的时候，我们每年都交税，"他小心翼翼地回答，"他的军队从我们这儿拿走了满满十袋子的钱。尊贵的阿苏伯领主现在是要征什么税呢？"

还没等吉宁把话说完，指挥官的靴子就踹到了他脸上，他倒在了地上。赫鲁扎姆赶上前扶他，头上也挨了一击，倒在了朋友身旁。士兵们不安地看着躺在地上的两位老人。他们可不赞成长官的做法。但指挥官疯了似的越加厉害起来，"让阿苏伯去死吧！"他大喊着，"从今往后我们再也不听他指挥了！等他和那些恶魔们死后，我要在他的坟墓上撒尿！"

吉宁擦去脸上的血站了起来，他的鼻子几乎要烂了。看到昏迷不醒的赫鲁扎姆，他胆怯地抬头望了望指挥官。要是之前他能预料到是这种结局，他一定会更加小心的。指挥官的眼睛发紫，这说明他一定是在咀嚼杜尔草。吉宁听说过一些骑士为了在战斗

中更加英勇，会在上战场前咀嚼杜尔草。指挥官一定是为了在掠
夺时更加威猛，也服用了这种草药。他深紫色的眼睛表明他服用
得有些过量。

"一切都听您的指挥，"吉宁静静地说，"食物和水都给您。
去前线打仗的人带走了几乎所有的东西，但剩下的东西您可以随
便拿。我们就是一些穷农民。没什么值钱的东西。"

前两句话让指挥官很满意。可后来听到老人说他们如此赤贫
如洗，指挥官顿时火冒三丈。他恶狠狠地瞅了他们一眼，咆哮着：
"金银和珠宝——统统拿过来！你们有什么拿什么！"

村民们很困惑。很显然，这帮看惯了阿苏伯富丽堂皇宫殿的
士兵根本不知道这些村民有多穷。一个村民嘟囔着："金子？"可
能意识到自己说话声音太大了，他赶紧躲进了人群中。吉宁拼命
解释："长官，我们从来没有见过你所提到的东西。我们几乎都衣
不蔽体了。那些贵重的东西只属于贵族，我们可没有。"

指挥官紧攥着马鞍，气得浑身发抖。他很不甘心，自己冒着
践踏名誉的代价来掠夺，到头来却只得到一点点吃的而已。

"老蠢驴！骗子！你是个有钱的吝啬鬼！把你藏起来的东西
全给我交出来！我要在离开这个地方之前变成一个有钱人！"

士兵们显得有些迟疑。每次他们在村子里收完税，总能带着
一麻袋一麻袋的钱返回宫殿。他们完全不明白，农民们其实只是
勉强交得起年税，交完税后就几乎倾家荡产了。士兵们不想违抗
长官，却又想赶紧离开这个村子。

指挥官放开吉宁。他倚靠在马身上，眼睛盯着那个躺在地上
处于半昏迷状态的老人。杜尔草麻痹了他的大脑，他变得更加暴
怒。他怒视着畏畏缩缩的农民们，仿佛他们个个都是怪物似的。
突然，一个年轻女子冲出人群，跪在吉宁身旁，为他擦拭脸上的
血。她身材匀称，面容清秀。指挥官一把抓住她的胳膊，把她往

自己怀里拉。"你们没什么值钱的东西！"他大笑，瞥了村民们一眼，"这是什么？"

指挥官不喜欢部下们脸上的表情，他转过头面对年轻的女子，"亲我一下，"他嬉皮笑脸地说，"这样我就不是空着手离开这个村子了！"

年轻女子挣扎着，可她无法挣脱。她环顾四周，渴求得到帮助，还极力让自己的脸离这个色狼的嘴唇远一些。可村子里的老弱病残谁也不可能救得了她。突然传来了一个微弱的、颤抖的声音："长官，求求你……放了我的妻子吧……"

所有人都朝着声音传来的方向望去。年轻的古尔林拄着双拐，两眼含泪，盯着指挥官。

突然被人打断，指挥官大为恼火。他粗暴地拽着鲁米的胳膊。或许是因为他感到了一丝羞愧，他放开女子，往后退了退，恶狠狠地看着古尔林。"一个瘸子，"他不屑地说，"一个瘸子还娶了这么个漂亮的媳妇。"他轻蔑地瞥了鲁米一眼，说："你肯定也有哪个地方不好，要不然你怎么可能会嫁给这个瘸子！"

鲁米没有跑向自己的丈夫，而是鄙夷地望着指挥官。她既不知道杜尔草的药力，也不知道他那紫色的双眼正是精神狂乱的表现。

"我丈夫不是瘸子，"她哭喊着，"我宁可嫁给一个瘸子，也不喜欢一个折磨老弱妇孺的恶魔！"

指挥官的脸红到了脖子根。"恶魔，"他嗓音低哑，太阳穴不停地抽动着，"恶魔……"

刹那间他拔出长剑，一下子捅进了鲁米的肚子。

"现在我是个恶魔了！"

指挥官拔出剑，踉踉跄跄地后退了几步。村民们尖叫起来，就连他手下的士兵们也都惊恐地大叫起来。谁也没法形容其中的那一声尖叫，那么撕心裂肺！嚎哭着的那个人扔下双拐，奔向妻子。眼泪顺着他的脸颊流下来。只有指挥官注意到了他健步奔跑。古尔林伤心欲绝，他抱起妻子血淋淋的尸体，嚎啕大哭。一些村民跪倒在地，还有一些村民晕了过去。孩子们尖叫着逃离。士兵们也惊呆了，但出于忠诚，他们很快就站到了长官一边。这群可怜的老百姓十分愤怒，恨不得绞死这个家伙。士兵们乞求长官赶紧骑上马离开村子，可他死死地盯着死者冰冷的身体和她那痛哭流涕的丈夫。他简直不敢相信自己竟然干了一件如此可恶的事。就这样过了几分钟，大家都一动不动。突然，古尔林停止了哭泣，他抬头望着杀害妻子的凶手。他的眼神在质问"为什么"，就像刀子一样搅动着指挥官的心。"她已经怀孕了，"古尔林喃喃地说着。指挥官瞬间崩溃了。

当初他逃离阿苏伯的地狱宫殿时，从未想过会要有今天这样的灾难。年少时他就开始跟随自己的领主，他和他的手下只知道那一种生活方式。可如今，他们不得不去乞讨或者去抢。乞讨对于勇士而言是很不光彩的，所以他们决定先去一个村庄抢点东西，等有了足够的钱，再去遥远的地方另起炉灶。在他们看来，降低身份总比为那个和魔鬼狼狈为奸的阿苏伯卖命好。听到那个女子称自己是恶魔，再加上杜尔草的药力发作，他一下子丧失了理智。现在他真希望时间可以倒流。

突然，他拔出了自己的刀。接着，他从一个手下的剑鞘中拔出一把长剑，扔到古尔林脚下。

"农夫，你根本就不是瘸子，"他大声说，"几分钟前我还见你健步奔跑。我不知道你玩什么把戏，但你确实身强力壮。拿起这把剑，与我决斗，为你妻子报仇吧。我只用这把刀，这样就公平了。"

他的手下狐疑地望着他，他这是在找死！拿一把刀和一个复仇心切、手握长剑的人决斗——即便是与一个普通村民决斗，也简直就是疯了。他的手下无法理解他的举动。可对于这个一直用酒精来麻痹自己，让自己成为掠夺者的人来说，背负杀害孕妇的罪名比死亡本身更可怕！他必须保住自己的名节。内心的悔恨和杜尔草的药力让他丧失了冷静思考的能力。

村民们异口同声地催促着古尔林拿起剑，把这个恶棍的心挖出来！古尔林紧握住剑，慢慢地站了起来。指挥官站在那里，等待着死亡逼近。古尔林望望妻子那张满是鲜血的脸，自己手中的长剑，仇人手中的刀和村民们。让所有在场的人不敢相信的是，他竟然将剑往地上一扔，转身冲出人群，跑出了村子。指挥官愤怒地大喊："懦夫！可恶的懦夫！"他往地上啐了一口，咒骂着那个让自己余生不得安宁的人。他望了一眼地上的尸体和村民们，爬上马，和他的手下一起骑马离开了村子。

古尔林一口气跑了几个小时。偶尔停下来稍事休息了一会儿后，又接着跑。最后，他来到了以前从未到过的森林深处。他筋疲力尽，跪在地上，泪流满面。短短的几分钟内，他失去了所有的一切——亲爱的妻子鲁米、未出世的孩子、自己的名誉、朋友和家。他明白自己再也不能回到村子了。一个为了逃避上战场假装受伤、放弃与杀妻仇人决斗机会的人在那里无立足之地。他没脸面对乡亲们。一想到鲁米血淋淋的尸体，被毁坏的名誉在他眼中变得微不足道。"为什么……天啊，这是为什么？"他呻吟着，捶胸顿足。不一会儿，疲惫、悲痛和困惑交织让他一下子失去了知觉。

古尔林梦到自己在家中的园子里。吉宁和赫鲁扎姆像往常一样在井边聊天。鲁米从家里走出来，甜甜地笑着。她被一束明亮、炫目的白光包围着。一个讨人喜欢的小男孩紧抓着她的衣角指着古尔林喊："爸爸！"古尔林试图接近他们，但是他发现自己每向前一步，就与他们之间的距离越远。他想向那两个老年朋友求助，却看到他们两人正扭打在一起。突然，几百头公牛带着闷雷般的轰鸣冲进了村子。古尔林的儿子吓得大哭起来，鲁米绝望地望着他。他发现，不管自己怎么努力，也无法靠近妻儿。霎时间，一头膘肥体健的公牛冲向心爱的妻儿，霹雳从天而降。古尔林两眼一黑，他只听到了儿子微弱的救命声。

古尔林发现自己孤零零地躺在一个苍翠的山谷中。他不知道为什么自己会在那里。他恍惚地走着，大地开始晃动。地面裂开，裂缝宽得可以吞下一只大象，红色烟雾从裂缝中涌出。古尔林看到烟雾中依稀出现了一位老人的身影。他走近一看，认出那人正是去世已久的父亲。父亲正鄙夷地盯着他。古尔林刚准备再走近些摸摸他，老人呵斥道："滚开，懦夫！"说完便纵身一跃跳进了裂缝中。

古尔林醒来时周围一片漆黑。他感到自己浑身麻木，他想自己可能睡了一整天。噩梦一个接一个地向他袭来。很长一段时间他一动不动，不知道该做什么。他多么希望从未醒来。可既然还活着，就必须做些什么。抽泣了很久之后，尽管他疲惫不堪，他还是勉强站了起来。他一遍遍地咒骂自己，骂自己是一个不知羞耻的懦夫。他心想自己活该受罪，却又忍不住感到饥肠辘辘。他跌跌撞撞地穿过森林，最终在一棵苹果树下停了下来。填饱肚子之后，他坐下来，绞尽脑汁地思考着自己的过去和未来。

就连鲁米都没有发现他是在装瘸。古尔林告诉她，自己从马上摔了下来，她毫不怀疑。他说服自己这样做只是为了保护妻子，他不能让自己的儿子在没有父亲的情形下长大。然而，在失去了心爱的妻子和未出世的孩子之后，他居然不敢拿起剑与仇人决斗，这使他觉得自己真是个懦夫——指挥官的吼叫仍在耳边回荡。目睹这一惨剧发生的乡亲们和那些从战场上归来的人肯定会将他视为懦夫。他们永远都不会原谅他。他会遭人鄙视。但庆幸的是，他已没有再回家的愿望了。

同卡迪别的寻常百姓一样，古尔林觉得名誉扫地比失去家人更加可怕。在这个崇尚作战的国家，死亡的意义非凡。假如鲁米没有怀孕，她很可能也会像村子里其他的妇女那样上战场。古尔林小时候，也和卡迪别的小孩一样，在这片山谷中，在世代相传的伟大先祖图尔塞的箴言中长大：

> *我们终有一死。年少或年老。痛苦或安详。当然，我们将会从这个世界上消失。没有人能逃脱死亡。我们无法与死亡对抗。但是，我们并非完全无能无力。我们可以选择死得光荣。*

古尔林该做些什么呢？如果他是个真正勇敢的人，他就会自杀而死。可假如他真有这般勇气，就不会陷于如此境地了。他决定能在森林中藏多久就藏多久。森林广袤无边，人烟稀少，果树和清澈见底的溪流随处可见。他可以在这里待到战争结束。等到路上安全了，他就可以到一个没人认识自己的地方去——或许去传说中的那块神地？他孑然一身，内心的伤痛会平复得更快。在这片森林里，他不会遇上能够勾起他对鲁米和未出世的孩子怀念的妇女或儿童。他会尽力忘却一切。

很多天过去了。古尔林饿了就吃树上的果子，渴了就喝小溪中的水。他形单影只地生活了一个多月。随着时光的流逝，他的痛苦在慢慢减轻。开始，每一天常常是连续几个小时他都在忧郁地思念着鲁米，但如今他每天思念妻子的时候可能只有几分钟的时间。令他惊惧无常的噩梦也在悄然逝去。然而，他的自责与悔恨丝毫没有随着时间的推移而减弱。

一天中午，他正在苹果树下来回寻找食物，突然传来一声令人毛骨悚然的呻吟。他的第一反应是逃跑，又怕惊动野兽。随后，他听到了几句夹杂在呻吟声中的断断续续的佩格语。好多天都没有见过其他人了，他非常好奇，想去看看究竟是谁在呻吟。说不定是同村的乡亲呢。

古尔林轻手轻脚地朝着声音传来的方向走去，他差点被树下一个倒在血泊中的人绊倒。从衣着上看，这人像是科赞的高层将领。他肚子上的伤口很深，足以置他于死地。古尔林想让他静静地死去，但他听到这人轻声地说："钱袋……钱袋。"那人微微地点头示意他拿过挂在腰间的一个小钱袋。古尔林犹豫了片刻，还是伸手将钱袋拿了过来。几分钟后那人咽气了，古尔林才打开看钱袋里到底装的是什么。

钱袋中装的是一卷用领主封条封住的羊皮纸。古尔林猜上面一定写着重要信息。他猜死者要么是个信使，要么是个间谍。他揭去封蜡，读了上面的一小段文字。

这段话是以兽人可汗的口气书写的，由首领尤维戈签署。他们警告科赞不要参加即将在贝勒姆爆发的战争。言语间流露出了惶恐不安，但他们并未对如此恐慌的原因进行解释。或许这只是他们为了吓唬对手而玩弄的把戏罢了。

得知战争将在几天后爆发，古尔林又燃起了希望。很快，他就能离开这个森林了。科赞强大的军事阵容很有可能会使作战的双方定下胜负。到那时，古尔林就可以安全地离开佩格了。

忽然，他听到了马蹄声。他站起来，把羊皮纸扔到地上，撒腿就跑。直到跑到一个安全的地方，他才回头张望看是否有人在追他。他看到有两个黑衣骑士来到了死去的士兵旁边。其中的一个黑衣人下马，捡起地上那张沾满血迹、封条已被揭开的羊皮纸，并狐疑地四处张望，随后跳上马去。两个骑士又匆匆离去了。

古尔林突然意识到自己犯了一个大错。这位信使一定是因为传送的信息而遭攻击的。如今，看到封蜡已经被人揭开，信使的袭击者一定注意到有人发现并阅读过羊皮纸上面的内容。毫无疑问，他们会全力寻找那个人。

古尔林惊恐万分。他感觉自己就像困在狼群中的一只鹿。他坐在地上定了定神，随即决定此地不宜久留。这里也不是安全之地了。

如今，最明智之举是逃到森林与大海的交汇处。那里的海岸上长满了特鲁尼树，是块神秘之地。关于那里的海岸传说很多，因此人类和兽人都离它远远的。尽管这些传说让古尔林不安，但他觉得别无选择。那里不会有人寻找他。他也没再仔细想想，就匆匆上路了。

走了好几个小时之后，他终于见到了壮观的特鲁尼树。这些树令古尔林震惊不已，它们的树叶就像古尔林的肩背一样宽。在它们面前，古尔林感觉到自己的渺小与无助。他在林中漫无目的地走了一会儿，发现了许多果树，于是他开始高兴起来。至少自己不会饿肚子了。

古尔林摘下一个水灵灵的苹果，咬了一口。"用不了多久，"他叹着气说，"我就会离开这个鬼地方。"

就在这时，他注意到附近的灌木丛中有东西在移动，他屏住了呼吸。他惶恐不安，摸索着捡起一块大石头，眼睛一刻也没有离开刷刷作响的树叶。他弯下腰，往后退了几小步。到了安全的地方，他才长舒一口气，庆幸自己逃脱了。灌木丛已经停止了颤动。

正当古尔林站起来转身准备离开时，他差点撞到一个体型巨大的吉富尔熊身上。

他们两个都没预料到会碰上对方。他们疑惑地对视了一两分钟。古尔林的尖叫声打破了森林的宁静，他开始狂跑。这个庞然大物先是毫无表情地盯了这个讨厌的小不点儿几秒钟。紧接着，或许它认为既然那人在逃跑，就应该追赶。于是它四脚着地，开始去追赶古尔林。要不是古尔林回头瞅了它一眼，或许他还能甩掉这只巨大的野兽。但他脚下浓密的灌木迫使他放慢了速度。而熊却轻而易举地踏碎枝蔓，朝他逼近。他们相继跨过一条小溪。其他的丛林动物四散着逃进了灌木丛。古尔林被一个小丘绊倒，摔了个狗啃泥，这时大熊停止了追赶。它跑得又饿又累，来到了猎物旁边。古尔林挣扎着站起来，只见这只野兽两只后掌着地，正准备发动攻击。一切都完了。但或许这是最好的结局。古尔林咬紧牙关，闭上眼，等待着即将到来的袭击。

　　突然，一个尖叫声在森林中回荡。那不是古尔林的尖叫声。古尔林睁开眼，只见巨熊向他扑来。他吓得一动不敢动。当这只肥大野兽的全身重量将他压倒在地时，他昏厥了过去。

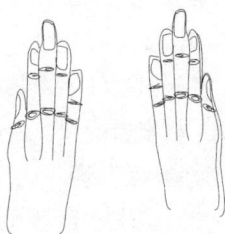

第四章　新的友谊

　　古尔林为自己能够再次恢复知觉感到十分困惑。他惶恐地环顾四周，却不见吉富尔熊的踪影——自己正躺在一处四周被木板包围的安全地点。头顶上方是由巨大的特鲁尼树枝和树叶搭建而成的临时屋顶。其中的一面墙上开的不是一扇门，而是一个大洞，很显然这个洞是为体型比一般人大的人设计的。洞口呈不规则状，似乎是用斧头胡乱敲击而成的。

　　古尔林惊奇地发现自己的衣服上沾满了血，但仔细检查一番后，他很快确信这血不是自己的，因为他连一个小伤口都没有。

　　他头痛欲裂。短短的时间里他经历了那么多：官兵到来、妻子被杀、离村出走、遭遇吉富尔大熊、醒来后发现自己躺在一个陌生的小屋里——这一切发生得如此仓促，让他身心交瘁。脑海中还有一个声音告诉他：这仅仅是个开始而已。

　　他慢慢地坐起来，小心谨慎地朝洞外望去。没有看到一个人。他鼓起勇气，走出洞口，尽量不发出任何声响。他还在森林中。

这个小木屋巧妙地建在了两棵树之间，离它十英尺①远的人也很有可能望不到它。这个门看起来相当不可思议。显然，住在这里的人不怕野兽。不当面谢过把自己从熊爪下救出来的人就不辞而别，未免太不礼貌了。不过，对于在过去的一个月中经历了这么多的他而言，也谈不上礼不礼貌了。

他踮着脚，生怕踩踏在地上的碎树枝弄出声响。还未走出三棵树远，背后传来的一个声音，他吓呆了！某个东西或者某个人从他刚刚经过的那棵树上摔了下来——或者跳了下来。他不敢回头望。当然他也不需要那样做……

"原地别动！"一个声音说道。没人敢违抗这个命令。"不许回头！"那声音又说。

古尔林不知道等待他的是怎样的磨难。难道自己受过的折磨还不够多吗？可能这就是战争之神对自己逃离战争实施的惩罚吧。他已将生死置之度外了，低声说道："要杀要剐随你便，我反正都是个死人了。"

他听到呵呵大笑声："死人可没有像你这么吵的。你不会相信你昨天的尖叫声吓跑了林中多少鸟。"

古尔林一惊。他半信半疑地问："你……昨天是你把我从那只野兽手里救出来的？"

又是一阵大笑的声音。"野兽？能引诱一只毛茸茸的吉富尔熊追赶还真是不容易。恭喜你做到了这一点！"

"我在森林中迷了路。"

"你都这么大了还迷路？"

古尔林再也无法忍受这种嘲讽了。他意识到身后的这个人——不管他是谁——都不是个危险人物。无论如何，这个人救过他的命。

---

① 1 英尺=0.3048 米

即便这个人是个强盗，也不会伤害他，因为他身无分文。古尔林慢慢转过身，准备彬彬有礼地请求这个人不要再对他冷嘲热讽。尽管那个人再三命令他不要转身，可一切都太迟了。

当古尔林转过身来时，他意识到一直以来所经受的种种磨难都是为这个非常时刻准备的：站在他面前的是一个身高超过两米、既不像人也不像野兽的家伙。这家伙体型巨大，比吉富尔熊更健壮，身形跟人类并无区别，但皮肤粗糙得像松树皮。没有手掌，只有两只硕大无比的爪子。他无比丑陋的面容令人震惊，看起来似乎与他巨大的身躯很不相配。更糟糕的是，一双带有人类特有神色的眼睛，深陷在那让人厌恶的脸上。

列奥弗德意识到，眼前这个年轻人可能会出于不相信自己的眼睛而昏过去。他抬起爪子想让他平静下来。可这个年轻人的神情表明：他刚才的举动适得其反。

古尔林从未料想到会目睹这样的场景，他现在连喊的勇气都没了。当他看到那两只大爪子抬起来时，他后悔当初逃脱了吉富尔熊，反落入了这个野兽的手中。跟这个野兽相比，吉富尔熊还算温顺。

列奥弗德尽可能地用温柔的语气说道："别害怕，朋友！别害怕！我救过你的命。记住这一点。我救过你的命。你没有必要害怕我。如果我想伤害你，我早就趁你沉睡的时候伤害你了。怕你醒来后被我吓着，我一整晚都躲在树上。我警告过你不要回头看，你偏不听。"

在完全不知所措的情形下，古尔林能听懂的只是列奥弗德的只言片语。但他注意到了更重要的一点：这个家伙身上唯一像人的部分——那双眼睛——快要落泪了。此刻，古尔林弄不清楚自己应该有怎样的感受。

"我只想让你安然无恙地走出这个森林，"列奥弗德说，"我本打算一直跟在你后面，直到确信你到了离这里最近的村庄后再返回，但你回头一望让我的计划全部泡汤了。不要再打算回森林去了。你孤身一人在这里是无法生存的，一天也生存不了！你不属于这里。如果我把你吓死了，我也会伤心死了。"

古尔林一边喘息着，一边在心里一遍遍地告诉自己："他救过我的命！"呼吸恢复正常后，一连串的场景在他脑子里像放电影一样地闪过：吉富尔熊给他致命一拳时，这个家伙如何出现并救了他的命；这个家伙如何将他背回自己的小木屋；为了不吓到自己，这个家伙又如何整晚躲在一棵树上。尽管他感到有些不可思议，但他慢慢意识到：他不害怕站在自己身旁的这个怪物了。

看到古尔林脸上恐惧的神色渐渐消失了，列奥弗德才略感宽慰。他注意到对方不再是害怕的眼神看着自己，而是诧异和好奇的眼神时，他深出了一口气。虽然他心里清楚：微笑也不能让自己丑陋的面容更招人喜欢，但他还是努力笑了笑，说："谢谢你。我还担心你的心脏会停止跳动或者你会扭头撒腿就跑呢。"

古尔林鼓足了勇气说："我也得谢谢你。我既没吓晕也没逃跑，这可真是个奇迹！"

列奥弗德一字一句地说："我不会伤害你的，如果我想伤害你，我不用等到现在。"

古尔林点点头。在再次开口前，他还得定定神。最后，他说了三个字："我知道。"事实上，他也不知道对方讲的是不是实话。但是，话又说回来，他孤身一人跑回森林也不是个好主意。

"我相信你一定饿了，"列奥弗德说，"你看起来心神不宁的。吉富尔熊算不上好猎手，却是不错的猎物。它的肉味道好极了！我不想让熊肉的味道干扰到你，就把肉藏在离这里有几棵树远的地方。如果你不介意，就用木屋周围的打火石生一堆火。我去把肉取来。你跟我相处久了就会发现：你根本没必要害怕我。等你吃完肉，我就带你回家。"

肉？古尔林这才意识到自己有多饿。

列奥弗德很勉强地又补充了一句："你吃肉的时候我会躲得远远的，我不想让你倒胃口。我知道自己长什么模样。"

感觉到这个怪物的悲伤，古尔林不禁为他感到遗憾。他仔细打量列奥弗德那张丑陋的脸，很显然，他遇到的这个是——就像自己一样——被放逐的人。古尔林想知道眼前的这个怪物因为自己的长相受了多少苦。当你知道他毫无敌意时，你会发现他其实也没有那么难看。

"我饿得要命，"古尔林承认。接着，他往森林深处望去，又说："如果你在这里的话，我会感觉更安全。"

眼前这个怪物所表现出来的悲伤和腼腆，让古尔林所经历的一连串噩梦般的事件在性质上彻底发生了改变。他顺利通过了人生第二次大考验。尽管在第一次大考验中面对杀妻仇人时自己败得一塌糊涂，但这一次自己是获胜者。

当他们紧挨着坐在篝火旁大快朵颐时，一种互相信任在两人之间很快建立起来。几个月来，古尔林是第一个与自己说话的人，为了不吓到他，列奥弗德使出了浑身解数。尽管内心充满了好奇，他还是准备等古尔林吃饱后再问他为什么会在森林中。

古尔林这么多天以来只吃过几个酸苹果。他津津有味地咀嚼着美味的熊肉，直到肚子撑得鼓鼓的。他一边吃，一边盯着列奥弗德，流露出各种各样的眼神，其中还包含着一丝畏惧。然而，慢慢地，好奇和同情开始占了上风……至少，这个家伙不会追问自己。而且，有他在身边，古尔林感到很安全，即使森林中最凶猛的野兽聚到一起，只要有列奥弗德在，它们也动不了自己一个手指头。

等到古尔林放缓了吃肉速度，列奥弗德平静地问："你能告诉我，你叫什么名字吗？"

古尔林赶紧将嘴里的食物吞下去，回答道："古尔林。"尽管这个怪物像是与世隔绝，古尔林还是不愿意把村庄的名字告诉他。"我就叫古尔林。你呢？你叫什么？"

列奥弗德一时间呆住了。他向来不善于撒谎，但又不能把真相原原本本地讲出来。或许，他心爱的埃尔米拉认为他已经丧生疆场了。她最好这样认为，因为如果是这样的话，她就会死了寻找他的心。也就不会知道他现在这副丑八怪模样了。

"古瓦德。"他痛苦地说，没人会说这是个谎言。

"古瓦德？"古尔林问，他更好奇了，"谁的守卫？"[①]

列奥弗德想起了他那可恶的主人，它那令人恶心的身体正在山洞中腐烂着。他不想提起它。

"我就叫古瓦德，"他语速很快，"就像你说的'我就叫古尔林'！"

古尔林不相信，但他没有打破砂锅问到底。心里有一个声音告诉他：不用急着去发现列奥弗德的秘密。再说了，一个拼命保守个人秘密却去窥探他人隐私的人算什么呢？

列奥弗德希望换个话题，他用近似咆哮的声音问："你对这里一点都不熟悉，连有吉富尔熊都不知道，怎么敢这么大老远到这种地方来？这是一个不祥之地。"

古尔林低下了头。他将双手放在地上，手中紧攥着土。"我在躲避一些人，"他皱着眉头说，"不要问我为什么。"接着，他问安

[①] Guard(土耳其发音：古瓦德)在土耳其文中是"守卫"的意思。被奥希尔塔囚禁、服侍它的日子令列奥弗德不堪回首，列奥弗德不愿将自己的真实姓名告诉古尔林，所以他谎称自己叫古瓦德。然而，古尔林不相信有人会叫这样的名字，他怀疑自己听错了，因此他不由地追问列奥弗德是"谁的守卫"？

静地盯着他的古瓦德："那你呢？"他感觉自己在冒险，却又无法克制住自己，"你和我一样都不熟悉这个森林。你说起话来像人，模样却很奇特。你从哪里来？"

这个问题列奥弗德可不好回答。要是从血管中流淌的血液和在水中的倒影来说的话，自己来自地狱。尽管他身体变形了，可他的情感依旧。"我不属于任何地方"，他说，"今天我在这里，明天可能会在其他地方，我尽量不让人们见到我变了形的容貌。我能活多长时间就活多长时间，顺其自然地死去。我只希望在我死之前不会伤及无辜。"说这些话的时候，奥希尔塔临死前的诅咒——他将会变成魔鬼，并给身边的人带来死亡——在他耳边回荡。

古尔林满腹狐疑地看着他。他凝望了篝火片刻，沉默了几秒钟，嘟囔道："如果你担忧的是无辜的人，那你首先就不应该待在这个地方。你锋利的爪子可以在战场上拯救许多无辜的民众。"

列奥弗德猛地站起来，吓得古尔林往后一跳。古瓦德的眼神发生了变化。此刻这个怪物的模样真是恐怖。

"战斗？"列奥弗德呻吟着，"又有一场战斗？"

古尔林结结巴巴地说，"是的……所有的农民都上前线了。组织了有史以来最大的一支军队。为了武装军队，科赞……倾其所有。也许他害怕一旦被阿苏伯打败，自己将变得一无所有。"

列奥弗德绝望而又痛苦地瘫倒在地。他不敢相信自己的耳朵。难道几个月前那场可怕的战争还没有让人们吸取教训吗？

他哭丧着脸问："难道没有人向你们讲述过阿苏伯人马妖的事情吗？难道没有人告诉你们这个恶魔的手下矛剑不入吗？"

古尔林意识到自己一直以为的谣传都是真的，他惊恐地说："是的，我知道。几个从战场上活着回来的人也这么说。但这次我们准备充分。所有的兵士都配备了燃烧的箭簇和火把。一旦敌人来袭，我们会将他们包围在火海之中。这次我们必胜！"

列奥弗德痛苦地呻吟着。他们会来。那些人马妖肯定会来。这群无助的人不知道他们面对的将会是怎样的对手。战争结束后，他们会认为那些活着回来的士兵要么是神经错乱，要么就是过分夸张地描述他们所目睹的场景。列奥弗德和自己的朋友们何尝不是低估了那群野兽，为自己的麻痹大意付出了最惨重的代价？谁也无法保证那些矛剑不入的人马妖会害怕火。假如火也无法伤害他们，那将会发生什么？突然，他的脑海中浮现出了缪塔耶克那张沾满鲜血的脸。

他忧心忡忡地站起来。古尔林还坐在地上，相比之下站立的古瓦德显得更加人高马大。于是古尔林也赶紧站了起来。

"你知道那些可恶的家伙吗？"他问列奥弗德。似乎他想知道列奥弗德是不是和那些诡异的人马妖来自同一个地方。

列奥弗德说："不太了解。"接着他叹了一口气。"但我很清楚许多人将会一去不复返。或许没人能够从战场上活着回来。"

古尔林又坐在了地上，弯着腰，头向前倾。他没有注意到古瓦德正怀疑地盯着他。

"战争即将开始，那你还在这里做什么？"列奥弗德问，"你为什么不去参战？"

看到对方脸色一变，列奥弗德后悔问了这个问题。显然，眼前的这个年轻人或许正是因为不想参战而逃到了森林中。但是，话已出口，难以收回。

古尔林感觉似乎被人扇了一巴掌，说："我只是个小裁缝。一个普通的裁缝。我不适合打仗。那不是我能做的。"

列奥弗德看到新朋友的嘴唇在颤抖。他真像个小孩。突然，列奥弗德有一种拍拍朋友脑袋或给他一个拥抱的冲动。可他马上又想起了自己锋利的爪子和粗壮的胳膊，他嘟囔着："你不用解释。"但对方没有理睬他。

"我连一个普通的裁缝都不是，"古尔林痛苦地说，"我是一个可鄙的懦夫，或者还要糟糕一些。我害怕战争。我害怕保护自己的妻子。我甚至在妻子被杀后害怕为她报仇！我罪该万死！"

古尔林痛哭流涕，列奥弗德手足无措。古尔林蹲下来，默不作声地望着地面。突然，古尔林就像个想从母亲怀中寻求安慰的小孩一样抱住了列奥弗德那腰般粗的胳膊。古尔林将脸深埋在古瓦德树皮般的胸膛中哭了起来。

等到古尔林平静下来，他们才重新开始说话。看到朋友停止了哭泣，列奥弗德用安慰的口吻微笑着说："过去的就让它过去吧。还是要向前看的。请告诉我战场在哪儿。我们不能为你的妻子做什么了，但我们可以保护无辜的百姓免受伤害。"

古尔林惊讶地望着古瓦德。他说："你无法阻止这场战争。他们会把你当成阿苏伯野兽阵营中的一员。况且他们作战决心已定。即使听到科赞死了他们也不会善罢甘休的。"

列奥弗德回答道："我不是去阻止战争爆发，而是想去前线亲眼看看火是否能让那群诡异的野兽望而却步。如果火伤害不了他们，至少我还可以引开他们，让其他人逃跑，救其他人。杀我可没杀农民那么容易。"

他本来还想告诉古尔林：如果那样的话，他就可以在奥希尔塔的诅咒变成现实之前光荣牺牲。这才是他所想的。

古尔林从古瓦德怀中挣脱了出来，擦了擦脸上的泪水。刚才他就像个傻孩子。他清醒过来了，回答说："在贝勒姆山。羊皮纸上说他们将在贝勒姆山开战。通常从我村子骑马到那儿得花一天的时间。如果情况没有变化，开战地点应该也不会改变。"

列奥弗德站起来大声说："那我们就去贝勒姆山。"

古尔林迷惑不解，他反对道："我们？我能帮你什么？"

"如果人们看到我肯定会认为我跟阿苏伯是一伙的，"列奥弗德说，"你刚才也说过了。可你可以阻止这一误解发生。当然，我会尽可能地躲着不现身。但如果你跟我一起，那会更好。"他迟疑了一会儿，接着又微笑着说："至少，你欠我个人情。"

古尔林叹了口气。他突然很愿意参加自己以前千方百计要逃脱的战争了，这让他迷惑不解。他沉默了几秒钟，接着说："可我们怎样才能及时赶到那里呢？我得先找两匹快马，可这也不太容易。还有，我们怎么才能找到一匹驮得起你的马呢？"他这次的问题可不是借口，而是真的好奇。

列奥弗德又笑了笑，说："相信我。你会有一匹比最快的马跑得都快的坐骑！"接着他蹲到古尔林旁边，说："跳到我背上来吧！"

接下来的一天古尔林在有生以来最奇特的一次旅行中度过。他趴在古瓦德宽大的肩膀上，紧紧地抓住列奥弗德的下巴，生怕摔下来。他看起来就像被驮在一个庞然大物背上的小孩。他们沿着鲁迪树走，鲁迪树有十米高，最矮的枝叶离地面也有五米多。为了保证朋友的安全，列奥弗德选择了一条稍长些的路线。这样，古尔林就不用当心自己的脑袋了。

他们行进的速度让古尔林发晕。他心想：这个伙伴可真了不起啊！假如不是因为碰到了一些太矮的树，否则用不了一个小时，他们就能离开这片森林了。不过古尔林很高兴能这样走走停停，他喜欢双脚着地的感觉。走出森林后，他们在光秃秃的帕斯瑞克平原上疾速前行，古尔林被颠簸得像患了羊角风。远方一个老农民几乎看到了他们。如果他真的看到了他们，他肯定会说这是他在卡迪生活了这么多年来所见到的最不可思议的事情。

终于，在黄昏之前，他们到达了贝勒姆群山的第一座山脚下。战争会在这片连绵六座山峰的平原上进行。列奥弗德小心翼翼地让古尔林从背上跳下来。古尔林一时脚没站稳，跌了个狗啃泥。看到这一幕，列奥弗德赶紧上前一步。

古尔林呻吟着说："我没事。"这时候他只想让自己的脚踏在安全、坚实的大地上。

列奥弗德一点都不累。奥希尔塔赋予的力量也有些好处。他不禁回忆起骑在心爱的德诺斯身上长途跋涉的那些日子，他很想知道自己忠实的朋友此刻在做什么。他坚信除了他以外，德诺斯不会让其他人骑在身上。这个想法让他感到有一丝恐慌。战争结束后，列奥弗德和德诺斯就分开了，德诺斯还好吗？德诺斯，这匹强壮、漂亮的马虽然失去了主人，但它想保持自由的话，迟早也会遇到麻烦的。听到古尔林喊自己的名字，列奥弗德才回过神来。

"我们必须在真正天黑前赶到第五座山峰那里！"古尔林大声说。

列奥弗德摇头表示反对。他等古尔林有了反应，才微笑着说："天黑不是问题，我在黑暗中也能看清东西。"

古尔林倒抽一口凉气，嘟囔着："天啊！"他边耸肩边补充说："不管怎么样……我在黑暗中可看不到东西！你想让我一直不停地走，就该为我考虑考虑。我浑身酸痛，要好好睡一觉才能恢复体力，所以我们得赶在天黑前到达那里。"他深呼了一口气，说："天啊，这次还是让我们肩并肩走吧！

第五章　决　斗

　　"阿加图，你相信阿苏伯的人马妖果真存在吗？"福尔古问。

　　他的朋友正在擦拭着剑，他说："为什么不相信？我相信在一些遥远的国家任何事情都可能发生。有人说那里仍有巫师。既然我们可以长途跋涉去那里，他们也可能大老远地跑到这里来。"

　　福尔古伤心地叹了口气。这似乎并不是他所期望的回答。他说："可我从未听说过有人或者野兽，即便是在遥远的国度，箭和长剑都奈何不了他们。也从来没有一个从那里归来的游侠说到过这样的东西。"他停顿了一下，接着说："还有，有人说那里的巫师不会伤害人。"

　　阿加图有些生气地望着福尔古那张胖乎乎的脸。福尔古是村中最好的屠夫，可他跟勇士一点都沾不上边。他就像那些被他自己屠杀的母牛，说话从不经过大脑思考。阿加图皱着眉头说："那些从遥远的国度归来的游侠只到达过这些地方的海岸，走得更远的人根本就没有再回来。巫术是一个遭人鄙视的职业，巫师也是如此。如果你还没明白我的意思，你就想想巫术在卡迪可是已经被取缔了两百年啦。我曾祖父给我父亲讲过最后一个巫师被驱逐出卡迪的故事。很显然，巫师是迷惑心智的邪恶者。不过，你不必担心！我们会把来犯的巫师和他们的野兽全部消灭。"

他猛地将长剑插在地上。"愿老天让阿苏伯灭亡！到现在我都无法相信他竟然为了夺权跟那些恶魔狼狈为奸。要是能亲眼看到他的头被长矛刺中，我死都乐意！"

阿加图有一种被人背叛的感觉。汉顿还活着、天下还太平的时候，他差点被招募进阿苏伯的军队。现在，那支强大的军队剩下的人不多了。绝大多数的将士投靠了科赞的军队，剩下的人选择去遥远的国度碰碰运气。听说，阿苏伯已经好几个月没跟人说话了。如今，他富丽堂皇的宫殿一片荒芜，只有稀奇古怪的动物出没其中。第一批兽人来时，阿苏伯所有的士兵和仆人都被赶出了宫殿。那时，人们都以为这些新来者是来自其他国家的雇佣兵。紧接着，兽人的首领来了。阿苏伯和他们秘密会谈。再随后，最有名望的骑士们也卷入其中。一开始，阿苏伯的手下们并不觉得他寻找对抗科赞的同盟者有何不妥，但当他们被剥夺了上战场的权利，拿不到俸禄时，他们被激怒了。忠心耿耿地效忠阿苏伯这么多年，到头来却被抛弃，士兵们难以咽下这口气。尤其是他们发现新来的那些家伙在战场上的卑劣行径后，他们就宁愿逃离，不愿抵抗了。凡是投靠科赞的人都认为自己当初的决定是正确的。

一只大苍蝇落在了阿加图的肩上，他停止了思索。似乎是为了给胆小的朋友鼓鼓劲，他低声说："科赞……他看起来不那么担心，是吧？"

福尔古崇敬地望着那位骄傲地骑在白马上、眺望远处山峦的老者。如此积极参战的领主可不多见。经历了上次的溃败后，科赞决定亲赴战场，鼓舞军队士气。

"是啊，"福尔古赞赏地说，"他相信我们会获胜的。"

　　为了给将士安全感，科赞尽量表现得沉着冷静，但他的内心却颇不平静。拥护阿苏伯的骑士已经不多了。兽人宣布不会再插手两个领主间的争端。很显然，他们后悔与阿苏伯联手了，他们把阿苏伯称作魔鬼之王。阿苏伯的贴身卫队基本上已经土崩瓦解，如今为阿苏伯效命的只有那些卑鄙怪物。可就算这一切差不多是真的，等待科赞的仍然是一场严酷的战争。

　　为了这一战，科赞集聚了卡迪历史上最大的一支军队。几乎所有村子的人都来了。就连在上一场战斗中留守宫殿的特别卫士也到战场一显身手了。只有他忠心耿耿的骑士缪塔耶克和他武艺高强的朋友们不在了。

　　如果阿苏伯违背最重要的一条不成文的法规，即如果他把巫师带到战场上来，科赞的军队将会失去优势，因为他们面对的将是诡异的敌人及其手下怪物。这一次，科赞和他的军队会想方设法将那群家伙置于火海。除此之外，科赞别无良策，为此他深感郁闷。一旦在战争中失利，他就会登上那条停在离战场最近海岸的船，逃离战场和祖国。他不想死在阿苏伯手中。他会效仿阿苏伯，卷土重来——带着他从远方雇佣来的巫师——复仇。为防万一，他的船上装满了金银财宝。不过，至少现在他还得出现在士兵面前，鼓舞他们的士气。

　　他掩藏着内心真实的感受，冲着一名骑马朝他奔来的将领喊道："嗨，光荣的胡马尔丹！"

　　胡马尔丹跟他打了个招呼。作为安全守卫的将领，他为被委以指挥战斗的任务而感到自豪。

　　"长官，弩炮已经准备好了。炮口已经装好了茅草炮弹，只要一点火，保准把那群家伙烧成灰！"

　　科赞微笑以示满意，问："弓箭手呢？"

　　"所有的箭头上都涂抹了油脂，火把也会定时供应。这次我们肯定能够战胜这群野兽。即便他们在火中侥幸逃脱，也无法长时间抵挡我们这支强大部队的猛攻。"

科赞努力用坚决的口吻说道："尽量保证我们的军队少受伤害。尽量以最少的伤亡人数结束这场战争。严防敌军冲破火阵。"

胡马尔丹唯唯诺诺地点头，退了下去。科赞用沙哑的嗓音低声自言自语道："老天啊，千万不要让敌人冲破火阵。"

列奥弗德和古尔林爬到山顶上。他们昨晚睡了一觉，恢复了体力和精神。从山顶望去，平原上的人显得很小。军队阵容令人赞叹。古尔林给古瓦德指了指弩炮，说："他们已经准备就绪了。举火把的人真多啊！好像是为了庆祝节日而聚在一起的。"

列奥弗德点点头。军队看起来的确壮观。或许他不必参与战斗。"离战斗开始还有多长时间？"他尽可能低声地问，仿佛害怕被人听到似的。

"按照羊皮纸上所写的，天刚破晓双方就会开始对决。如果是这样的话，人马妖应该快到了。"古尔林说。

"让他们来吧，"列奥弗德嘟囔着，"至少这次他们的到来在我们预料之中。"

一想到那些人马妖，列奥弗德就感觉很沮丧。他想起了缪塔耶克的死。他多想为自己的朋友报仇啊……如果战争朝着有利于科赞一方的方向发展——列奥弗德也希望如此——那么他就必须忘却这一切。生活中充满了矛盾……

突然，一阵风吹过他的脸颊，似乎有人在他脸旁搧扇子——一阵柔和、凉爽却出乎意料的微风。很快，又有一阵同样的风吹来；紧接着又有一阵。列奥弗德吃惊地望着古尔林，他看到自己的朋友也很困惑。

"你说这是怎么回事？"古尔林问，"刚才连一片树叶都没有动。好奇怪的风啊！似乎它也身不由己。"

列奥弗德焦急地说："我也不知道。但我敢肯定这阵风很诡异。"

古尔林叹了口气。"我不喜欢诡异的风，"他低声说，"一点都不喜欢！奇怪的风过后总会有不祥的事情发生。"

风一阵阵的越来越猛烈。不久，吹过来的风开始像耳光一样打在人脸上，让人脸生生作痛。山下平原上的军队也躁动不安起来。大家面面相觑。几乎是出于本能，福尔古靠近了朋友阿加图。紧靠这位身材魁梧、体格健壮的朋友，福尔古深感慰藉。风越吹越猛烈，很快这种慰藉就便荡然无存了。马匹开始躁动，骑士控制不了它们。科赞意识到了军队中的骚动，但他无计可施。实际上，这神秘的风也令他忐忑不安；敌军的人马妖还没到，自己的士兵们就已经心神不安了，这令他更加担忧。他命令胡马尔丹过来。

"长官，我来了！"

"到底是怎么回事？"科赞咆哮道，"命令他们稳住！"

胡马尔丹一边指着远处的山，一边大声说："但是，长官……"用这么大的嗓门跟自己的长官说话让他深感不安，可猛烈的大风使他不得不大喊。

"长官！看那边！我也不知道到底发生了什么！"

科赞朝手下所指的方向望去，大吃一惊。每刮过一阵风，山上的灌木丛都匍向地面，此起彼伏，整座山好像动起来一样。科赞来不及和手下说起这些，风的始作俑者就掠过了那座山。到了这时，似乎一切都不重要了。

一只他无法定义的动物在天上飞着，飞行高度与地上的灌木丛一般高。巨大的双翼不停地扇动，时而冲向空中，时而俯冲地面，或高或低地飞着。两翼之间的距离足有一条船那么长，身子像蛇那样越到尾部越细。它的头像狗头，身上有百十个凸起，如同狮子的爪子。尽管它身体的不同部位像不同的动物，它的整个样子还是超出了曾经目睹过、经历过无数稀奇古怪事情的列奥弗德的想象。

这个庞然大物说话间就到了眼前，没人敢动。望着即将到来的梦魇，战场上的每个人都吓得一动不动。这个怪物扑着翅膀逼近，风愈加猛烈。强劲的风让大家一下子清醒了过来。

整个军队顿时乱作一团。等在弩炮旁的士兵、弓箭手、农夫和守卫，甚至那个一向以对领主忠心耿耿而引以为傲的胡马尔丹，连瞥都没瞥科赞一眼，就逃之夭夭了。大家你踩我，我绊你，打翻了油锅，弄翻了食篮。来不及细想，科赞跟其他人一样落荒而逃。可他的马受了惊吓，嘶叫着直立起后腿。科赞一下子失去了平衡，摔倒在地。仓皇逃窜的福尔古永远都不会知道自己一脚踩上的正是他那高贵领主的脑袋。

古尔林睁大眼睛望着天上飞翔的怪物。要不是古瓦德把脚抵在他背后，命令他趴在地上不许动，或许他早就逃之夭夭了。不一会儿，古尔林意识到同伴的做法是对的。这只该死的大鸟没有冲他们飞过来。它甚至没有注意到他们的存在。最明智的做法是乖乖待在老地方不动。因为被这只庞然大物追得四处逃窜的人们根本就没想到往山上跑。

等科赞定了定神爬起来时，他发现战场上几乎空无一人。他的马、将士和农夫们都不见了踪影……每个人都在朝两山之间的山谷方向逃命。只有他孤零零地被丢在平原中央。"胆小鬼，赶紧给我回来！"他愤怒地、恶狠狠地大喊。但此刻似乎没有一个人会遵守他的命令。他顶着狂风向后退了两步。就在他抬头往上看去的瞬间，那只像马一样大的鸟就一口把他吞进了嘴里。

古尔林转头看列奥弗德，想确定他是否也目睹了刚才那一幕。但古瓦德已经不见了人影。古尔林大吃一惊，但他一动也不敢动。

　　紧接着，他侧了侧头，环顾四周。他的朋友正朝山脚下冲去。一想到列奥弗德会遇到危险，古尔林就非常担心。在失去了所有他在乎的人和东西以后，古尔林对这个长相吓人的陌生人有了感情。

　　列奥弗德并没有真正意识到自己要做什么。但看到怪物吞食科赞的那一幕，他觉得为了让其他人免遭同样的厄运，他必须做点什么。虽然那怪物像有明确攻击目标似的直冲科赞而来，但很明显一只猎物是无法满足它的食欲的。它朝着那些落在后面的人冲过去了。两只爪子凶狠地抓向人群，一时间血流成河。

　　突然，这只大怪鸟感到一个始料未及的重量压在了后背上。一种陌生的疼痛从尾巴和身子的连接处传到了脑部。它发出一声惨烈的嘶叫声，冲向云霄。没人敢回头去望到底是怎么回事。

　　这一切被古尔林尽收眼底。看到古瓦德跳到鸟的后背上，他惊恐地大叫一声。他不顾危险地朝山下跑去。他抓住一匹马，跃到马背上，开始追赶那怪物。

　　意识到这只大鸟开始往上飞，列奥弗德知道自己陷入了麻烦中。这将是自己有生以来经历的最艰巨的决斗。唯一让他感到安慰的是自己根本不抱任何活下去的希望。

　　这只大鸟身上布满了拳头大小硬如石头的凸起，列奥弗德将爪子插进凸起之间的空隙中才得以保持身体的平衡，但他很难将爪子插进怪鸟身体的深处，因此，他必须抓住鸟头才能制服这只怪兽。只有从鸟头上袭击才能将其置于死地。列奥弗德的爪子交替着在鸟背上移动，慢慢地朝鸟头靠近。当怪鸟飞到和城堡差不多高时，它开始剧烈晃动，拼命想摆脱背上的重负。同时愤怒地挥舞着两只爪子。

　　尽管列奥弗德的爪子很有力，但他很难保证自己不摔下来。庆幸的是，怪鸟没有飞得更高，但即便他从这个高度摔下来，他也必死无疑。正当他慢慢地靠近目标时，由于他的一只利爪刺得不够深，这个庞然大物身体一抖，他就被甩到了一边。他绕过鸟身上的凸起滑到了大鸟一侧的巨翼旁。在他几乎要摔下来时，他将一只爪子刺进了鸟的一只翅膀，并巧妙地躲开了鸟翼下鸟爪致命的攻击。他不得不一切从头开始，再次朝鸟头方向移动，他的身后留下了一串串血迹斑斑的印记。

此时，这只千方百计想活命的巨鸟已飞离了平原，来到了海边的尤米尔森林。尽管古尔林快马加鞭，他还是被远远地抛在了后面。看到远处的巨鸟痛苦挣扎的样子，他又燃起了希望。他猜想列奥弗德还在鸟背上。"朋友！小心！"古尔林冲着远方大喊。列奥弗德必须坚持住。古尔林可不想失去这个曾经救过自己一命的新朋友。

经过了漫长而愤怒的挣扎，列奥弗德最终到达了巨鸟的颈部。正如他所料，为了能够轻松自如地摆头，大鸟颈部的皮肤要柔软得多。他把一只利爪用力戳进了鸟身上凸起之间的缝隙中，另一只刺进了它柔软的颈部皮肤。他没想到一切进行得如此顺利——差不多半条胳膊都插进了鸟的颈部。他的胳膊在鸟脖子里绕了一圈，费了好几秒钟的功夫才把爪子拔出来。巨鸟的伤口一下子喷涌而出的血，让他失去了平衡。不过，他的另一只爪子还深深地插在巨鸟的脖子中，他再次悬垂在空中，暴露在巨鸟的另一只利爪之下。

巨鸟尖叫着，痛苦地蜷曲着身子。巨大的双翼时而张开，时而收紧。它的头向下垂去，直到脑袋碰触到身子。列奥弗德感觉他们在快速下落。凭着仅剩的一丝力气，他再次骑到了鸟脖子上。他一边尽量往下看，一边尽力避免滑倒在血泊中。

等到能辨认出地面上的特鲁尼树时，他费力地从鸟身体里拔出爪子，纵身向下一跃。他向下坠落了一好一段距离，压断了不少树枝和巨大的树叶，最后撞向地面。在失去知觉之前，他听到对手重重的落地声。

当他睁开双眼时，他惊奇地发现自己还能看清头顶的树枝。他原以为自己必死无疑。他全身疼痛，粗糙的皮肤上留下了许多很深的伤口，上面还凝结着血块。他还不能坐起来，就躺在原地环顾四周。自己头顶上的枝干既没有弯曲也没有断裂。很可能他现在躺的位置并不是他从天上跌到地上的位置。当他听到一个友善的声音时，刚刚在他脑中形成的疑问瞬间消失了。

"你总算醒过来了！伙计，我以前还不知道你这么懒！"

他朝着声音传来的方向望去。他看到古尔林笑眯眯地站着。这个年轻人正抱着一捧草药从森林中出来。

"这个地方盛产药材。只要我把它们涂到你的伤口上，不出两天你就会痊愈了。放心吧，我会像你以前照顾我那样悉心照顾你的。"

列奥弗德忍着钻心的痛向朋友笑笑。他的微笑中既有感激也有惊讶。他几乎不敢相信古尔林跟着他到了这里。

"你怎么会……？"

古尔林没让他说完便回答说："你是想问我如何找到你的是吧？说来话不算长。我骑着一匹马紧跟在那怪物后面。后来我看到它掉到了树林中。它落地时弄得地上尘土飞扬，一片狼藉，所以我很容易就找到了它落地的地方。不用说，我就连靠近它的尸体都极不情愿。但我怀疑你肯定就在离它不远的地方。一开始我还担心你被它压在了下面，要是那样的话就糟了。我刚准备查看，就瞥到了远处几棵断裂的树枝。我就是在那里找到你的。"

"还没等它落到地上我就从它身上跳了下来，"列奥弗德解释道。他太虚弱了，不能讲太多的话。

"你干得太棒了！一找到你，我的艰巨任务便开始了。我生怕有其他人过来寻找那怪物，或者至少有人会注意到它的尸体。我也知道你不想被别人看到。我还担心别人会把你当成是那怪物的同伙，比如它的坐骑或主人。所以我拽着你的胳膊一路拖到了这里。可真不容易啊！我真想知道你有多沉……"

古尔林一口气骄傲地讲完了整个故事。列奥弗德微笑着表示感谢。古尔林蹲在他身旁为他清洗伤口。他的本事可不小，他刚把草药涂在列奥弗德的伤口上，列奥弗德就感觉疼痛在慢慢消失。意识到自己现在很安全，列奥弗德合上了双眼。他比自己想象的还要疲惫，很快他便深睡过去。

当他再次睁开双眼时，他感觉似乎重获新生了。他坐起来，检查伤口。一丝疼痛都没有了——就连隐约的伤痛都没有。他的皮肤恢复得和以前一样好。他转过身，正好与古尔林四目相对，古尔林正自豪地望着他呢。

"你感觉怎么样？"

"你应该成为一个治疗师，而不应该是裁缝。"

"好啊，"古尔林说，"等我回到村子，我既做治疗师又做裁缝。他们过去也常说我是最好的治疗师之一。还有人想拜师学艺呢。"

列奥弗德大笑，"我打赌他们一定在想你呢！"他这样说本来是出于善意，没想到却弄巧成拙。

古尔林做了个鬼脸，说："你错了。"接着他嘟囔着："在我们村子里，最受认可的美德是勇敢。没有治疗师，没有裁缝，乡亲们照样可以活下去，但是他们无论如何也无法忍受和一个懦夫生活在一起。"

列奥弗德沉默无语。他知道古尔林说的很对。

似乎是为了改变话题，古尔林大声问："你能不能给我讲讲那个长着翅膀的怪物？"

列奥弗德张开双臂，"我也不知道。一开始是没有眼睛的人马妖，接着就是那只大鸟。真不知道接下来会发生什么。"

"那只大鸟吞了科赞，"古尔林低声说，仿佛他正在谈论一个咒语。惊险的那一幕又重现他的眼前。"或许这个噩梦就这样结束了……阿苏伯再没对手了。不管阿苏伯是不是恶魔，既然科赞没有继承人，他已经算是这场战争的胜者了。"

列奥弗德痛苦地点了点头。"这场战争或许已经结束了，"他说，"但是真正的麻烦还没有开始。我认为，阿苏伯引入卡迪的那些恶魔们不会放过我们。经历过今天的一切，从此以后不会再有人敢冒险发动另外一场战争了。但我宁愿去死也不愿做这些恶魔的奴隶。"

古尔林叹了口气。他也很担忧，他知道朋友的话是对的。或许那群怪物支持阿苏伯是另有所图的。他们是这种合作关系的受益者，老百姓迟早都会成为受害者。"但你可以阻止他们！"古尔林大声说，"你既然能打败那只怪兽，一定也可以打败其他人！"

列奥弗德疑惑地望着他。至少那只飞翔的巨鸟身体中流淌着的是血。他不清楚如何才能对付过去遇到的那些人马妖。而且，谁又能够保证能驱散一整支军队的巨鸟仅此一只呢？

他刚要张嘴说他们凶多吉少，一个陌生人的声音让他满腹疑惑地住了口。

"你无法将他们全部消灭！"

列奥弗德和古尔林朝声音传来的方向望去。一个又高又瘦的老人站在两棵树之间。他身披白斗篷，脚穿凉鞋，肩背一个破破烂烂的麻布袋，两手叉腰，每只手指上都戴着不同的戒指。

列奥弗德很警觉，他立刻起身，站到了古尔林面前。他面露惊恐，死死地盯着这个陌生人。他想弄清楚来人是否有不良企图。

古尔林望着他拴在树上的马匹，心中盘算着马与他之间的距离。他得先弄明白自己能否跳到马上逃脱，万一来者心怀歹意呢。他不担心列奥弗德，古瓦德会照顾好自己的。但是这个陌生人和蔼可亲的微笑打消了两人心中的疑虑。他用柔和、善解人意的口吻说，"很抱歉这么突然地出现在你们面前。你们经历了这么多变故，害怕我也不无道理。不过为了寻找你们又不引起他人的注意，我施了静音法术。因此，你们没有听到我走过来。"

古尔林的脸唰的一下子就白了。"哇，天啊！"他尖叫着。接着，他壮着胆大声叫道："你这可恶的家伙！依我们的习俗，你必须立即从我们眼前消失！"

陌生人又笑了笑，轻声细语地说："我知道你们不喜欢巫师。你们认为我们邪恶无比，所以你们从来不把关于我们的东西写下来。不过你们这些不成文的法规也是不对的。你们要伤害我的话，可远比我想伤害你们要容易得多。"他一边说，一边指了指列奥弗德举在空中随时准备出击的爪子。

"你想干什么？"古瓦德迟疑地问，"你在卡迪做什么？"

"我是来帮忙的，也是来寻求帮助的。我们有共同的敌人。我们中的任何一方都无法单枪匹马地打败敌人。"

"你怎么证明自己毫无歹意？"古尔林一边大声说，一边拼命朝列奥弗德背后躲。他挥舞着拳头说："你如何证明那些可恶的怪物不是你变出来的？"

陌生人大笑："我只是一个巫师，你这样说我可受宠若惊。我不得不说你真是太高估巫师的本领了。不要说变出一个能吃人的巨大怪物，就是变出一只小鸟我都不行。高级巫师或大师级巫师也做不到这一点。我敢说即便是高级巫师都无法像你技艺高超的朋友那样对付那些怪物。"

列奥弗德惊奇地望着他平生见到的第一个巫师。此人言谈举止似乎都无恶意。尽管自己以前听说过一些关于巫师的负面传闻，但他没有理由拒绝去相信他。而且，一听到对抗共同的敌人他也来了兴致。至少应该给这位老人一个机会。

"好吧。如果你确实是你声称的那样无能，那你准备如何帮助我们呢？"列奥弗德好奇地问。

这正中陌生人的下怀。听到列奥弗德的疑问，他很高兴。他说："我想给你们讲个故事。如果你们耐心听就会明白我会如何帮助你们了。"

古尔林和列奥弗德互递眼色。和这个巫师谈了一段时间了，既没有暴风雨来临，也没有石子像雨点那样劈里啪啦地砸下来。他们不愿再忍受现在的状态了。于是，他们退后几步，示意陌生人坐下来。

陌生人盘腿席地而坐，感激地嘟囔着："谢谢你们。你们这样做是值得的。"

他用一只手在空中画了个符号。等到古尔林和列奥弗德在对面坐下来，他说："在赫斯内特我们这样打招呼。在我们看来，这个符号能够引起大家注意，带来相互理解。"随后，他朝着其他两个迷惑不解的人一笑。

古尔林想说用这种方式打招呼一点都没用，但看到列奥弗德朝自己使了个眼色，就不说了。

"我敢说这是你们听到的最有意思的故事之一。"巫师说。凝望着列奥弗德树皮般粗糙的皮肤和锋利的爪子，他补充道："当然，或许比不上你们的经历有意思。"

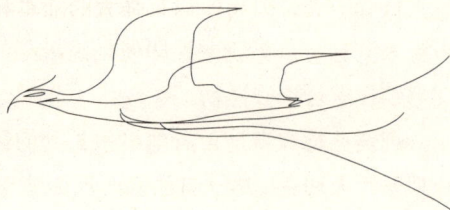

第六章　谢尔门宝典

　　"我叫盖里杨，是赫斯内特数百名巫师中的一个。我来自你们称之为遥远国的四岛中最大的一个。这四个岛彼此间遥遥相望。岛上的人民生活繁荣、富足、国泰民安。我们国家已经几百年没有经历过战争或灾难了。不少从你们国度移居遥远国的人也是乐不思蜀。而且他们比我们更加忠心地捍卫我们的国土。"

　　"我们国家的百姓以渔业和农业为生。我们没有军队，只有一小队负责维持社会秩序的士兵。但是每个岛——赫斯内特、克里泽、吕法和伊尔萨尔——都有百姓信任和引以为豪的巫师。这些巫师不擅破坏，但保卫领土的本领超强，因此有他们在我们不用害怕危险。远离我们国家的地方，还有许多别的国家。同卡迪一样，他们也有士兵。因为他们有强大的陆军和海军，所以那里的人极为傲慢。不过，我们尽量与他们保持距离，他们也不和我们亲近。我们这四个岛就像卡迪一样闭塞。我们的巫师有的接受过正规的学校教育，有的则是通过向巫术大师们学徒而成。但最特别的巫师是那些在这方面有天赋和能力，并自我发掘的人。掌握了十五种法术才称得上是巫师；掌握了三十种法术，就是高级巫师；掌握了全部的五十种法术，就是巫术大师了。也就是说，一个巫师成功与否取决于其突破等级的本领和个人禀赋。"

"四十八年前，我有幸拜大名鼎鼎的巫术大师特尔古林为师，开始学习巫术。假如我没有师从他五年的经历，假如我的后半生没有在旅行，或许如今我已经成为一名巫术大师了。不过，遵守诺言和完成使命比任何其他事情更重要。特尔古林雇我为他的助手时，我只有十四岁。我父亲是个渔夫，在我十二岁那年出海捕鱼，从此就再也没有回来。我的母亲成了寡妇。我们村不允许寡妇再嫁，因此她只能一个人含辛茹苦地拉扯着九个孩子。为了全家的生计，我和我的兄弟姐妹都在田间劳作挣钱。"

"一天，一个骑马的人沿着我家田地往南走，马被绊了一跤，他从马上摔了下来。当时周围除了我，一个人都没有，我赶紧跑上前去。这是个年轻人，他的面容让我想起了自己的父亲。我发现他呼吸困难。因为不能说话，他只好用哀伤的眼神向我求助。我看看四周，除了我还是一个人也没有。我知道要是我跑回村子去请医生或巫师的话，或许还没等我回来他就断气了。看到他危在旦夕，我万分焦急。我也不知道自己在做什么，只会握住他的手，拼命地想将体内所有的能量传给他。一种奇妙的感觉——这种感觉从此以后便在我体内扎下了根——开始引导我。几分钟后，这人呼吸顺畅了。他打了个喷嚏，慢慢站起来，一脸迷惑。等他慢慢平静下来后，他开始赞赏地望着我，并向我致谢。他问我叫什么，家在哪儿。后来他跨上马，匆匆离去。我也不知道自己是如何救了他的命。我从没接受过巫术训练，也没有实施过巫术。我再也没有见过那个人。过了一段时间后，特尔古林来到我们村子。他说他想收那个救过他兄弟一命的男孩为徒。我母亲明白这是一种荣耀和福分，就接受了他的好意。事实上，我也不想拒绝他的好意。我为自己即将开始的新生活欣喜异常。"

"就这样，我和师父共度了五年时光。到第五年初，我已经会施十种法术，具备了成为一名巫师的资格。可我不知道自己即将告别人生中最美好的时光。"

"一天，特尔古林把我叫到跟前，告诉我他要出发去证实自己听说过的一个传说，探寻他察觉到的某种邪恶的根源。而我可以自己修炼，提高巫术本领。如果我想与他一同出行，就必须做好牺牲一切的准备，并发誓永不半途而废。"

"我义无反顾地选择了跟随老师出行。我不知道这个选择对我日后的人生会产生怎样的影响。不过，即便当时我能够预测到以后发生的事情，我仍会做出同样的选择。我确信无疑。"

"在我看来，特尔古林就像我过世的父亲。"

"我们准备去寻找巫术大师厄尔萨盖——特尔古林的一个老朋友。他很可能遇到了麻烦。厄尔萨盖在失踪前曾告诉特尔古林，说他发现了一条通往'彼岸之地'的通道，并提议一块儿去那里寻找失传的法术。他希望能在那里找到治疗不治之症、消除严重干旱的法术，把土壤变得更肥沃，让赫斯内特成为天堂。特尔古林告诉他，赫斯内特本来就是一片美丽的土地，没必要让佩格也变成人间天堂。特尔古林不相信'彼岸之地'是一个尽善尽美的地方。那天厄尔萨盖离开时似乎被特尔古林说服了，因此他也没有再把这件事放在心上。几周后厄尔萨盖失踪了，他才不由地怀疑厄尔萨盖或许已经开始实行他的计划了。这种想法让特尔古林很担心。据厄尔萨盖说，通往'彼岸之地'的入口是一个位于俗称'强盗之域'的克鲁泽兰的洞穴。如果厄尔萨盖执意去那里，他一定会遇上大麻烦。出于朋友义气，特尔古林觉得沿着朋友的路线去助朋友一臂之力义不容辞。"

"就这样，我们踏上了前往克鲁泽兰的路途。师父先用法术把我们变成了两个年轻力壮的勇士。路上很幸运，除了碰到过几个无足轻重、也不热衷于袭击勇士的强盗团伙以外，我们一路安全。当然，师父本领高超，会施最复杂的隐身和遁形法术，这也使我们避免受到来自潜在敌人的威胁。依照厄尔萨盖的描述，我们最终到达了位于格罗山山脚的洞穴。从里面看，这个洞穴跟普通的洞穴并无二致。即使我一辈子都待在里面，也发现不了其中的秘密通道。特尔古林借助法术打开了一个紧闭的入口以及那扇隐藏在石头墙壁背后的门。一抹昏黄摇曳的灯光和一种诱人的温馨透过开口洒进洞穴。果然与厄尔萨盖所说的一模一样。师父告诉我不要在洞穴附近等他，而是要我每天都到秘密通道门前施同样的法术，因为这种法术的效力只能维持一天。他还让我发誓，如果他二十天内没有从洞穴中返回，我就不用管他，自己回赫斯内特去。我也想同他一起进入洞穴，但我们对'彼岸之地'一无所知，因此比较明智的做法是我们中的一个等在洞外，以防止那扇门关上。当然，最好是由我们两个中本领更高强的那个进入通道。"

"随后，特尔古林走进昏黄的灯光，消失在我的视线中。我孤身一人待在这个'强盗之域'中一座荒凉的山上。夜里睡在山洞中，每天以树林中能找到的食物果腹。日子一天天地过去，我开始担心起来。两周过去了，我不知道如果师傅没有按照既定的时间安全回来我应该怎样做。尽管我发过誓，我也不能把师父一个人扔在那里。最终，我决定遵守诺言，万一师父没有按时出来，我先返回赫斯内特，然后再回到克鲁泽兰，守在洞口，直到我咽气为止。第十七天快结束时，我已经不抱任何希望了。那天，我刚要入睡，一个衣衫褴褛、浑身是血，神情却很安慰的人从洞中跑了出来。他手中握着一把沾满鲜血的闪闪发光的剑。我惊恐不安地跳了起来。他吼叫着让我赶快关上通道的门。他显得比我更加惊恐，我立刻按照他说的去做。我刚把法术解除，那扇光之门就开始慢慢消失；在它完全消失之前，我隐约看到一个巨大的、丑陋的、令人震惊的身影。"

"看到洞穴入口最终被关上，这人突然双膝一软晕倒在地。我急忙跑过去看他是否还活着。我懊恼且惊恐地发现他不是别人，正是我敬爱的师父特尔古林。我平生第一次看到师父蓬头垢面，衣衫褴褛，身上散发着恶臭。他手中还握着一把剑。我没想到他竟然会用剑，更令人难以置信的是他那痛苦不堪的样子。"

"我用尽所有我掌握的法术和体内的能量给师父疗伤。可他伤势严重，我只能帮他延长几分钟的生命，但我仍觉得必须竭尽全力。看到他情况稍微好转后睁开了双眼，我欣喜若狂。他看起来很高兴自己能在咽气之前把发生的一切告诉我。然而，他所讲述的一切令人毛骨悚然。"

"他说自己刚刚踏进'彼岸之地'便丧失了所有法力。多亏了我等在外面没有陪他进去，否则门早就关上了，我们两个也会永远被困在里面。他告诉我厄尔萨盖经历了相同的遭遇，丧失法力后的厄尔萨盖一直被囚禁在里面。师父在寻找厄尔萨盖时，首先找到的是朋友的那把剑。很显然，他意识到正是借助这把剑的强大威力，厄尔萨盖才得以在这么多连他自己都无法描述的骇人听闻的事件中幸免于难。经过漫长的寻找，师父总算找到了厄尔萨盖。那一刻，厄尔萨盖正准备从靠近这扇门的另外一个出口出去。厄尔萨盖眼中的愤怒和怨恨告诉师父：他已经不再是原来那个善良和睿智的好朋友了。他告诉师父：自己已经发现了最强的法力。他一边将一本紧握在手中的又旧又厚的书拿给师父看，一边大声喊：'《谢尔门宝典》'！他还告诉师父他要用这本属于'彼岸之地战争之王'的书去占领每一个国家，最终成为佩格唯一的统治者；如果师父想阻止他，他会眼睛都不眨一下地立刻杀死师父。特尔古林立刻意识到原本为了做好事才到'彼岸之地'的朋友已经被这本书的邪恶魔力控制了。师父想用剑毁掉这本书，不料厄尔萨盖冲上前保护这本书。结果，剑深深地刺中了厄尔萨盖，师父内心充满悔恨，向后退了一步。就在那时，厄尔萨盖读了书上的一句话。一个怪物应声出现了，那是师父在最恐怖的噩梦中都没梦到过的怪物。师父用剑刺它，可它每一次倒地后又重新站了起来，就像什么都没有发生过似的。怪物一直将师父追到入口处。虽然在这场战斗中，师父多次将怪物刺倒在地，但他自己也已伤痕累累。他挣扎着逃出洞穴时，就明白自己将不久于人世了。"

"说完这番话，特尔古林将剑递给我，并让我许下承诺：厄尔萨盖有可能已经死在里面了，也有可能借助手中的那本书成功逃离了'彼岸之地'。但他身负重伤，已经失去了用'彼岸之地'诡异的巫术自我疗伤的能力。因此无论怎样都必死无疑了。不过，假如厄尔萨盖逃出了洞穴，就必须毁掉那本书，以确保没有人能拥有那该死的魔力。我必须去寻找《谢尔门宝典》，即使穷尽毕生的时光也要在所不惜；一旦找到它，就要将其销毁。如果有其他人在我之前找到了这本书并开始使用它的魔力，我就必须找几个人陪我一同前往'彼岸之地'，阻止这本邪恶之书的新主人犯下滔天罪行。除非我们弄清楚那本书确实流落民间，否则师父不想让我们再进入那个洞口。师父还没讲完就撒手西去了。但是他的眼神告诉我：'彼岸之地'是一个必须远离的地方，不到迫不得已的地步千万不要去那里。"

"我将他冰冷的尸体埋在洞口，感觉又一次失去了父亲。实际上，我失去的东西不只这些。为了拜师学艺，我离开了母亲和兄弟姐妹。从那一天起，我生命中的每一分钟都在不停地追寻着这本书的下落。谢尔门是战争之神，因此我出现在每一个战场上。我不放过任何谣言和传说。终于，有一天，我再次来到了这个小国家。在此之前，只要一听说卡迪首领要发动战争，我便会到这儿来；因此，这个国家我已经来过好多次了。但是由于卡迪国民对巫师的冷漠态度，前几次我在这里并没有重大发现。第一次战斗我就不在场，当我听到剑矛不入的怪物传闻时，我还是半信半疑。后来，为了静观事态的变化，我把自己打扮成一个武士，加入了贝勒姆山的作战军队。当我见到那只可怕的巨鸟时，我伤心地意识到，所有的怀疑都得到了印证。"

"《谢尔门宝典》已经落入阿苏伯之手。换句话说，阿苏伯已被这本邪恶之书控制了。它企图利用阿苏伯的野心，通过流血冲突和制造恐怖事件，实现谢尔门控制所有领地的罪恶企图。"

讲完这个故事后，盖里杨叹了口气。他望着两个听众，眼中流露出感激之情。他感谢他们在他讲述的过程中一次都没有将自己打断。古尔林脸上的表情足以说明这段讲述的效果。不过，盖里杨搞不清楚眼前这个让他惊讶不已的怪物的脑子中想的是什么。

"我把我所有的事都告诉你们了，"他说完后笑笑。"包括我心中隐藏最深的秘密。"他凝望着这一对朋友。"希望至少现在你们可以告诉我你们叫什么。"

两个朋友都说了自己的名字。列奥弗德镇定地说，自己叫古瓦德。他担忧地问巫师："你为什么不把这些告诉那些大师级巫师，你的首领们？你为什么把所有的责任都往自己肩上扛？"

盖里杨伤心地叹着气："谁说不是呢？"他说："他们过分地相信自己的本领了。他们中的大多数人都不相信我说的话，相信我的人也不把这件事放在心上。在他们眼中，'彼岸之地'只是一个谜，而我也只是一个普通的巫师而已。有些人甚至认为特尔古林没有死，是我在撒谎。他们觉得即便我说的话是真的，凭他们的力量保卫四个岛国也绰绰有余。他们根本不关心其他国家发生的事情。可漠视谢尔门的实力比漠视我师父的死亡更加危险，更加令人难以接受。"

古尔林低声说："看来我们瞎忙活了……为了摆脱巫术我们努力了几百年。到头来，最伟大的巫师们也无法对抗的最邪恶的魔力却找上门来了。"

列奥弗德假装没有听到朋友的抱怨。"那你想让我们做些什么呢？"他问巫师。事实上，他已经知道问题的答案了。但是，他仍然想它从盖里杨嘴中说出来。

盖里杨似乎不忍心说出自己的请求，他为难地说："我想让你们拯救你们的人民、我国的人民和其他所有的民众。我想让你们替我师父特尔古林和他朋友厄尔萨盖报仇。我请求你们到'彼岸之地'去，找到战胜谢尔门的方法！"

"什么？"

古尔林尖叫一声。事实上，这声尖叫源于他内心的恐惧。盖里杨把它当成了一个问句，回答道："我记得去那里的路。我从来没有忘记过。我可以一路把你们带到洞口，你们进去。我保证我一定确保洞门一直开着，直到你们回来。"

"你一定是疯了！"古尔林惊叫，"我们绝对不会这样做！到强盗之地去，没门！你还是自己去找其他神志不清的人跟你一起去吧。"

古尔林这句话似乎只说给他和巫师两个人听的。列奥弗德没有理会，问："我们必须这样做吗？"

盖里杨点点头。"这是我们唯一的机会了。我亲眼见过那只会飞的怪鸟。就连最厉害的巫术大师也很难对付得了它。每个人都说人马妖刀剑不入。所有这一切都是因为那本书的最后两页。谁也不知道书里面到底写的是什么。我觉得在佩格是找不到战胜他们的力量的。如果这种力量真的存在，特尔古林肯定早就知道了。"

看着列奥弗德点头表示同意巫师的观点，古尔林试图进行最后的反驳：“但阿苏伯想占领的只有卡迪，如今他已经得手了。你怎么知道他会变本加厉呢？他没有理由再使用那本书了。”

盖里杨说：“当初厄尔萨盖所关心的也无非是找到能够疗伤的新法术而已。”

列奥弗德接着巫师的话说下去：“一个人会在短时间内被各种各样的力量所蛊惑，即使这种力量与魔力沾不上边。阿苏伯如此轻而易举地占领了卡迪，他自然还会觊觎其他领地。而且，不要忘了，是我们杀死了他的怪鸟。这将成为他再次使用那本书的借口。”

“他使用那本书的次数越多，他就会越依赖那本书……”

古尔林吞吞吐吐地说，这表明他已经做出让步了。

为了舒缓这种压抑的氛围，盖里杨用鼓励的口吻说道：“你们成功杀死了那只怪鸟。我相信你们在‘彼岸之地’一定可以保护自己的。也只有你们能够完成这项任务……”

“不要把我包括在内，”古尔林嘟囔着，“我只是个没用的懦夫。我从来都没有用过武器。我都没有打过猎。如果我的朋友决定踏上这条路，那就让他一个人去吧。”

盖里杨拿起放在膝盖上的布袋。从他拿袋子的姿势来看，里面装的是一把剑。“两个人更好些。这样，你们就不用怕背后受人攻击了。就算你不是剑侠也可以用用这把剑。”

在其他两个人惊讶目光的注视下，盖里杨起身，小心翼翼地将剑从袋子里拿出来，仿佛这把剑就是一本圣书。列奥弗德有一把威力无比的剑，他不屑一顾地望着盖里杨手里的兵器。

“这只是一把普通的短剑。”他说，“没什么特别的……模样也很难看。”

盖里杨轻笑着说：“话不能这么说。好东西不需要炫耀！”他叹口气，怜爱地抚摸着剑。"这把短剑叫戈尔巴。它是美德之神埃迪亚的剑。我师父没有告诉我他是如何得到这把剑的，但他给我讲过它的威力。没有什么是这把剑穿不透的。只要手执此剑就能免受各种侵袭和攻击。还有，它只伤害邪恶之人。绝不会伤害一心向善的人。"他神秘地笑笑，接着说："我已经试验过了，我所说的千真万确。"

古尔林和列奥弗德互相对视了一眼。经历了这么多风风雨雨，他们可以相信盖里杨对这把剑的描述。但是，古尔林似乎还没有被完全说服。

巫师注意到了古尔林的犹豫，他把剑放到这位年轻人手中，说："拿着它，掂掂它的重量。你会发现它很轻。"

古尔林站起来，不太情愿地接过剑。这把剑果然很轻。但正如古瓦德刚才所说的，它看起来极为普通。他的手侧翻，戈尔巴的剑端触到了地面。

盖里杨退后几步，盯着古尔林问："你说你从来没有用过剑，果真如此吗？"

古尔林点点头。"那就让我们看看你如何接这一招吧！"

说时迟，那时快。盖里杨转了转胳膊，一只巴掌大小的铁饼从他一侧的袖子中落进他的掌中。他嗖嗖地转了几圈，将锋利无比的铁饼投掷了出去。

古尔林和列奥弗德没有想到盖里杨会突然来这样一手。尽管列奥弗德反应敏捷，但他也来不及伸出爪子去阻止铁饼。他只能无助地望着致命的铁饼在空中盘旋着，然后冲着古尔林的脖子飞去。

古尔林被吓得魂飞魄散，呆若木鸡。接着，他握剑的那只胳膊向空中扬了扬，戈尔巴便以迅雷不及掩耳之势将飞来的铁饼砍成了两半，假如列奥弗德认识的所有武士当时都在场，他们也会被戈尔巴风驰电掣般的速度折服。破碎的铁饼落到地上时，古尔林大气都不敢出，也不敢尖叫。

"看到了吧，这就是戈尔巴！"盖里杨大喊。他就像个调皮的孩子，哈哈大笑。列奥弗德脸上却找不到一丝微笑。

列奥弗德从仍在浑身发抖的古尔林手中夺过剑。他爪子这么大，握着这样短的剑还真是费力。他拿起剑冲着盖里杨的脑袋刺了过去。戈尔巴在空中划了一个大大的弧线，接着便在巫师前额上方一厘米的地方停了下来。尽管古瓦德强健有力的双臂能将一棵树拔出来，但此时无论如何他都不能使这把剑向前再移动一分一毫。

盖里杨依然微笑着，面无惧色。列奥弗德放弃了与戈尔巴威力的抗衡，放下胳膊。剑哐啷一声落到了地上。

"显然，你刚才讲的都是实话。"列奥弗德说。

盖里杨点点头。"我的朋友，谢谢你证实我一心向善。但我们还是不要再开玩笑了。我们前面的路还长着呢。"他朝古尔林笑笑，"你也看到了，这把剑会保护你不受任何伤害。你还是跟我们一起走吧。"

古尔林总算抖得没那么厉害了。他从地上捡起戈尔巴，将它别在腰间。他大脑空白了几秒钟后，耸了耸肩。他没有更好的去处，只要有古瓦德在他身边，这把剑在他腰间，再糟糕的地方也总比自己孤身一人待着安全。他气呼呼地对盖里杨说："我也不知道这把剑能不能保证我不受伤害。但是有一点是毫无疑问的，它不能保证我不犯心脏病！我打算跟你一起走，但是如果下次你再捉弄我，别怪我不客气。我会用双手将你杀死，它们可不管你是否一心向善！"

他们花了两个多小时走出了尤米尔森林。蔚蓝色的罕萨海浩瀚无际，风光无限。列奥弗德和古尔林以前都没有见过大海。和卡迪的其他人一样，他们不热衷旅行，也不会游泳。在他们眼中，这条将他们与遥远的国度分隔开来的蓝色海岸线显得格外陌生。因此，当盖里杨给他们指指拴在远处一块大石头上的小船时，他们不安地你望我，我望你。

"一点风都没有，"古尔林嘟囔着。他是在找借口。但盖里杨把他们两个人推上了船。

"木桶中我们已经积蓄了足够的淡水，"他说，"我们会从大海中获取食物。你们不用担心没风。一切包在我身上。"

他低下头，双手合十，抱在胸前；双眼紧闭，嘴唇微微颤动。几分钟后，他一动不动地进入了昏睡状态。慢慢地，一阵微风吹起。风越来越大，逐渐涨满了帆。当小船驶离海岸，曾将船紧紧地拴在岩石上的绳子被抛向空中时，列奥弗德和古尔林都赞赏而又敬畏地望着盖里杨。

"好嘞！"巫师大声喊道。他看起来很自豪但也很疲惫。他解开绳子，跳进船里。几分钟后，他们已经离陆地几米远了。列奥弗德双膝靠拢身子坐了下来。他尽量不去望大海和亲爱的故土卡迪，随着时间一分一秒地推移，他离故乡越来越远了。他将头深埋在两只胳膊中。相反，古尔林正津津有味地欣赏着远处的树木、山峦、岩石和蔚蓝的大海。

"我们要去克鲁泽兰了……"他说。他简直无法相信所发生的一切。恍然间他看到海面上浮现着一张心爱的脸、一张失望地盯着他的脸。那是鲁米的脸……她看起来美丽依旧。

"亲爱的，我猜过不了多久我就可以跟你会合了，"他自言自语道。他尽量不去想"彼岸之地"。他和列奥弗德竟然如此信任盖里杨，以至于将生命托付于他。他瞥了巫师一眼。那位老人直立在桅杆旁边，蓝色的双眼眺望着地平线，似乎他已经忘记了列奥弗德和古尔林的存在。

古尔林握住别在腰间的那把剑的柄。一股暖流从戈尔巴汩汩地流进了他的体内。他感觉有些不太适应。或许这股暖流就是人们所说的自信吧。

　　他希望能够像信任这把剑一样充满自信……

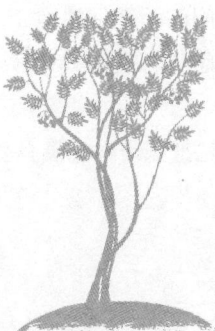

第七章　克鲁泽兰

　　几天后，古尔林和列奥弗德已经习惯了大海。此刻，不论他们往哪个方向望去，都只能看到地平线。但他们已经不像以前那样因为见不到陆地而害怕了。唯一困扰他们的是：他们只能吃各种各样的鱼，喝变了味的水。每次盖里杨将鱼线抛进海里总能钓上几条鱼来。即便如此，食物的味道还是令进食变成了一种折磨。盖里杨说几周后他们就会习惯食物的味道，一想到旅途不会持续那么长时间，他们还是长舒了一口气。

　　第三天早上，古尔林向巫师询问他手上戒指的事情。这个疑问已经困扰了他好长时间了。"你手上的戒指表示你能够施巫术吗？"

　　"不是的。"盖里杨回答。"它们跟巫术没有任何关系。但我可以告诉你它们像我的巫术一样有用。"

　　古尔林更加好奇了。注意到古尔林好奇的眼神，盖里杨觉得有必要解释一下。"这些戒指上的宝石是可以打开的。里面装有各种各样的液体。"他指着一只形似鹰头的戒指说："比方说，这里面的几滴液体足以让一只熊昏睡两天。"然后他又摸了摸一只星状的戒指，用两个手指将其上端打开。底部一滴白色液体清晰可见。"这里面盛的是一种可以融化铁的强酸。"

古尔林点点头。他被震撼了。他指着一只像头盖骨的戒指问："那这一只呢？"

盖里杨微笑着。从远处望着他们的列奥弗德感觉出盖里杨的微笑中隐藏的伤痛，不禁一阵颤栗。"这块宝石下面等待的是死亡。缓慢、痛苦而又确定的死亡。人只要一碰到那种毒药便不会再有生还的希望了。我已经被迫使用过它好多次了。每一次把液体加满时，我都希望从此可以不再使用它。但还是有人往枪口上撞。"

古尔林走开坐在了船沿上。了解这些已经足够了。或许，这个谈起杀人时带有浓厚嘲讽意味的人是一个怪人。列奥弗德能感受到盖里杨言语背后隐藏的真实情感，他不由地替盖里杨感到惋惜。盖里杨本可以利用自己的本领让树木缀满花朵、让土地变得更加肥沃。他一定是由于肩上背负的义不容辞的责任而被迫屡屡冒险。他铁饼投掷的技术和准确足以证明他杀死过不少人。而且，列奥弗德坚信盖里杨讨厌杀人。

为了调节气氛，列奥弗德朝着盖里杨大喊："你为什么不给我们讲述一些关于克鲁泽兰的事情！你参加了这么多场战争，肯定到过那里很多次。"

盖里杨摇了摇头，"这是我第二次去那里。由于克鲁泽兰是无政府之国，因此那里从未爆发过战争，国民们顶多小打小闹。那确实是一个美丽的国度。除了少数几座山之外，大部分土地平坦，森林密布。赫尔图河将其一分为二。克鲁泽兰与两个富国为邻。它的两个邻国沿着边境线修建了岗楼和军事营房，一方面是为了保护他们免受克鲁泽兰国民侵袭，另一方面是为了防止自己国家的罪犯逃到克鲁泽兰境内。然而，任何一个国家都无权控制海道。"

"我曾听说在那里碰到的人要么是土匪，要么是逃亡者。果真如此吗？"

古尔林插了一嘴。这会儿他也来了兴致。"事实上不是这样的。我知道过去即使是被土匪洗劫一空后还有一些人决定留在克鲁泽兰。因为他们不富裕，所以他们不害怕。直到他们富裕的邻国——古达尔和奥姆尼夫加强了边境安全维护力度后，克鲁泽兰才真正动荡不安起来。海盗控制那里的时间已经很久了。假如你居住在那里的时间足够长，你就会很安全。因为通常，海盗不会扰乱克鲁泽兰人民的正常生活。他们只对公共海域中的商船感兴趣。"

列奥弗德自言自语道："不管他们是不是土匪，我希望他们会说佩格语。"他抬起爪子，微笑着。"我可很难通过肢体动作和他们沟通！"

盖里杨点点头，说："他们确实会说佩格语。差不多所有的佩格领地我都去过，还从没碰到过一个不会说佩格语的人。祖先做得最好的一件事就是用一种语言将人们联结在一起。除了几个后来才被发现的野蛮部落以外，不论是兽人还是人类，我们都可以交流。这些野蛮部落只在福沃利沼泽地周围，也就是佩格的另一端。"

"土著人算不上野蛮动物，"列奥弗德说，"有一次我曾经遇到两个土著人。他们有些怪异，但表面看来非常镇定自若。我甚至可以告诉你们，他们比我认识的很多人更有教养。"

"我指的不是土著人，"巫师说。"实际上他们比表面看起来更精明。但是请相信我，在福沃利内陆确实有一些非常危险的家伙。我真希望你们永远都不会遇到他们。我小腿肚上的两个伤疤让我永远记得他们。"古尔林叹了一口气。他满脑子想的都是海盗。他曾经听说过关于海盗的一些传闻。但在卡迪，就连一般的船只都很难见到，就更不用说海盗了。事实上，他不是在抱怨，只不过是很好奇罢了。

"我真想知道海盗船什么模样……"他嘟囔着。事实上，他很困惑。

谈话后不到一个小时，盖里杨将钓鱼线扔进海里。他一边吹口哨，一边钓鱼，准备晚饭。古尔林望着一望无际的大海，半睡半醒地躺着。突然，列奥弗德的一个问题吸引了他全部的注意力："古尔林，你提到过海盗船是吧？"

这个年轻人点点头。

"盖里杨，或许你非常了解海盗船。"

"非常了解，"巫师说，"一个走南闯北的人必须这样，否则便会遇上麻烦。"

"它们像小山那样大吗？"

盖里杨点点头，"是的，很大。它们只有这么大才能钩住和拖住商船。"

"船两端都有塔楼吗？"

尽管很惊讶，盖里杨还是微微一笑。"当然有，塔楼是为射箭手修建的。有时候船上还会有弩炮。"

"海盗船上挂黑色旗子吗？"

"几乎所有的海盗船上都挂。"盖里杨突然变得沉默不语。他怀疑地望着列奥弗德，问："你以前见过海盗船？"

列奥弗德担忧地摇摇头。"没有，"他说，"我只不过想弄清楚是什么船在向我们驶来。"

古尔林和盖里杨同时转身向背后望去。古尔林惊讶得连一句话都说不出来。盖里杨痛苦地说："杜克盖德！"此刻，他完全明白这条从小岛后面出现的骇人的船是什么了。

"那不是一条海盗船吗？"列奥弗德问。盖里杨的声音听起来十分担忧。"我想是的。糟了。这是克鲁泽兰国王佩尔图的船。

它身形巨大，但行驶速度很快。一旦被它发现，我们就无法逃脱。"

古尔林又是一阵颤栗。似乎旅途比自己想象的要早结束了。最早发现杜克盖德的是列奥弗德，他也注意到海盗对他们毫无兴趣。

"我觉得我们没有必要担心。他们一定是在追那边的那条船。"

另外两个人循着他所指的方向望去，看到了另外一艘船。那船已经走远了，但从它涨满的帆判断，它一定在飞速行驶。

盖里杨深吸一口气。"我们的大块头朋友说得对。"他说，"那是一艘商船。从旗子来看，它来自杜斯。他们正在逃离佩尔图，但他们顺利逃脱的可能性不大。他们到达最近的海岛之前就会被海盗们追上。谢天谢地，我们不用观看一场血腥之战了。"

直到那艘海盗船不再向他们的方向驶来，古尔林才松了一口气。他们自己这艘船的大小已让他吃惊不小了，如今跟杜克盖德一比，它就像一只小昆虫。这艘海盗船上竖着三根巨大的桅杆，桅杆上随风飘动的帆不计其数。他看到黑色小斑点般的海盗们正围着桅杆、甲板和两个塔楼转来转去，还有海盗腰间闪闪发光的剑。尽管他看不清他们的脸，但他可以断定这些人不太友好。他死死地盯着他们，直到他们消失在他的视线之外。即便如此，一种莫名的不安在他心中涌动，好像他还会再次遇上他们。

接下来几天的航行还算平淡无奇，他们只有一场有惊无险的经历。一天夜里，天气骤变。他们的船就像个小玩具似的被滔天巨浪抛来抛去。他们不止一次地逃脱了被惊涛骇浪打翻船的危险。船帆的缆索劈啪作响，甲板似乎要裂成碎片。幸运的是，巫师的驾驶技术精湛，他们的船还漂浮在海面上。古尔林很害怕，比他当时见到怪鸟还要怕。唯一令他宽慰的是古瓦德脸上的表情。不过，古瓦德也不知道该如何对付这种陌生的危险。

一天早上，盖里杨眺望到了陆地。他们的海上航行也就是在这一天画上了句号。大家按照原先的预想准时到达目的地，盖里杨为此深感自豪。列奥弗德觉得盖里杨是个当之无愧的水手。他兴奋地望着眼前越来越大的棕绿色领地，自己熟悉和盼望已久的景色终于重现眼前。

船离岸边还有几米远，盖里杨就跳进了冰冷的海水中。海水漫过他的双肩，他先将拴在船头上的绳子绕着腰围了几圈，接着朝海岸走去。他冲着另外两个人大喊，让他们也照着这样做。古尔林和列奥弗德不安地相互对视了一眼。他们不想跳进海里，可有他们两个在船上，巫师就无法将船拖到岸边。为了赶紧离开这片陌生的、广阔无垠的蔚蓝大海，尽快地踏上安全的陆地，这两个朋友也拖拽起了绳子。多亏列奥弗德力气大，几秒钟后船就靠岸了。为了防止被压到船底，他们都站在一旁。

担心会涨潮，盖里杨把船系在附近的一块牢固的石头上。接着，他摆出施法术造风时的姿势，嘟嚷了几句。一个蓝色光球出现在他的头顶上。光球悬在空中一动不动，仿佛已经停留在那里很久了似的。巫师抬起头、睁开眼，看见另外两个人正好奇地盯着他。

"我施了个小法术，那样我们回来的时候就可以找到这个地方了，"他说，"我打算再变出一个跟它一模一样的光球。不管我走到哪儿，只要我一想回来，它便会像鸟回巢一样飞回到这里。我可以跟在它后面找到回来的路。当然，前提是我必须在几周之内就能返回。否则，一旦过了时限，它就会逐渐消失。"

古尔林望着巫师，面露不悦。"如果我们失散了怎么办？我们怎么回来？"

"你们最好别跟我失散！"盖里杨微笑着回答。

这三个人肩并肩地走进了森林。森林中的树木与卡迪的树木没什么区别。此处的土壤和空气也不陌生。然而，列奥弗德和古尔林都意识到他们不属于这个地方，他们在这里也不会受欢迎。他们一个一只手紧握住别在腰间的剑柄，另一个扬起锋利的爪子，准备随时出击。盖里杨能够感受到朋友们的焦虑不安，但无法安慰他们，因为他被同样的感受困扰。

他们快速穿过森林。盖里杨指着眼前一条湍急的河流说："这就是赫尔图河。"他补充道："我们朝着它流淌的方向前进。山洞就在我们将要看到的第一座山的边缘。洞口有一棵被闪电劈成两半的大树，所以找到它应该不会太难。"

列奥弗德谨慎地环顾四周。他担忧地问："这个地方太平静、太荒凉了。你们不觉得奇怪吗？"

"不奇怪，"盖里杨说，"我带你们来的是最安全的地方。我们本来可以在离山和山洞更近的地方登陆，但我觉得最好还是多走些路，以免陷入麻烦。"

"你的想法不错，"古尔林低声说道。只要知道他们在通往洞口的路途中不会遇到任何土匪，连续走几天路他也不会介意。

"你为什么不把我们三个变成勇士呢？"他问巫师，"你明白的……就是你在克鲁泽兰碰到的那些人。我们现在的模样太引人注意了。"

盖里杨点头表示同意。他们这个由巫师、农夫和野兽组成的队伍难免会引起土匪头目的注意。他尴尬地说："不好意思……我知道，说起来像我这样一把年纪的巫师竟然不能施法改变人的容貌，你们肯定会大失所望，但我从来都没有机会提高在这方面的本领。"

"不用担心，"列奥弗德拍着巫师的肩膀说，"你本领不差。你已经向我们证明了你可以做到最好的巫师都无法做到的事。"

走了很久，盖里杨给他们指了指远处的格罗山。古尔林和列奥弗德感到很失望。他们原本以为去往"彼岸之地"的通道所在的山会雄伟壮观得多。然而，他们眼前的这座山连卡迪最小的山都比不上，更不用说与贝勒姆群山相比了。

"即使山洞坐落在山顶我也不会介意。"古尔林不无讽刺地低声说道。事实上，他之所以用这种口气是因为越靠近那座山，他的心就怦怦地跳得更厉害了。他们加快脚步，来到格罗山脚下。列奥弗德很高兴他们没费吹灰之力就离开了克鲁泽兰。对于"彼岸之地"，他倒不像古尔林那样悲观。他们对那个地方了解不多。但他们坚信克鲁泽兰是一个痛苦和暴力横行的国度。

他们围着格罗山转时，盖里杨领先他们几步，仔细观察着那些生长在森林边缘的树木。列奥弗德感觉这段路走得太长了，但他什么都没说。最终，他们发现了一棵树干破裂的大树——它看起来很像巫师提到的那棵，列奥弗德发现盖里杨变得兴高采烈起来。他们张望四周，却没见洞穴的影，因此继续向前走。未能发现洞穴，古尔林忐忑不安起来。难道这座山实际上比它从远处望去更为雄伟？他们又步行了一个小时，结果遇到了另外一棵一模一样的大树，他们不禁目瞪口呆。

他们绕山一圈后连一个山洞都未发现。

"盖里杨，怎么回事？"列奥弗德焦急地说，"我们见过这棵大树了，我们不可能把它和另一棵树搞混。"

盖里杨站在他们面前一言不发。"对，对……"他轻声说道，似乎在自言自语，"这是我们要找的那棵树。这肯定是。山四周也没有其他这样的树啊。"

突然，他转过身，朝着这座山狂吼一声："该死的山洞到底在哪儿？"列奥弗德和古尔林被他的喊叫声吓了一跳。

如果说没能找到山洞使他们感到惊讶，忽然间从山里传来的一个温柔的声音，应答了巫师的问题，这让他们瞠目结舌。他们呆呆地站在那里，倒抽一口气，甚至忘记了那个山洞。

"有风度的男士不会在女士面前说脏话。"他们一脸狐疑地望着这座山。不要说脏话，现在他们可是连一个字儿都说不出来。接着，他们又听到了那个女声："有风度的绅士不会不理睬说话的女士。"

转身朝着说话声传来的方向望去，他们不禁松了一口气。尽管面前这位年老的妇女与周围的环境不太相宜，但她面带微笑地望着他们，这让他们感到轻松了许多。

盖里杨不介意这位年老女人的突然出现，以及她毫不畏惧地望着古瓦德的样子。他只是嘟囔着说："女士，这附近一定有个山洞！你知道它在哪儿吗？"

她没有马上回答，只是面带笑容地盯着巫师。接着，她平静地说："一个山洞？以前这里有好多山洞。格罗山脚就像老鼠窝。"她伤心地叹了口气，说："当然，那是在地震发生之前……"

"地震！"盖里杨大叫，"什么地震？"

"三年前，大地突然像发了疯一样。我预感地震即将来临，但是没有一个人听我的话。我和我丈夫幸运地活了下来，好多人却被掩埋在地震的废墟中，丧失了生命。死去的孩子们令我最感惋惜。假如他们的父母早听我的话，这些无辜的生命本可以得救的。但谁又会听祭司的话呢……"

盖里杨不耐烦地嘟囔着："可是这跟山洞有什么关系呢？"

这个女人哈哈大笑。她像是在给一个小孩子解释问题似的，用缓慢的语速，一字一句地强调着："所有的山洞都坍塌了，孩子。这就是它们之间的关系。"

这个年龄跟她差不多，却被她称为"孩子"的人，跪在了地上双手捂着脸，身子往后退缩。一切都结束了，没人能够阻止得了谢尔门。列奥弗德和古尔林对视一眼，然后无语地盯着身后的那座山。山洞就在那边，然而，洞口堆满了石块；石块太大了，没人能搬得动，古瓦德也不行。就算一个军队的人来清理石块，也找不到通往"彼岸之地"的通道。他们拿不准大地震过后那扇门是否依旧存在。

他们三个人痛苦地呆立在那里。这位上了年纪的妇女走到古瓦德跟前，充满怜爱地望着他的脸。"跟我想象的一模一样，"她说，"每一个细节都是……"

列奥弗德听不懂她在说什么。他满脑子想的都是他们白来这个该死的地方了。

这位老女人又来到古尔林跟前。她用自己苍老和满是皱纹的双手抚摸着这位年轻人的脸。古尔林一时不知所措。

"你一定就是那个人。"她说，"那个会救出我丈夫的人。"

"不好意思，女士，"古尔林结结巴巴地说。"你一定是认错人了。"

这位妇女同情地微笑着，"我从来不会认错人的。"她说，"有一些事情我无法预测，比如我没能预测到他们会将我丈夫带走。但是，只要我能预测到的未来，我就不会出错。"她笑着补充道："你们就是将救出我丈夫的那几个人，我确信无疑。这也是你们到这里来的原因。"尽管列奥弗德大惑不解、灰心丧气，但他还是对眼前这个天真无邪的年老妇女心生怜悯。他想：她一定是疯了。他安慰地说："女士，你错了。我们来这里不是为了救你丈夫的。我们连你丈夫都不认识。"

她笑了笑说："是你错了，大块头。我在梦中看到你们救了我丈夫。我是说你们会去救他的。我的梦总是会变成现实。否则，我怎么会知道你们今天到这里来呢？"

古尔林插了一句："女士，你先生怎么了？"他很好奇。他的一只眼盯着一动不动的巫师。他想起了他戒指中的毒药。他真怕这位老人心灰意冷地自寻短见。

"是海盗们将他带走的，"她恨恨地说，"其实，他们说他们也不想因为杀死一个女祭司的丈夫而下地狱，他们之所以这样做是受雇于他人。"她用拳头捶打着胸口。她怒不可遏地说："我只是一个连自己丈夫都保护不了的无用的女祭司！"

列奥弗德更加同情她了。"谁会雇海盗杀一位老人呢？你丈夫一定是惹怒了某人。或许，他是一个逃亡者？"

"我丈夫是一个天使，"她被激怒了，"他不会伤害任何人，也不会惹怒别人。他不会的。"她用一只拳头击打着另外一只手掌。"全怪那本该死的书！"

其他三个人震惊了。盖里杨迅速站起来。他涨红了脸，疯了似的盯着那个女人。"书？"他问，"什么书？"

女人伸开双臂，说："我也不太清楚，我和我丈夫都不太识字。但临死前将这本书交给我丈夫的人说它叫《谢尔门宝典》！"

盖里杨那颗年老的心差点停止了跳动。列奥弗德和古尔林目瞪口呆。他们嘴张得大大的，惊讶地望着她。

看到他们突然有了兴致，她高兴地说："原来你们也在找这本书。你们要是早点来就好了……"

巫师跑到她面前，握住她的手，低声说："女士，书在你手上？还是在你丈夫手上？"

"书已经不在我们手上了。几年前，我们将它藏了起来。我丈夫说这本书很珍贵。那个在咽气前将这本书交给他的人胡言乱语了一番，但他再三嘱咐我丈夫一定要保管好这本书。我丈夫最感兴趣的是书封面上的金色装饰物和银色刺绣。但我们又读不懂里面写的内容，对我们有什么用呢？"

列奥弗德忍不住问："女士，现在这本书在哪儿？这对我们很重要。"

她懊恼地低下头，说："我们已经把它卖了。我们把它卖给了一个投宿我们家的游侠。我们本来想等到日子窘迫的时候再将它卖掉。可我们打算离开克鲁泽兰，搬到一个安全的地方度过余生。那个游侠对这本书很感兴趣，我们想都没想就卖给了他。我丈夫乌尔唐将那人临死前所说的一切都转告给了书的新主人。为了让游侠动心，他开出了更高的价格。这方法果然奏效。游侠离开后，我和丈夫望着这么多钱，欣喜若狂。但就在当天晚上，我做了一个奇怪的梦。我预感到卖掉这本书会给我们带来厄运。果然，还没等我们收拾东西离开，海盗就闯了进来。他们强行带走了我丈夫，还说我得感谢他们的不杀之恩。"

　　还没等说完，她就哽咽了起来。她一只手捂着脸，抽泣着。列奥弗德和古尔林你看看我，我看看你，又望了望陷入沉思中的巫师。实际上，此时的盖里杨却如释重负，心中的石头总算落了地。一开始，他还不清楚那书消失了这么多年后怎么会突然落到了阿苏伯手中。现在真相大白了。厄尔萨盖拿着这本书离开了"彼岸之地"，后来他一定是碰到了这位女人的丈夫。厄尔萨盖临死前肯定是受《谢尔门宝典》邪恶的魔力控制，将这本书交给她可怜的丈夫，因为书留在一个死人手中没有任何用处。幸运的是，他们夫妻二人都目不识丁，因此尽管书在他们书架上放了好长时间，也没有被佩格最强大最邪恶的魔力伤害。后来，那个游侠一定见过这本书，认出了它，它最终才落到了阿苏伯手上。

　　盖里杨转身面向妇女，充满信心地问："你丈夫说他是在什么地方找到这本书的吗？那人又是在什么地方把书交给他的？"

　　事实上，他开始相信这个女人是个真正的祭司，因此他能够预测到她的回答。

　　"没有。"这位上了年纪的妇人说，"他告诉过我如何找到这本书的，但在哪儿找到的他只字未提。我也没有问。"

　　盖里杨莫名其妙地笑笑。他望望那对静静地听他们对话的朋友。他耸耸肩，似乎在说他们必须坦然面对即将来临的一切。

　　他说："还有另外一扇门。厄尔萨盖就是从那扇门离开的。那扇门总是开着，不需要任何法力。它靠近我师父在'彼岸之地'用过的那扇门，好像离克鲁泽兰不远。"

　　列奥弗德明白这句话的含义。找到另外一扇门是他们唯一的希望，而乌尔唐是唯一能够带他们找到那扇门的人。古尔林懒得去想。既然一会儿盖里杨会告诉他们应该做什么，他觉得自己没必要自找麻烦考虑这么多。

　　"女士，我们会尽力救出你丈夫的。"盖里杨说，"我希望你的预测是对的。我们真心希望能够把他救出来。你知道是谁将他带走的吗？"

　　"当然知道，"她说。她把捂着脸的手拿开，露出了泪汪汪但充满希望的双眼。"有谁不知道臭名昭著的佩尔图的手下呢？"

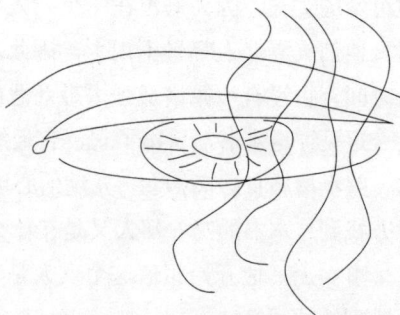

第八章　佩尔图的港口

弗莱格躺在床上很不舒服，他坐了起来。他两手抱头，挠挠油乎乎的头发。一会儿，他觉得完全清醒了。就站起来走到半开半闭的窗户前，他朝窗外望去，呼吸着新鲜的空气。经过一夜的折腾，全身所有的关节都感到酸痛。

他扭过头，瞥了睡在床另一边、四肢都戴着镣铐的裸体女人一眼。"这太值了！"他咧嘴笑着。

她是这么多年以来他占有过的最漂亮的女人。事实上，在克鲁泽兰只要花一个金币就可以买到好多女人，但谁也比不上眼前这个年轻、没被人碰过的美人……就连佩尔图成群的妻妾中也找不到一个像她这样的漂亮女人。这个女人是上次他们掠夺的那艘船上发现的战利品。他本来打算将她带到这里作为礼物献给主人，佩尔图喜欢手下大献殷勤。可当他发现佩尔图出海未归后，弗莱格就决定将她留给自己。他忠心耿耿服侍这么多年的主人不会反对他将这个小小的战利品据为己有的。

他慢悠悠地穿好衣服走了出去。他不知道离破晓还有多长时间，但是整个港口被火把照得一片通明。他转身朝着临海的高墙走去。全副武装的守卫们正在执勤。他可以看到那艘已经起锚离开海岸的船只上面的桅杆。"有一天，我也会成为杜克盖德号的船长，"他自豪地自言自语道。身为佩尔图的心腹，他也拥有一艘漂亮的船只，但一想到名扬四海的杜克盖德号总有一天会成为自己的囊中之物，他喜不自禁。

他两手叉腰，叹了口气。当然，他必须比佩尔图活的时间更长，这样才能等佩尔图死后实现自己的梦想。在浩渺的大海上他觉得自己的人身安全难以保障，所以他更喜欢待在港口。没有人敢侵袭海港。很少有大船能够迅速驶入这个小海湾。墙后的那些巨大弩炮足以使那些船只葬身海底。它们身后的茂密森林只容许一小队步兵穿过，他的手下们可以轻而易举地将他们击退。为防止囚犯越狱逃跑或其他入侵者，高墙与地面相接的地方点着火把。漆黑的地方设置了各式各样的陷阱，有放满毒蛇的坑，也有熊夹子。简而言之，他们随时准备迎战被他们在海战中吓破胆的杜斯鲁或赫尔图格商人。

他微笑着走到前方的一个水井旁边。火把离得水井略微有些远，光线昏暗，因此，他小心翼翼地迈着步子。他拉起水桶，咕咚咕咚地喝着冰凉的水，直到喝得心满意足为止。现在，他感觉有精神跟那个漂亮的奴隶玩几个新游戏了。

他转过身，嘴里哼着小曲："谁能打败我们……"突然一只爪子抓在他脸上，顷刻间从前额到下巴被抓得粉碎。

列奥弗德将尸体扔进水桶，又将水桶扔进井里。他不想被人发现弗莱格被杀的蛛丝马迹。随后，他又像出现时一样迅疾地闪进黑暗中离去。高墙上走来走去的侍卫们没有丝毫的察觉。列奥弗德谨慎地环顾四周。根据自己看到的小木屋数量，他断定有一小支军队驻扎于此。无论是戈尔巴，还是自己强有力的爪子都不是这支军队的对手。他们不得不像进来的时候那样蹑手蹑脚地离开这个地方。一路上他清除了所有的灯笼和陷阱，为朋友们开辟道路。他自己能翻越高墙，但其他人需要他助一臂之力。他将绳索的一头绕在肩膀上，另一头扔到了墙外。绳索绷紧了，这表明盖里杨和古尔林正顺着绳索往墙上爬。

古尔林比盖里杨先到了墙头，猛地看到不远处的岗亭中有个执勤的守卫，他被吓了一跳。不过，还没等他拔出戈尔巴，他就已经意识到那人是被绑在了岗亭上，脖子以下满是鲜血。另一个守卫与他面面相觑。或许他也已经死在了列奥弗德的手下，因为他一动不动地站在那里。古尔林觉得既然两个岗楼之间的哨兵都死了，自己应该安全了。他赶紧顺着墙爬到高墙内侧。他将绳索系在岗楼上，慢慢地向下滑。当他落地时，他瞥了古瓦德爪子上的血几眼，拼命不让那些景象进入自己的脑海。

等盖里杨也到了地面上，列奥弗德说："跟我来！"他说话的口气不容置疑。借着远处火把的亮光，他们只能看清前面几步路，所以他们前进的速度很慢。列奥弗德清楚，如果自己走得太快，其他人就会掉队。在这个伸手不见五指的地方对任何人来说，都可能是绝命之地。一想到自己原先遇到的那些陷阱，列奥弗德忍不住为朋友们担忧起来。终于，他们到了海港的另一端。列奥弗德突然停了下来。那个女祭司曾经告诉过他们，她曾梦到过一幢有老鹰飞过的巨大建筑。尽管眼前这个建筑上的老鹰是静止的雕塑，但这三个朋友都坚信：这正是那位上了年纪的妇女提到的建筑。

古尔林慢慢地将戈尔巴从他腰带中抽出来。"这个女人果真是个祭司吗？"他问。

列奥弗德点点头，说："是的，我想是的。她真是个不可思议的天才。既然她认定我们会救出她丈夫，那么我们也不用担心了。"

"或许你是对的，"古尔林说，"但她只说我们会救出她丈夫，并没有说我们会不会活着回去。"

列奥弗德假装没有听到朋友对女祭司那番话的解释。他指指建筑前面的两个守卫。那两个人都跟他一样高大。他们手里还拿着双刃的战斧。对付他们，古瓦德肯定没什么问题。

"给我几分钟时间，"他小声说，"我必须扫除门前的障碍。"

盖里杨上前一步，抓住他胳膊，阻止了他。"我的大块头朋友，别急。"他说，"我们离墙太近了。一旦制造出声响，执勤的守卫们就会听到。这次你们让我来对付他们好吗？"

古尔林点点头。列奥弗德不情愿地后退一步。盖里杨努力让自己进入朦胧状态，忘记佩格的一切。他伸展双臂，一股白烟开始从他手指尖冒出。烟雾越来越浓，在空中游荡着，飘向守卫头顶，仿佛有灵性似的。这股烟飘到离他们较近那个的守卫头顶时，那人突然一颤，还未来得及说出什么，吸入的浓烟就让他重重地跌倒在地。另一个守卫刚想跑到他跟前，也一下子昏倒在地。

巫师微笑着。他为自己所施的法力感到自豪。"太好了，"他说，"他们得睡几天了。"

古尔林赞同地点点头。"呵，我不得不说，我又见到一个不可思议的天才。我现在知道假如日后失眠应该找谁帮忙了。"

快靠近这个建筑时，他们蹲了下来。古尔林和列奥弗德抬起那两个守卫，费力地将他们倚靠在墙边。守卫们歪歪扭扭坐着的姿势看起来很滑稽，不过如果海上有人向这个方向眺望看到他们时，是绝对不会产生任何怀疑的。盖里杨有些不好意思地对古瓦德说："古尔林和我先进去。你最好留在黑暗中。如果有人来这儿，你可以对付他们。"

古瓦德本想反对，但接着就改变了注意。他明白了盖里杨的言外之意，他低下了头。里面的囚犯可能会将他错认为敌人，而不是朋友，而他们惊恐的尖叫声可能会引起整个军队的注意。

"小心些。"他低声说。

古尔林扬起剑，说："放心吧！戈尔巴会保护我们的。"

列奥弗德转身朝他们来的方向跑去。盖里杨打开一个戒指，滴了些液体到门锁里。几秒钟后，门锁就熔化了，他们面前障碍全无。他们轻轻地打开这扇门，蹑手蹑脚地走进去。尽管紧张得不得了，古尔林还是走在了前面。他们打开另外一扇没有上锁的门，一股恶臭袭面而来。古尔林和盖里杨还从未闻到过这样的气味。这是一种夹杂着感染的伤口、汗臭、各种疾病、污秽和血液的味道。他们俩不得不用手帕掩住口鼻。盖里杨一边尽量少吸气，一边说："很明显，这里没有守卫。"

眼前的狱中景象足以使最冷血的人也不寒而栗。几百个人被锁链锁在墙上。他们几乎没有移动的空间。几乎所有的人非伤即病。为数不多的人睡在地上，有的人在痛苦地呻吟。

"这真是个地狱！"盖里杨震惊地低声说道。他困惑不解地望着古尔林。在漫长的一生中，他遇到过很多奇人怪事；然而，这还是他第一次如此近距离地见到这样惨不忍睹的景象。屋里的这些伤病之人不可能是奴隶。几乎所有人都濒临死亡。正常人绝对不会花一个子儿从佩尔图手中购买这群囚犯。盖里杨知道在许多国家贩卖奴隶非常流行，海盗们也靠这种方式大发其财。但是，奴隶被买回去是给人干活的。眼前这些痛苦不堪的囚犯很明显毫无利用价值可言。

从最初的震惊中恢复过来后，古尔林定了定神，开始一个个地审视囚犯的脸。他希望能够尽快离开这个鬼地方。那位上了年纪的妇女告诉过他们，她丈夫脸上有一块星星状的胎记。除了还知道她丈夫是一位老者以外，他们对他一无所知。古尔林明白：假如他和同伴告诉囚犯们他们是来寻找和营救一个叫乌尔唐的人，每个囚犯都会声称自己就是乌尔唐。一想到如果费了九牛二虎之力、历经千难万险之后回到克鲁泽兰，结果却救错了人，古尔林就不寒而栗。他和盖里杨已经商量好了，如果找到了那位老人，他们会问他那本邪恶之书叫什么。事实上，古尔林更想问老人，他那身为女祭司的妻子叫什么，而不是那本晦气的书的名字。但是，他心中清楚，根据神谕法的规定，乌尔唐也不可能知道妻子的真实姓名。

他所审视的每一张脸都让他内心充满了恐惧感。他感觉自己犹如身处地狱，观看着受折磨的灵魂。巫师也在寻找乌尔唐。囚犯们横眉冷对，由于他们不相信会有外人顺利地来到这里，或许他们错将古尔林和巫师当成了佩尔图的手下。古尔林垂头丧气地走到一个墙角，沿着墙壁仔细瞅了一圈，也没找到个长得像女祭司丈夫的人。巫师也在寻找着，他也没能找到乌尔唐。

古尔林站在一个人面前，低头凑过去仔细打量那人的脸。

几秒钟后，他尖叫着往后跳了一步。他感觉心脏似乎要从胸膛中跳出来了。

"是你！"他吼叫着，"是你！"

带着镣铐的那人也吃惊地喊道："天啊！"

巫师立刻转身，他想古尔林终于找到了那位老者，他欢欣雀跃。然而，他没想到朋友脸上并未现出高兴的神色。

古尔林惶恐不安地盯着这个跪在自己面前的人。尽管墙上稀疏的火把没能将这个地方照得灯火通明，尽管那人脏兮兮的脸上长出了长长的胡子，古尔林还是认出了他。他又怎能认不出这张每晚都会在梦中出现的脸呢？这个人怎么会在这里已经无关紧要了，重要的是这人正手无寸铁地地站在自己面前。古尔林慢慢扬起戈尔巴，举过了这个囚犯的头顶。巫师静静地观望着。

那个囚犯嘴角现出了一丝微笑，他对古尔林说："你最终还是找到了这儿！你来晚了一步，但来总比不来要好。"

古尔林强压住心中的怒火，说："在我杀死你之前我想知道你叫什么。尽管你连我妻子的名字都不知道就杀死了她，但我不想和你一样卑鄙。"

"我叫埃尔拉特，"那人低声说。他的眼神中没有流露出任何恐惧或懊恼。似乎他很高兴能有这样一次奇迹般的邂逅。

巫师向前跨了几步。听到这番奇怪的对话，他也不知道应该做什么。

古尔林用尽全身力气将剑劈下来，他期待着如同妻子被杀前发出的那声惨叫响彻耳边，他期待着如同从妻子身上流出的殷红鲜血打湿自己的衣服。突然，一件意想不到的事情发生了。戈尔巴离埃尔拉特头顶还有一个手指距离时，停了下来。古尔林惊讶万分，他又试了一次，剑依旧纹丝不动。古尔林再次试着去砍那人，但他还是无法使戈尔巴穿透那堵无形的墙壁。巫师跑过去，抓住他的胳膊。古尔林将剑扔在地上，紧揪住巫师的衣领，眼睛里闪烁着泪花。

"你这个恶棍！你撒谎！你告诉我这把剑不会伤及无辜。这个混蛋杀害了我妻子！他怎么可能是一个好人？"

还带着镣铐的埃尔拉特惊讶地望着古尔林。他似乎有些失望。

盖里杨双手扳起古尔林的脸，说："听着，你必须听我解释！"

古尔林挣扎了一番，最终让步了，伏在朋友肩上开始哭泣。

"他杀害了我妻子！他杀害了我未出世的孩子！"

盖里杨沉默了。他任凭古尔林放声大哭。当泪水冲刷了许久以来隐藏在古尔林内心的悲伤，盖里杨才发觉原来古尔林有多坚强。自从他们相见，古尔林从未提及过家庭的变故。盖里杨慢慢地说："我不认识这个人，我也不知道他做过什么可恶的事儿。但是我只知道：我所说的关于戈尔巴的一切都是真的。这把剑从不会伤及善人。即使这个人曾经犯下过滔天罪行，戈尔巴仅以他当下的情况进行判断。当下的情况……"

古尔林从巫师怀里挣脱出来，望着埃尔拉特沾着血痂的脸。

"你的意思是这个混蛋……"

盖里杨点点头。他可以看出朋友举棋不定，但他有必要搞清事情的真相。

埃尔拉特有些摸不着头脑。"我不知道你们在谈什么，"他低声说道，"但还是赶紧做个了断吧。我在这里受的痛苦已经够多了，难道你们不是来取我性命的吗？"

古尔林咬了咬嘴唇，瞅了他一眼。"可惜，我们不是来杀你的，"他说，"你是我在这里最不想见到的人。"

埃尔拉特叹口气，显然他很不高兴。"我每天都盼望着你能来。你本应该在村子中就杀死我，都怪你是个懦夫，害得我在这里经受了这么多折磨。"

古尔林冷冰冰地望着他，然后从地上捡起那把剑。"这把剑，"他解释说，"只会伤害十恶不赦的人，这就是为什么你现在还活着的原因。"

埃尔拉特嘟囔着，"那你就再找另一把剑，我敢说这也不是一件难事！"

古尔林摇摇头。"你想让我变成一个凶手，然后这样度过余生？混蛋，没门！你的阴谋不会得逞的！我不会像你那样干出卑鄙无耻之事，让自己的名誉扫地。无论如何，我都不会伤害非邪恶之人。"

古尔林用剑一砍，将埃尔拉特束缚在墙上的锁链一片片地散落在地。

埃尔拉特嘟囔着，惊奇万分，"为什么？你为什么这样做？"

古尔林回答："如果你已经改邪归正了，我不希望你死在这个老鼠洞中！"

埃尔拉特第一次崇敬地望着古尔林，眼中不再有鄙夷与厌恶。"我错了，"他叹着气说，"你不是一个懦夫，根本就不是。你太善良了！"埃尔拉特屏住呼吸几秒钟，又问："这是不是意味着你原谅我了？"

古尔林就像个疯子似的瞪着埃尔拉特。即使他不回答，别人也猜得出他脑子里想什么。"原谅你？你想得倒美！我无时无刻不在恨你！"

巫师望着朋友。他也充满了敬佩之情。接着他转向痛苦地低着头的埃尔拉特，说："我们必须一起从这里逃脱。如果你孤身一人逃离，肯定会给我们带来麻烦。等我们找到要找的人后，我们一起出去。"

"你们在找谁？"埃尔拉特问，他声音颤抖。"这里大多数的人我都认识。"

"一位叫乌尔唐的老人。他前额上有一块星星状的胎记。"

埃尔拉特两手叉腰，摇摇头。他尽量不去看古尔林，说："就是那个女祭司的丈夫？"

"对，"巫师回答，"他在这里？"他眼睛中燃起了希望。

"你们来错地方了。他一开始的时候被带到了这里，但两天过后，佩尔图亲自来这里，将他带走了。他怕这人会死在这里。佩尔图是个冷酷无情的家伙，即使魔鬼他都敢挑战。但是他很迷信。他绝不会杀死一个女祭司的丈夫。"

"妈的！"巫师嘟囔着。"我们来晚了！你知道他现在在哪儿吗？"

埃尔拉特点点头。"港口上停着一艘叫胡塞特的船，这艘船在佩尔图所有船中体型是比较小的。我曾听说它即将驶离海岸。他们准备将奴隶卖给赫尔图格的地主。那位老人肯定就在这艘船上的奴隶中间。"

盖里杨拽住古尔林的肩膀。"我们必须赶快离开这儿,这样到达公海时就能追上这艘船。我们得立刻回到自己的船上。"

埃尔拉特先于古尔林作出了回应。事实上,他对当兵的那段时光仍记忆犹新。他对盖里杨的计划作出了评判。

"是,"他说,"那艘船上不会有太多人。除非他们准备大干一场,否则船上的人不会太多。他们一旦发现我逃跑了,绝大多数的人肯定会留下来,去森林中搜捕我。在公海,你们肯定能够打败他们。但是,你们很难神不知鬼不觉地登上那艘船。"突然,他扬起头。"顺便问一下,你们总共有几个人?"

盖里杨心里明白听到自己的回答埃尔拉特将作何反应。"只有三个人。"他说。他接着补充道:"但是请相信我,我的朋友们抵得上一支军队。"

埃尔拉特狐疑地盯着他们。盖里杨将头一扭,他不忍止视这个杀人凶手的脸。

"只有三个人?"埃尔拉特大声尖叫,"啊,我的天啊!让我跟你们一块去吧。我是一个士兵。我一生都在战斗。我最懂如何作战。事实上,这也是我唯一能干的事。我誓死与佩尔图势不两立。我可以帮助你们!"

古尔林正准备回绝他,但他与巫师四目相对,巫师似乎在请求他接受埃尔拉特的提议。古尔林犹豫了一会儿,他没有反对埃尔拉特的提议,而是向盖里杨提出了异议:"他不能和我们一起。真该死!他是我的杀妻仇人!你怎么能希望我与他同行呢?"

盖里杨咬了咬下嘴唇,沉默了片刻。接着,他用理解但是命令式的口吻说:"我知道这对你来说确实很难。但是,我们的敌人异常强大,别人提供的任何帮助我们都需要。如果我们无法打败谢尔门,许多像你妻子一样的无辜百姓就会丧命。戈尔巴已经证明我们可以信任这个人。我们没时间再找其他同盟了。而且，他也认识乌尔唐。他知道乌尔唐的确切模样，而我们只能根据描述找到一个符合某个特征的人。他会帮助我们准确地找到那位老者。我知道我是在请求你帮我一个大忙，但是为了完成我们重要的使命，你值得作出这样的牺牲。"

古尔林真想嚎啕大哭一场。他双手颤抖。巫师话语中蕴含的真诚最触动他的心灵。他觉得自己应该这样做。他思绪纷乱。"天啊，救救我，"他想，"赐予我力量吧！"

鲁米模糊的形象浮现在他眼前。完全抛弃仇恨确实不易。但至少这样做能让妻子的死变得有意义。

他点点头，没有吭声。盖里杨深吸一口气，微笑着对埃尔拉特说："陌生人，我们不计较你的过去，但是很高兴你加入我们的行列。"他伤心地望着怒不可遏地向门口跑去的古尔林。接着，他对埃尔拉特说："你最好离他远点。我想你能理解他有多痛苦。"

埃尔拉特耸拉下肩膀。他的确能够理解古尔林的痛苦感受。跟这个因为自己而失去妻子和未出世的孩子的人相比，埃尔拉特经受过的折磨更多。他之所以来这里就是为了寻死。或许这次自己的目标可以实现了。他跟在老巫师后面。盖里杨急急忙忙往外走，假装没有听到其他犯人的尖叫声："把我也带走吧！"

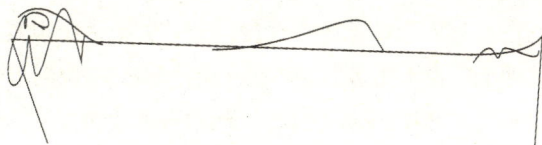

第九章　追　击

　　"我们现在一共有几个了？"列奥弗德问。盖里杨假装没有听到朋友的问题。他双手合拢，又一次开始念咒语。几分钟后，一个光球出现在他面前，接着光球向前冲去。他们立即跟在光球后面开始奔跑。

　　"我猜这是第七个……"古尔林想。有三个光球消失在枝丫中，有两个消失在岩石夹缝中，还有一个光球在他们的眼皮子底下掠过一片广阔的沼泽地，不见了踪影。古瓦德用强健的爪子劈倒几棵树，搭建了一座桥。等他们到达沼泽地的另一侧，那光球早就飘到其他地方去了。

　　巫师已经精疲力竭了。用尽全身力量接连施过几次法术后，他脸色苍白。事实上，除了古瓦德以外，其他人都很累。这样的长途奔波他们支撑不了多久。一连几天他们都在不停地奔跑行进，夜里也只睡几个小时的觉。但是，他们不能放缓速度。他们明白必须在胡塞特这艘船还没走出多远的时候就追上它。假如他们动作再稍慢些，就无法在那艘船到达赫尔图格前追上它了。在赫尔图格数以百计的小岛矿井里找乌尔唐可不是什么好主意。盖里杨放慢了速度，等着被远远抛在后面的埃尔拉特。等到他们再次肩并肩向前跑的时候，他轻声问埃尔拉特："你还好吧？"他的声音小得也只有埃尔拉特能听到。

埃尔拉特根本没想到自己会受到巫师如此的关注，他回答道："还好。比这更苦的日子我都挨过。"

盖里杨微笑着说："你待在地牢那么长时间没活动。我给你喝的灵丹妙药治愈不了你所有的伤口。这几天你一定辛苦了。"

听到巫师赞扬的话语，埃尔拉特很感动。他咬着下嘴唇说："你真是太体贴了。为我这样一个杀人凶手担忧。"

盖里杨点点头。他沉默了片刻，似乎难以启齿。最后，他叹了口气，说："或许你是个杀人凶手，但你不是坏人。我很清楚。假如你是坏人，戈尔巴早就将你碎尸万段了。做坏事和是坏人是两个不同的概念。我也清楚这一点。事实上，这是我最清楚的一点。"他停顿了片刻，将本来准备说的话又咽了回去，因为他不想泄露自己的秘密。

埃尔拉特仍旧一言不发。他真希望相信老者安慰的话能跟说这些话一样容易。他们碰到了一根低矮的树枝，于是俯下身来。那个光球已经消失在他们的视野中。他们唯一能做的就是跟随跑在他们前面的人。

"你怎么会在佩尔图的地牢里呢？"盖里杨问。事实上，他想换个话题。"你不是同其他人一样都来自卡迪吗？我觉得你们那里的人一点都不喜欢大海。我想听听你是如何被海盗抓进狱中的。"

埃尔拉特深呼一口气。他说："在我犯下那桩罪行后，我唯一想做的就是早点死去。我发誓再也不碰那毁掉我名誉的杜尔草了。后来，我到了最容易死亡的地方——克鲁泽兰。我拼命想说服手下到乌兹劳伊或鲁萨提去，在那些国家他们能过上同当地的雇佣兵一样的安逸生活。可他们就像疯了似的，死心塌地地跟着我。到这里后，我们只要一遇上土匪就侵袭他们。我们消灭了不少恶魔，拯救了许多无辜百姓。我眼睁睁地看着手下相继死去。或许是老天认为我受的惩罚还不够，我的手下全部都死了，只有我一个人还活着，身上仅有几处在战争中受的轻伤。我本打算自杀，但一想到这无异于另一桩谋杀，便打消了这一念头。最后，我遇到了佩尔图的手下。尽管我与十几个人搏斗，但最终还是活了下来。我受伤被俘。"

盖里杨伤心地低下头。他正跨过面前的一块石头，也幸亏抓住了埃尔拉特的肩膀，他才没有失去平衡。

"但你怎么会被关押在那个屠宰场般的地方？佩尔图是个商人。我简直不敢相信他竟然将奴隶关到这种地方，任凭他们一天天衰弱下去。赫尔图格的地主不会出一个子儿买那些病弱奴隶的。"

"也许赫尔图格的地主不会出一个金币买他们，但是福沃利的部落会花大把的钻石这样做。"

盖里杨迷惑不解。他突然停了下来，定了定神，接着又开始奔跑。

"部落？大把的钻石？你什么意思？"

"佩尔图向福沃利贩卖人口已经好长时间了。我也不知道奴隶在那里有何用途。但我从未听说到过那里的人有回来的。也不知道钻石是从哪里来的。没人了解福沃利。"

盖里杨盯着远方，沉默不语。他预感到那里隐藏着一个让人血液凝固的秘密，可他自己无计可施。最好假装没听说过或者不知道此事。此刻，完成他们的使命是重中之重。或许以后他可以对刚获取的这个信息做点事情。

突然，盖里杨意识到前面的人停止了奔跑。他也放慢速度，追上了其他人。他们正透过拨开的枝叶望着什么。盖里杨也向那里看去。

眼前的蔚蓝色给了他莫大的安慰。他们终于到达了海边。大海一望无际。他们的船就泊在他们面前。五个蓝色光球并排着停在空中。似乎只有五个球到达了那里。不过，他们还发现了一些本不该出现在那里的东西。

六个手持武器的兽人站在陆地与大海相接的地方，这是他们不希望看到的一幕。

古尔林屏住呼吸将戈尔巴从腰带中拔了出来。他一边喘着粗气，一边艰难地说道："真该死！好像我们总被麻烦缠身……"

兽人并没有察觉到他们的到来。他们在聊天。他们一定是在那里有一会儿了，因为他们并没有抬头看空中的那几个球。或许也是出于同一种原因，他们连新到的那个球也未察觉到。他们褴褛的衣衫和脸上的伤痕表明不久前他们刚刚参加了一场战斗。他们强健的体魄表明要打败他们并非易事。

盖里杨扫了埃尔拉特一眼，眼神中充满了疑问，因为这队人中数埃尔拉特对克鲁泽兰了解最多。等到大家都喘过气来，埃尔拉特低声说："每个种族都出现了。我指的是每个种族的土匪。十有八九他们盯上了你们的船。你们的船对他们有用。幸亏没风，否则他们早就将船拖走了。"

盖里杨叹了口气，轻轻拍了拍古瓦德的肩，说："你明白我们不能将船拱手相让，是吧？"

列奥弗德明白巫师的意思，但他还是忍不住问："你为什么不施法术呢？比如，你可以将他们催眠，或者用其他类似的方法……"

巫师拼命摇头。"我们必须用常规的方法解决这个问题。我的本领已经接近极限。站在你们面前的是一个又老又弱的巫师。制造一股强风，施展一个强有力的法术，我至少需要休息一天。"

"我们不敢奢望再等一天了，"埃尔拉特嘟囔着，"只有六个兽人，如果我们连袭击胡塞特都不怕，我们又何必害怕这几个懒汉。"

古瓦德说："我并没有说害怕。"听他的语气，他似乎被激怒了。"我只是不喜欢造成不必要的流血伤亡罢了。"

提到"流血伤亡"时，他用眼睛的余光瞅了古尔林一眼。巫师注意到了列奥弗德的那一瞥，他意识到列奥弗德其实是在为自己的朋友担心。古尔林从未伤害过人，妻子被杀几个星期后，他才有勇气扬剑指向杀妻仇人。不过，他必须习惯战斗。既然选择同他人一道，流血伤亡在所难免。现实并非总是光彩夺目、尽如人意的。

古瓦德抖抖胳膊，一个边缘锋利的铁饼落到他手上。他微笑着，盯着其他三个伙伴的脸。"我们不打算向他们妥协。我们不能白白浪费这个让他们吃惊的机会。请信任我。我们现在的所作所为是正确的。"

接着他将铁饼扔向离他最近的那个手执长矛的年轻兽人。

袭击目标刚倒在血泊中，古瓦德早已飞奔着穿过了树丛。还没等其他敌人反应过来，他已经将一只爪子刺进了另外一个兽人的肚子里。有几秒钟的时间，其他的兽人吓得一动不动。但是当列奥弗德用爪子将第三个兽人撕成碎片后，剩下的敌人们开始奋力反击。两支箭碰到列奥弗德树皮般粗糙的皮肤后落地。他弯下身，以免自己最脆弱的部分——脸部受伤。看到古尔林冲到了兽人群中，他焦急地大声喊道："我来对付它！"但一个胸部被戈尔巴捅穿的兽人发出的痛苦尖叫声淹没了他的声音。

古尔林没来得及细想便冲上前去助朋友一臂之力。他注意到空中架起了一道弓，接着一支箭嗖地朝他飞来。还没等他来得及惊慌躲闪，戈尔巴已经将箭劈成了两半，其速度之快差点让他肩膀脱臼。随即，他惊恐地发现一只剑对准了自己的脖子，但戈尔巴又一次轻而易举地助他化险为夷。这时，古尔林感觉仿佛胳膊被一股违背个人意愿的力量使劲地牵拉着。一个兽人浑身是血，毛茸茸的双手捶着胸膛，倒在地上，周围一片血红。惊讶万分的古尔林没看到埃尔拉特将插在一棵树上的一支矛拔出来，干掉了一个敌人。古瓦德从几米远的地方跳上船，愤怒地攻击着最后一个兽人。

一切都结束后，盖里杨走出森林。他痛苦地望着尸体。短短几分钟之内，他们就取了六条性命。他们只希望那些兽人的死是罪有应得。

古尔林无法将眼睛从躺在他脚底的兽人身上移开。他嘟囔着："天啊！我杀了他！"

盖里杨说："这些都是土匪。真不知道有多少无辜百姓死在了他们的刀下。既然戈尔巴杀死了他，说明他们该死。"他安慰着古尔林。

说完，盖里杨走向古瓦德。他将最后一个死在他手中的兽人扔到船外，并帮助巫师将船推进水中。埃尔拉特也加入了他们的行列。对于这三个久经沙场的人而言，刚才发生的一幕微不足道。古尔林却迈着艰难的步子，走到船边。其他三人互相庆祝胜利时，古尔林仍难以忘却被自己所杀的那个兽人血淋淋的脸。这一形象深深地印在了脑海中，他茫然地注视着远方的地平线。

巫师施法造了几股风，于是他们重归大海。这时，古尔林坐下来，双手抱头。杀人的感觉很奇妙。他看到其他几个人都用伤心的眼神盯着他，但他没有理会。他只想趁这种感受还在时单独待一会儿。他知道这种感受不会再有。他明白从拿起屠刀开始，这种感受将不会再有。

埃尔拉特尽量坐得离古尔林远远的。他后背倚船，合上双眼。很快，带着艰难时世中的疲惫和刚刚结束的旅途艰辛，他睡着了。列奥弗德盯着那一望无际的蔚蓝大海。大海仍让他望而生畏，但奇怪的是，他开始喜欢大海了。呼呼的风声和波涛声在他心中唤起了一种陌生的情感。他感觉从未如此自由自在过。

巫师在船起航后也坐了下来。想到很长一段时间自己不用施法了，他深呼了一口气。他其实比表现得更为疲惫。他觉得自己年纪太大，已经不适合从事这样的冒险活动了。这一次，无论如何自己都必须找到和销毁《谢尔门宝典》。他体内有一个微弱的声音在告诉他：他正朝人生旅途的终点靠近。

经过几小时的航行，他们靠近了佩尔图的海港。一路上最吸引他们注意力的是海岸上两队土匪之间进行的争斗。一些身穿铠甲的人马妖也参与其中。克鲁泽兰领土上，长矛在空中穿梭，刀光剑影，鲜血染红了土壤。即便是嗜血的人也不适合待在这种地方。

当港口映入眼帘时，列奥弗德认为从外面看，围墙显得比从里面看更高些。外侧围墙的高度差不多是靠近森林那侧墙的两倍。如果配备弩炮的船只想射击到围墙里侧的目标就必须尽可能停得离墙近些。很明显海盗已经做好了抵抗任何来袭的准备。幸亏这里保卫森严，否则商人仅凭一支雇佣军便可将此地夷为平地。杜克盖德的实力不可小觑。

他们在海港上没见到胡塞特的影儿，不禁面面相觑，担心来得太迟了。直到埃尔拉特指了指远处的那艘船，他们才深呼一口气。因为没什么风，胡塞特极有可能是靠奴隶摇桨航行前进的。不借助风帆，如此庞大的一只船行驶速度不会很快，因此，要想看住这艘船很容易。

"总算找到它了！"盖里杨说。他看着朋友的脸流露出他的喜悦之情。"我们要跟着它，但与它保持一定的距离，直到它到达赫尔图格为止。如果它看起来比一只手要大，你们要提醒我减速。我们的船很小，但最好还是不要被人发现。"

古尔林叹了口气，接着问："我敢打赌那艘船上有几百个配备武器的人。我们该如何救乌尔唐，你有何计划？"

盖里杨微笑着说："相信我，朋友。没有计划我从不行事。许多赫尔图格的商人曾被海盗伤害过。因此，海盗很有可能会尽量避免被察觉，选择在一个远离港口的海岸靠岸。我们必须一直跟在他们后面，直到他们的船只抛锚。他们中有一些人肯定会去寻找购买奴隶的矿井主。我们先将这些人歼灭。剩下的人一定会到这里找前一批人。埃尔拉特和我负责吸引这些人的注意力，争取引诱尽可能多的人上岸。他们一旦去追我们，定会扔下胡塞特不管。那时候，你们两个上船，将乌尔唐救出来。古瓦德的爪子和戈尔巴对付船上的海盗绰绰有余。"

巫师说完后望着古尔林，似乎盼望着赢得他的敬佩。可这个年轻人摇摇头，眼睛望到别处。

"你是说我们得运气出奇的好！"

盖里杨愁眉不展地走向桅杆。列奥弗德如此聚精会神地望着蓝色海域，没有对巫师的计划和朋友的话作出任何评价。有时候，他抬起头望望沿着海岸线飞翔的海鸟。埃尔拉特还是一动不动地坐着，仿佛自己根本不存在似的。

他们的船时而减速，时而加速行驶着。就这样，他们跟随那艘船航行了好几天。他们时而借助巫师法术制造的风航行；时而在暴风骤雨的推动下航行。尽管船上的空间狭小，但古尔林和埃尔拉特还是能够做到互不对视。他们两个之间的敌对情绪令其他人也很伤心。列奥弗德认为盖里杨让古尔林和自己的杀妻仇人坐

在一条船上，简直是疯了。很显然，埃尔拉特是一个勇敢的士兵
和优秀的作战者。当他在佩尔图的港口第一次见到长相恐怖的列
奥弗德时，仅用了几秒钟便能无所畏惧地直面列奥弗德了。在与
兽人搏斗时，尽管他疲惫不堪，但还是帮了他们大忙。可无论如
何，他是杀害古尔林家人的凶手，这个事实始终无法更改。即便
现在他能帮上他们的忙，但由于他的在场，使朋友古尔林心中不
痛快，列奥弗德还是觉得不值。巫师忽视了这一问题的存在，而
自己当初也没有试图说服巫师回心转意，列奥弗德觉得他们真是
大错特错了。

　　盖里杨看起来很高兴。他之所以高兴是因为埃尔拉特的加入
壮大了他们的队伍。这个巫师对任何戈尔巴避免伤害的人都心怀
同情，而不关心那人的过去。这真奇怪。

　　列奥弗德开始猜测，或许盖里杨并未将关于戈尔巴的全部秘
密告诉他们。但他明白，在即将对抗共同敌人的关头，自己不应
该这样胡思乱想。

　　看到远处的赫尔图格群岛，他们都兴高采烈。即便他们已经
意识到或许在不久的将来他们将拿生命做赌注，他们还是无法抑
制内心的喜悦，因为他们的疯狂之旅终于要结束了。

　　然而这种喜悦仅仅维持了几分钟。古尔林用莫名其妙的口吻
说："你们不觉得那艘船看起来比手大吗？"

　　巫师急忙收帆。接着他移动舵柄，让船朝另一侧行驶。为了
避免被发现，其他人立即坐下。等确定他们的船停了下来，列奥
弗德问："盖里杨，我们行驶的速度并不快。我们怎么会离他们这
么近了呢？"

　　巫师惊讶地回答："我也不知道。他们离赫尔图格都这么近了，
为何又突然放慢了速度？"

　　接着，古尔林的发现让他们更为吃惊。他说："事实上，他们

并不是放缓了速度。你们看到没有？他们其实是静止的。"

　　所有人都担忧地望着埃尔拉特。埃尔拉特问："他们能看到我们吗？"盖里杨静静地思考了几分钟后说："我认为他们看不到我们。即便如此，我觉得他们也不会为了我们这样一艘小船停下来。赫尔图格是水手之地。在附近看到一艘船很平常。"

　　四个人盯着突然出现在面前的那艘船，陷入了深思。尽管他们不知道是怎么回事，但他们都明白事情不妙。

　　古尔林叹了口气，接着嘟囔道："我们还没碰碰运气呢。"

　　其他人假装没有听到他的话。

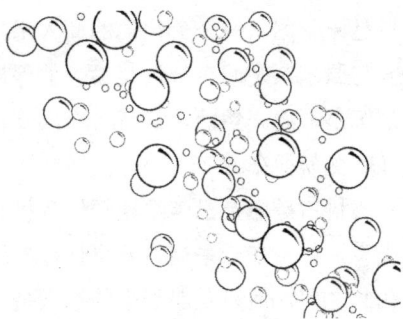

第十章　"海上来客"

　　胡塞特是行驶在佩格海域最美丽的船只之一。尽管它身躯庞大，但它充满美感和精心设计的造型总能赢得众人的回眸。这艘船是佩尔图从一个欠他债的商人手中得到的。有人传言，这个商人与佩尔图之间有一场交易，他保证将佩尔图所有竞争者的船只都沉落大海。然而，只有一个人知道那个商人是谁，是否真有这样的交易存在。

　　科尔曼为自己年纪轻轻便有机会掌管这样一艘气派的船深感庆幸。他是在一系列诡异事件接二连三地发生后当上的正船长。在此之前，他只是船长中的第三把手。海盗称船长中的第三把手为"酒水船长"，因为其主要职责就是保证正副船长在航行中不口渴。只有到达安全的公共海域时，科尔曼才有机会掌管船只。然而，年迈的副船长希穆尔在一次航行中意外染病，弗莱格还未选定新助手就遭到杀害，港口上剩下的最后一个船长决定留下来对弗莱格被杀事件进行调查。就这样，科尔曼顺理成章地接管了这艘船。尽管船员中也有比他更年长、更坚忍的，但是按照常理，所有船员都必须听从船长的命令，因此作为船长中的三把手，他接任船长一职并不稀奇。他唯一需要做的就是通过一条低调的航线让船到达赫尔图格。到那里后，他会将奴隶卖给那些与他们合作已久、不需要讨价还价的矿主。胡塞特是一艘飞速行驶的船，即使碰到敌人，他们也不难甩掉他们。尽管大家都知道他从未指挥过战斗，但他的船长天赋不容置疑。他已经跟随弗莱格工作很多年了；每当弗莱格和希穆尔与女奴隶狂饮作乐时，总是由他行使船长的职责。

一想起弗莱格，科尔曼就毛骨悚然。他亲眼目睹弗莱格的尸体是怎样从井里被拉了上来。没有人知道弗莱格的脑袋是被什么样的武器砍成碎片的。起初，他们怀疑凶手就在他们中间，根本没想到外面的人会溜进来。当发现脖子被撕裂的守卫和一根吊在墙上的绳子时，他们才意识到他们面对的是一场外来侵袭。这么多年来发生这样的事情还是第一次。那些曾经以为安全防卫措施牢不可摧的海盗被吓得魂飞魄散。如果有人在漆黑的夜晚神不知鬼不觉地将船长和守卫杀害，并能顺利逃脱，这些海盗还怎能睡得安稳？特鲁是佩尔图最著名的船长之一，揽下了调查该事件的任务。为了能够在杜克盖德回来之前找到凶手，他调用了麾下一半的兵力，开始在克鲁泽兰进行搜寻。但是，克鲁泽兰是一片广袤的国土，森林浓密，搜寻工作开展也比较慢，看来特鲁很有可能会无功而返。

"真有意思，那些守卫一直在昏睡……"他嘟囔着。那两个在监狱围墙边打瞌睡的守卫被浇了几桶水后依旧昏睡不醒。幸运的是，袭击者绑架的只是一个微不足道的奴隶。否则，海盗的解释不将佩尔图激怒才怪。

"长官，我们快到赫尔图格了！"

科尔曼转过头，微笑着。打报告的人是尤法特——一个年长、面相凶狠的水手。科尔曼任命他为自己的助手，主要是因为尤法特在众人中比较有影响力。但尤法特无论如何都成不了船长，因为他的眼睛在一次战斗中受了伤。

"告诉他们去检查一下奴隶，"科尔曼说，"务必保证他们活蹦乱跳地抵达赫尔图格。就如那些金光闪闪的金币一般……"

尤法特毕恭毕敬地点点头，走开了。科尔曼望着尤法特远去的背影，满脑子想的都是被枷锁铐在那儿的那位年轻金发美女。她确实是自己喜欢的那种类型。当他望着她走进船中时，他差点流下口水来。如果他现在想将她据为己有，没人会反对。但是，刚刚被委任为船长，在众人心目中留下一个好印象更为重要。他必须克制住自己，尽量不去占奴隶的便宜，以免兄弟们说他趁火打劫。

"我以后还多得是机会。"他轻声说道。接着，他转过身，给舵手一个暗示。船慢慢向东掉转，科尔曼想到加入佩尔图的部队是他这辈子做得最棒的一件事。

就在这时，他突然听到岗楼上的水手发出的尖叫声："我们前方有船失事了！"他惊呆了。这是他始料未及的事情。接着，意识到自己是船长，他朝着船头跑去。

"怎么回事？尤法特！你到底在哪儿？"

尤法特已经在那里了。他腰抵在船沿上，注视着海面，陷入了沉思。他恭敬地说："这里一定发生过什么……"

科尔曼一边紧张地将金发往后捋，一边弯腰朝众人注视的方向望去，只见海面上漂浮着一堆被撕成碎片的木头、木桶、船桨、划艇和变了形的尸体。胡塞特驶过漂浮的碎片，将其一分为二。他们听到细微的噪声及船的部分残骸沉没大海的声响。其余的残骸漂浮在这艘大船的两侧。

犹豫了几秒钟后，科尔曼大喊："我们得停下来！"

他一声令下，目瞪口呆的海盗立刻行动了起来。他们行动迅速而有序，各就各位，不到一分钟就停好了船。

尤法特问："船长，我们为什么要停下来？"他似乎很不安。"只是一只船失事罢了……不关我们的事。谁知道它为何失事！"

科尔曼摇摇头，说："那正是我想知道的。它为何会失事……我不想让同样的遭遇降临到我们身上！"

他命令手下将一个划艇放进海中，监测周围环境，一旦发现任何与船失事原因有关的信息立即向他汇报。

尤法特盯着已经映入眼帘的赫尔图格群岛。他认为没必要停下来耽误时间，但他不敢违背船长的命令。科尔曼年轻气盛，经验不多，但他不傻。假如他不睿智，弗莱格也不会费这么多心血培养他。或许他想弄清楚到底是什么将这艘船破坏得如此严重。过去他们也撞坏过不少船，但撞坏船和撞碎船是两个不同的概念。如果失事的是一艘海盗船，那么一定是商人们得到了一种新型武器。

不到半个小时，划艇满载而归，被拉上了大船。里面躺着一位浑身是血的老者，身子下面压着船桨碎片、木桶碎片和破衣烂衫。看到船长好奇的眼神，科尔曼的手下汇报："这不是他的血，他受伤很轻。我们是在一个木桶中发现他的。他是唯一的幸存者。"

科尔曼首先仔细观察了破碎的木片。从木桶上所写的内容判断，失事的是一艘将酒从策图运到赫尔图格的商船。尽管遇害者的衣服面目全非、破烂不堪，但他还是可以看得出这些衣服价值不菲。船桨的顶端是策图风格的。他走到那个年老的陌生人面前，仔细打量着他的脸。那人眼睛半睁半闭，流露出了见到遮挡刺眼阳光的这张脸时的喜悦。他一定困在那个木桶里好长时间了。

"老伙计，你能听到我说话吗？"科尔曼问。

老者干裂的嘴唇里挤出嘟哝声："海上来客！"

　　科尔曼惊惧不已。他听不懂这句话。"你神志清醒吗？你能告诉我发生了什么吗？"

　　"带我离开这儿⋯⋯"

　　科尔曼皱了皱眉。似乎从他那儿得不到什么信息。他想试最后一次。

　　"听着，老伙计。现在开始你是佩尔图的囚犯了。我们给你喝水，让你休息，但不久我们会把你卖给矿主。迟早你都会告诉我那艘船到底发生了什么。如果你现在告诉我，我会立刻将你释放，善有善报。你必须给我一个满意的回答。是谁袭击了你？"

　　这位老人痛苦地呻吟着。眼泪在他眼中打转。科尔曼隐约地感觉到这个人的身上的伤与他被海盗俘虏二者之间毫无关联。一定是发生了其他的事。

　　"海上来客！天啊！我杀了自己的兄弟⋯⋯我杀了自己的兄弟⋯⋯海上来客！"

　　科尔曼放弃了尝试。他转过身，走了几步。接着他环顾四周，望了望手下。为了不惊扰他们，他平静地说："这人神志不清，语无伦次。我们无法弄清楚这里到底发生过什么。但是任何事物都不能阻止我们向目的地航行。我们要驶向赫尔图格！"

　　就在这时，那位陌生人打起了精神。没想到，他竟然站起来，焦躁不安地尖叫一声。他望着科尔曼，眼睛滴溜溜地转。"天啊！不！我们不能驶向赫尔图格！我们永远都不要到那里去！"

　　科尔曼意识到这人手中拿着刀。当这位老者挥舞着刀冲着他的喉咙砍过来时，他顿觉手足无措。不过还没等刀刃刺入科尔曼的胸膛，一把长剑已将袭击者的胳膊劈成了两截。

　　船长深呼一口气，沉默了几秒钟，才缓过神来。他感激地望着正在擦拭长剑的尤法特。"老朋友，谢谢你了！"科尔曼说，"你又救了我一次！可我真希望你没将他杀死，留着他或许还会有用。"

"这完全是出于习惯⋯⋯"这位老海盗轻声说道。"况且,他疯疯癫癫的。一定是这里发生过的某些事情导致了他精神错乱。"

科尔曼点点头。这正是他担心的地方。他扫了那个倒在血泊中的人最后一眼。他一边祈祷千万不要遇到那个将死者吓得魂飞魄散的家伙,一边命令手下将尸体扔进大海。随后,他重申先前的命令:"赫尔图格⋯⋯我们要驶向赫尔图格!"不过此时他发号施令的底气没那么足了。

胡塞特再次按原路线航行。很快,海盗就将不安一扫而光了。船上唯一愁眉不展的人就是科尔曼。离赫尔图格很近时,他下令将黑旗换成了他们从一艘商船上掠夺来的阿尔提夫旗。以真实身份出现在这个视海盗为大患的海上民族面前是不明智的。事实上,科尔曼宁可在更隐蔽的领地卖掉奴隶,哪怕他们开的价格是这里的矿主开出的一半。赫尔图格的国民以热爱大海著称,在佩格所有的国家中,数这里的矿主对奴隶的需求量最大。

船头朝着最近的一个海岛航行,这个岛上有个矿井。现在,他们必须在两个拥有最大港口的海岛之间经过。大多数海盗都已经离开了甲板,其余的海盗将枪藏了起来,开始像普通水手一样在船上行动。在公海中遇到胡塞特还活下来的人不多。除非他们遇到这种人,否则没人会怀疑他们的真实身份。港口上泊满了船。或许水手们在不停地干活。但事实不是这样的⋯⋯

当他们驶入两岛之间的通道时,科尔曼和其他人都惊呆了:他们已经陷入了一场不可思议的战争。

谁是袭击者,谁是被袭击者,不太容易判断。然而,很显然,一场激烈的战斗正在进行。沉没的船只在海上差不多已经形成了一座新的小岛。两个港口都血流成河。每过一秒,就有几十个人在箭、剑和斧头下丧命。年轻的船长立即下令掉转船头逃跑。由于无处可藏,他吩咐幸存的手下躲到上甲板去。海盗们嗖嗖嗖爬上了桅杆。胡塞特急速地改变了行驶方向，差点撞到木头小岛上。几分钟后船驶离了海港，在他们看来时光似乎流转了一辈子。当一块大石头从弩炮中射出，落在他们原先停船的地方，激起几米高的水花时，他们才发觉自己已在最后关头幸免于难。

他们将小岛抛在了身后，科尔曼跑到船舷上。望着正在进行的战斗，他简直不敢相信自己的眼睛。直到尤法特伏在他身边耳语了几句，他才把眼睛从这非同寻常的景象移开。

"船长，怎么回事？"

科尔曼摇摇头。"一场战争……一场可恶的战争……"

"我看到了，"老海盗嘟囔着，"可这到底是一场怎样的战争呢？居然等到我们驶入港口才意识到战争的存在！"

科尔曼没有回答。他不知道该如何回答。这是他见过的最反常规的战斗。如果袭击的目标是港口或石头从港口抛出攻击船只，他们早就会注意到这场战斗了。然而，似乎大家在互相厮杀。港口上的人自相残杀，船与船互相攻击。等他们跑得离港口很远了，科尔曼下令手下将船向西行驶。听到这个命令，那些盼望返回克鲁泽兰的海盗大为不快。

德福斯，一位身材魁梧的水手，将刺了文身的双臂抱在胸前，走上前去，为了吸引他人的注意力，他咳嗽了一声，"船长，你有什么打算？"他尽量表现得很平静。"我希望你不要将我们扯进一场与我们无关的战争。"

德福斯话间流露出一丝不服，科尔曼狠狠地瞥了他一眼说："德福斯，万一我真有这样的打算呢？我准备派你去打前阵，你意下如何？"

这个海盗立刻记起了规章制度，懊悔地低声说道："船长，我们一切听您的命令。我刚才只不过是好奇罢了。"

科尔曼盯着那些因一系列奇异事件而变得神经紧张的手下。

他尽量用自信的口吻说："我们到这里来是卖奴隶的，在任务完成之前我们不能回去。我们绕岛航行，从岛的背面登陆。这样可能花费的时间会长一些，但总比正面迎接厮杀要好。事实上，从表面看，这无非是爆发于当地的两个海港之间的一场争斗。我不清楚争斗的导火索是什么，我也不急于找出答案。但是这阻止不了我们继续行驶。被这样的小事吓得屁滚尿流就算不得佩尔图的手下！"

一听到佩尔图的名字，海盗们振奋起精神。他们举起剑，一遍又一遍地呼喊着最伟大的英雄的名字。几分钟后他们已各就各位，尽力按照船长的新命令航行。

科尔曼对佩尔图充满了无比的妒意。佩尔图的名字足以使这些魂飞魄散、迷惑不解的手下振作起来。"我要成为同他一样的领导者，"他嘟囔着。为确保手下都在执行自己的命令，他巡视了一圈。随后，他走到船头，倚靠在船栏杆上，注视着地平线。

他们在驶往赫尔图格途中遇到的那艘沉船曾经是个谜，如今谜团被解开了。事实上，此前他还在好奇为何这艘船损坏得这么严重，可现在，他坚信这场战争是这一切的罪魁祸首。或许是出于对战争的极端恐惧，那个疯癫的老人才表现得如此怪异。然而，科尔曼还是弄不明白为什么那人悲伤地说："我杀害了自己的兄弟。"

当他们绕着赫尔图格航行时，他们才意识到战争不仅仅是局限于两个港口。相反，一场灾难性的国民战争正在进行。他们所经过的每一个海岛上都是刀光剑影。赫尔图格历史上还是第一次发生这样的事。究竟是什么导致赫尔图格热爱和平的国民自相残杀？尽管找到原因的机会很小，但科尔曼还是想看清这几个布满矿井的岛屿上的形势后才回克鲁泽兰。假如诸如此类的事情在这些岛屿上都在上演着，他就有理由向佩尔图解释为何没有卖掉奴隶就回来了。

"前方有异常！"

这声尖叫让他又一次绷紧了神经。他一边骂骂咧咧，一边朝着声音传来的方向跑去。一个海盗正把两只手放在嘴巴上呈喇叭状大喊，科尔曼怒气冲冲地抓住他的衣领。"喂，怎么回事？"

那个海盗没预料到他会有如此的反应，于是指指大海。科尔曼惊诧不已。当这位年轻船长望向大海时，他松开那个海盗，双手抱头，"天啊！这究竟是什么东西？"

一分钟后，胡塞特停了下来。

"他们又停下来了！"

正跪在船的前半部分的古尔林惊慌地大叫一声。

"真不知道这次又是怎么回事……"列奥弗德嘟囔着。因为他们跟在胡塞特后面走走停停，列奥弗德开始觉得有些晕船。他回过头，困惑地望着巫师，巫师并没有让他们的船慢下来。

"盖里杨，他们停下来了，"列奥弗德说，"你肯定已经注意到了……"

年老的巫师当然注意到了。但他这次决定不放慢船速。"相信我！"说完后他便沉默不语了。一种莫名的感觉驱使他继续向前行驶。他熟悉这种感觉。每当被邪恶势力包围时，他就会产生这种感觉。过去，在这种感觉的庇护下，自己多次成功逃脱了劫难。在双翼怪物现身贝勒姆山上方之前，他也有同样的感觉。一看到岛屿上正在进行的战争，他将信将疑起来。他不再视胡塞特为敌人。事实上，此时，胡塞特和船上面的人都是受害者。

科尔曼拼命想弄明白那个海上来客究竟是什么。他陷入了沉思，连尤法特来到自己身旁都没有发觉。突然在他耳边响起的说话声吓得他魂不附体："船长，这是一只动物吗？"

一只动物？或许是。事实上，无法对其进行归类。他脑中一片茫然。就连尤法特这个航海经验比他丰富的老伙计也从未见过它，他也不好妄加评论。但身为船长，他不得不说："我不管它是什么。它在我们正前方，挡着我们的路，我实在不想再次改变我们的航线。"

他转身穿过站在身后的人群，走到弩炮手贝尔杜尔身旁。这个只有一条腿的海盗尽最大努力在上司面前保持直立的姿态。

"贝尔杜尔，你能射击到那个东西吗？"

贝尔杜尔朝着科尔曼手指的方向望去。那似乎是个一大半部分漂在水面上的大瓶子。一开始，贝尔杜尔还以为它是静止的，但经过仔细观察后才发现它在缓慢地移动着。他当然可以将其瞄准并进行射击。不过，他没有预料到一旦自己这样做将会造成怎样的破坏。

看到弩炮手点点头，科尔曼放心了，他又走到船的另一端。不管那个海上来客究竟是何物，它依旧继续移动着。它的整个身子似乎被一层厚厚的皮裹着，即便如此，它看起来也不足以厚到可以抵挡巨大石炮的袭击。

科尔曼回过头，示意了一下。八个健壮的男人将一块巨大的石头放到弩炮上，这块石头对付那家伙足够了。紧接着，他们按照经验丰富的贝尔杜尔认真目测后得出的计算值将弩炮稍微松开。八个人使出全身力气才勉强移动了一下弩炮。贝尔杜尔脸上挂着微笑，内心充满了喜悦。他拔出剑，砍断绳子，将弩炮发射了出去。

弩炮摇晃着，发出了震耳欲聋的声音。接着，它巨大的木柄轰隆隆地向前转动起来。科尔曼和其他人出于本能向后退，仿佛石块会飞回来砸中他们似的。尽管石块很重，但它还是猛然向上射去，开始像鸟儿一样在空中飞行。

望着在空中飞行的巨大石块，科尔曼认为海上那个家伙是否是活物可以立刻见分晓了。假如它是活的，它会即刻血肉飞溅。尽管这种场面令人不爽，但它确实能够带给那些垂头丧气、觉得自己无缘无故陷入战争的手下精神上的鼓舞。此刻，他也需要勇气。然而，等他们目睹完接下来的一幕后，再也没有什么可以鼓舞他们了。

石块结束空中的飞行后开始对准海里的那个家伙砸了下去，这让贝尔杜尔心生自豪。石块刚刚击中目标，海上便波涛四起。几千根长长的缆索般的胳膊从海里冒出来，它们掀起的巨涛是胡塞特溅起的好多倍。

胡塞特颠簸于巨浪之上，船上面所有的海盗都跌倒了，其中还有一些掉进了大海。科尔曼惊恐地跪倒在甲板上，万分惊讶。他最后还是成功抓牢了栏杆，抬起头。这时，他看到那个家伙上千根胳膊在瓶状的脑袋上方合拢，形成了一个能够成功阻挡海盗进攻的盾牌。他不禁惊呆了。

怪物又将胳膊伸展开来，漂浮在海面上，并且开始慢慢地舞动着，舞姿诡异而不祥。尽管它离海盗还有一段距离，科尔曼还是注意到了那些胳膊有多大。单根的胳膊不粗也不壮，但一旦它们合拢，把某物攥在其中，后果将不堪设想。

"它们甚至可以将一艘船撞成碎片！"

老尤法特在科尔曼耳边结结巴巴地说，似乎在说梦话，说出了科尔曼不敢大声说出来的话。这位年轻船长突然明白了，之前他们碰到的那艘船上发生了什么。那艘船不是在战争中沉没的，而是这个怪物的牺牲品。

突然，科尔曼直起身子，朝着手下的人生气地大喊："不要像缩头乌龟那样站在那里！我们必须返航！我们不能让那个怪物杀死！"

海盗们面露恐慌，以前他们很少会有这种表情。看到手下无法将眼睛从那个怪物身上移开，船长转身，向后望望看它是否正在接近。科尔曼意识到尽管怪物移动的速度很慢，它还是在朝自己的船只靠近，他再次大喊："快！如果我们动作快些，我们还可以不死在这个怪物手上！它永远也追不上我们。在它伸出胳膊抓住我们之前我们还可以逃跑。振作起来！"

他们可以这样做。他们可以逃跑。要是他们没有被惊呆愣在那里就好了……科尔曼回头朝怪物又一次望去，只见它瓶子般的嘴正在移动。他不理解隔得这么远怪物想要干什么。他只看到怪物左右摇晃。突然，一种黑黑的、大块的东西从它嘴中喷射出来。科尔曼觉得怪物似乎是吐了一口痰，他无法用其他的方式来形容。黑色物质沿着石块飞行的路线，逆向朝胡塞特喷射过来。黑色物质在船的上方散落成小碎片，浇落在海盗身上，变成稀薄的大滴大滴的液体。

由于过度的惊讶，最开始的几秒钟海盗们呆若木鸡，一动不动。但还是有一些人在最后关头躲在了一些遮蔽物下面。科尔曼便是其中的一员。他担心这种奇怪的液体会是某种酸或毒药，于是躲在了船帆下面。那些由于惊慌失措乱成一团、或未找到遮盖物的人被黑色液体浇在身上时不由得尖叫起来。科尔曼原以为三分之一的人会痛得满地打滚并在伤痛中死去。即使这样，剩下的人也足以帮助他挽救这艘船。但他仍遭受了最大的损失：尤法特从头到脚都沾满了黑色液体。

然而，奇怪的是，无人晕倒。

其他人从遮蔽物下爬出来，望着朋友们。他们绝大多数的朋友站在甲板中央。黑色液体似乎并没有伤害到他们。贝尔杜尔跑到头耷拉到胸部的尤法特面前，关切地问他是否还好。

回答他的是一把捅进他胸腔的长剑。

仅用了几秒钟，胡塞特就变成了一个战场。每一个被浇了黑色液体的人都拔出剑，对离得最近的朋友发动了攻击。不少人还没回过神来，来不及抵抗就倒在了血泊中。尽管其他人没弄明白是怎么回事，但为了活命，出于本能他们还是抓起了剑。一时间，科尔曼觉得自己似乎在做一场噩梦。此刻，他的手下本应各就各位，使胡塞特逃离正在靠近的怪物，他们却在互相残杀。突然，海岛上的战争谜团在充满恐惧的科尔曼心中解开了。黑色的毒物致使岛上热爱和平的民众兵戎相见。那个反复提到自己将兄弟杀害了的可怜老人一定也有相同的遭遇。这只乍一看并非不可战胜的怪物打败了庞大的赫尔图格海军，并一路来到这里。一旦碰上它，人们就会与自己的朋友厮杀，所以它根本不可能遭到抵抗。

看到身形巨大的水手德福斯像疯了似的朝自己跑来，科尔曼的思绪被打断了。德福斯赤裸的胸前沾满了黑色的毒物，脸上的表情告诉科尔曼，他已经不是以前那个德福斯了。即使怪物迟早会让他们都葬身海底，科尔曼还是下决心争取多活一段时间。他拔出剑，抵挡砍过来的斧头。

当他们的船靠近胡塞特时，列奥弗德和古尔林更加紧张了。此刻，他们是暴露在外面的攻击目标。他们不知道该如何抵挡即将到来的箭雨。他们两个都不会游泳，一旦危险来临也无处躲藏。诡异的波浪差点将他们的船打翻，他们精神高度紧张。如果不是因为巫师看起来很自信，他们两个肯定会尽力说服他改变主意，放弃他疯狂的计划。虽然，他们也没有什么丢失的东西，但一想到还未将让他们遭受如此痛苦的谢尔门消灭便命送黄泉，不免心有不甘。只有埃尔拉特面带微笑，面对死亡的临近充满了喜悦。

然而，箭雨并未如期而至。他们的船停到了胡塞特一侧，仿佛是在靠近一座荒废的港口。他们已经听到船上的嘈杂声了。很明显船上的嘈杂声跟他们的到来毫无关系。列奥弗德将绕在自己一只爪子上的绳子一扔，使其勾在上甲板的栏杆上。他使劲拽了拽，绳子依旧牢牢地勾在船栏杆上。突然，一个年轻人大喊大叫着从甲板上跌进了大海。他们互相惊讶地对视了几秒钟，接着顺着绳子往上爬，脑子中有几百个疑问在盘旋。

列奥弗德第一个爬上了胡塞特。他不知道究竟是什么令他更为惊诧：是船上的厮杀，还是远处那个长着上千条胳膊的庞然大物。然而，没人注意他，他没有丝毫的不安。他快速地环顾四周，很快便发现了通往下面楼梯入口的门闩。他朝那个入口奔跑，迎面遇到的几个人都被他撞倒了。

当其他几个人登上胡塞特时，他们遭遇的情形与列奥弗德类似。巫师拉住埃尔拉特的肩膀，推搡着他往前走。"往下跑！"巫师说，"你先走！"

紧接着，古尔林把一个冷不丁突袭他的海盗打倒在地，巫师朝着他喊道："你和古瓦德留在这里，确保没人往下爬。埃尔拉特认识乌尔唐。我们会找到乌尔唐的！"

古尔林还没来得及回答，盖里杨已经消失在了古瓦德刚发现的那个入口里。

列奥弗德和古尔林背靠背站着，将所有过来的人打倒在地。互相残杀的海盗根本不关心这两个陌生人。这两个人遇到的要么是逃跑着躲避袭击的人，要么就是追赶着袭击他人的人。

当一个满身是伤和血的人倒在古尔林的脚边时，古尔林束手无策，因为此人手中没有任何武器，衣衫破破烂烂。古尔林一剑就能杀死这个手无缚鸡之力的人或将他的头剁下来。也许这个年轻的海盗过去的所作所为足以让他受到这种惩罚。但古尔林意识到自己下不了手。相反，他站在了受伤的年轻海盗和另外一个人高马大的人中间。身材高大的那人企图用斧头袭击古尔林。戈尔巴将挥过来的斧头一劈两半，并在那个虎背熊腰的人的肚子上豁了一个致命的伤口。那个浑身刺满文身的人身体剧烈晃动了几下，一头扎地，停止了呼吸。古尔林抓住受伤年轻人的胳膊，拉着他站了起来。为确保此人的安全，古尔林把这人拉到自己和列奥弗德中间。如果有人问他为何会这样做，他或许只能回答自己非这样做不可。

古尔林朝海上望去，惊恐地看到上千条致命的胳膊伸向了胡塞特。他浑身战栗。无论是古瓦德还是戈尔巴都不可能打败这只怪物。他们必须马上离开这艘船。

幸运的是，就在这时，盖里杨和埃尔拉特搀扶着一个满脸困惑的老者出现了。当他们走到列奥弗德身边时，列奥弗德果断地将老者扛到自己肩上。为了避免老人跌下来，列奥弗德小心翼翼地顺着绳子向下爬。盖里杨跟在他们后面。为了助正与一个海盗角逐的古尔林一臂之力，埃尔拉特手握一把从他们刚杀死的一个兽人手中夺来的长剑冲了回来。但还未等埃尔拉特动手，戈尔巴已经刺入了敌人的心脏。当敌人瘫倒在地时，古尔林看到埃尔拉特就站在自己面前。埃尔拉特手执长剑的场景令古尔林愁肠百结，因为他想起了妻子不幸遇害的那一幕。埃尔拉特很有可能也想到了这一点，因为他眼中也流露出了无尽的悲伤。然而，转瞬间，埃尔拉特的表情由哀痛转化为恐惧和惊讶，因为他看见一个物体正向古尔林的背后靠近。

起初，古尔林还以为是一个海盗抓住了自己的胳膊，待他回头一看，才惊恐地发现原来是那个怪物的一只胳膊。不一会儿，怪物的另外一只胳膊束缚住了古尔林的另外一只手腕。古尔林双手无法动弹，戈尔巴只能无助地躺在他手中。当他被一股无法抗拒的力量牵引着向后时，他看到整只船正成为怪物上千条胳膊的攻击目标。怪物其他的胳膊也绕在了他的脖子和手腕周围，古尔林再也无法呼吸。埃尔拉特愣了几秒后，最终向前一跃，用剑刺向怪物的胳膊，然而一点用也没有。听到古尔林用最后一丝力气低声说了一声"戈尔巴！"，埃尔拉特从古尔林手中抓过戈尔巴将束缚着古尔林的胳膊一一砍断。为了再次避免被怪物其他的胳膊束缚住，古尔林急忙逃脱了。他接住了面带微笑的埃尔拉特扔给他的戈尔巴。当古尔林跑到顺到船下的绳子旁边时，他回头一望，发现埃尔拉特被怪物的十几只胳膊缠住了。古尔林想要跑回来救他，但怪物收紧了胳膊，埃尔拉特的身体一下被碾成了碎片。埃尔拉特脸上的表情显示无人有回天之力了。这个昔日的指挥官最终实现了光荣献身的愿望。

几分钟后，古尔林也回到了他们自己的小船中。当他们尽快驶离胡塞特时，听到胡塞特破裂成碎片的怪异声响。直到离那艘大船足够远后，他们才鼓起勇气回头张望。他们惊恐地看着那艘船在怪物不计其数的胳膊中顷刻间变成了碎片，数以百计的男男女女被困其中。看到奴隶竟然与海盗有同样的结局，他们无比愤怒。毫无疑问，此刻他们恨透了谢尔门。正是这个恶魔制造并派这个怪物到赫尔图格，以达到他最终征服佩格的目的。

对于胡塞特上的许多人而言，这一天是他们的祭日。或许是因为生活对某些人还有其他的安排，侥幸存活的人并不多。藏在一个空桶中躲过了此劫的科尔曼就是其中的一员，他永远也无法忘记海盗从海上救起的那个人。他明白自己将一辈子无法忘却那一天。他也不会忘记救他的那个人。

等到列奥弗德确信那怪物没有追赶他们后，他带着疑问的表情望着古尔林。古尔林跳上小船时就大喊着埃尔拉特死了。在他跳到小船后，他们立刻驶离了那艘大船。列奥弗德禁不住思索了一番，他想知道古尔林和埃尔拉特之间的敌对情绪是否是真的。但当他看到古尔林眼中流露出的真切的悲伤时，列奥弗德为自己产生如此的想法而自责。古尔林告诉他：埃尔拉特是为了救自己的命而被怪物杀死的。当古尔林说这句话时，他的声音小得几乎听不见。他不知道自己应该有怎样的感受。

列奥弗德望着盖里杨。巫师打开一个戒指的盖子，将几滴液体滴到了躺在船上的老乌尔唐的嘴唇上。老人进入了梦乡，巫师走到船舵旁。这艘小船又一次朝着克鲁泽兰方向驶去。由于老巫师让古尔林和自己的杀妻凶手同路，列奥弗德曾对其产生过怀疑，现在列奥弗德觉得自己当时的想法真是有些愚蠢。无论怎么样，假如埃尔拉特没有加入他们的行列，恐怕古尔林和戈尔巴早就石沉大海了。但是，或许巫师的确有一些秘密。尽管如此，巫师一直以来都很清楚一点：谢尔门会给佩格带来灾难和无尽的痛苦，列奥弗德也渐渐开始理解这一点。谢尔门制造出导致国民自相残杀的怪物仅仅是个开端。这样看来，他们为了阻止谢尔门及其同伙的行为所经历的苦难也算不上什么了。

在抵达"彼岸之地"之前，他们必须牢记这一点。因为等待着他们的危险或许比他们在这里经历过的更大。

第十一章 觉 醒

　　尤维戈一边数着步子，一边在会客厅的角落里踱着步子。走了十一个来回后，他停了下来，深呼一口气。他抬头望望前面墙壁上的一幅巨画。这是汉顿首领还健在的时候的一幅肖像，上面的汉顿咧嘴大笑。跟画上的人物一比，尤维戈简直就像个孩子。

　　"这幅画挂在这里无疑是在讥讽一个死者的灵魂。"他暗自这样想。他用尖锐的指甲痛苦地挠着下巴上的胡须。

　　"对于一个让自己尊贵的客人像一个普通的商人那样等在门口的人来说，你还能指望从他身上得到什么呢？"

　　他习惯性地摸摸瘪瘪的刀鞘。这是他平生第一次将自己的剑交给陌生人。没有任何保镖的陪同来到这里也令他局促不安。不一会儿，他便意识到自己其实是在自寻烦恼。即使有保镖陪同又有何用？从起居室窗户的角落望去，他可以看到许多只长翅膀的怪物，难道保镖就能保护他不受到这些家伙的侵袭？一想到长剑对那些将他从自己的城堡带到这里的人马妖构不成任何威胁，有没有武器也就无关紧要了。

"我很好奇他想从我身上得到什么？"他自言自语道，"是我的钱？我的同盟？还是奥里奥城堡？"停顿了几秒钟后，他无可奈何地摇摇头，将下面的话补充了上去："或者是我这颗高贵、价值连城的脑袋？"

门突然开了，他猛然一跳。记起自己仍旧是兽人可汗尤维戈大帝，他挺直了腰板，脸上露出了骄傲的神情。

但是很快，看到走进房间的那个家伙，他的表情换成了惊讶和恐惧。

即使在兽人中，尤维戈也算块头大的。在传统春节的摔跤比赛中他从未输过。但是站在他面前的这个丑陋家伙是他的两倍大。那家伙侧身勉强通过了门口，伸出三个手指的手，每个手指都如雪橇般大，这让以天不怕地不怕而出名的兽人毛骨悚然。

一时之间，尤维戈以为碰到了行刑者，自己已经无路可逃，或许甚至不会活着离开这个房间。接着，他惊奇地发现那家伙正尊敬地望着自己，并指了指那扇门。也许，这个几十个人都难以对付的怪物只不过是一个普通的仆人。

"如果他的仆人长成这副模样……"他担心地思索着，"那么我确实也不应该责怪阿苏伯首领让我在这里等了。"

他跟着这个庞然大物出门，静静地跟随其后，小心谨慎地与他保持着几步路的距离。连接主走廊的每一条侧道的入口处都有一个身披黑斗篷的侍卫在执勤。他们除了腰间佩戴长剑以外，没有配备其他武器，再从非铠甲的装束判断，他们很可能跟那些没有眼睛的人马妖一样所向披靡。

他们在一扇装饰着金色凸起图案的门前停了下来。这个仆人低头向他致敬，后退着离开，留下尤维戈一个人。尤维戈意识到自己对这扇门后等待着他的一切万分惶恐。这种感觉令他很不习惯，他也不喜欢这种感觉。他想尽快离开这个受诅咒的城堡。但是为了能安然无恙地完成那项任务，他深知阿苏伯的每一句话都应该遵守。

"我的可汗之位即将不保，"他痛苦地说，"我尤维戈如今只不过是一个普通的奴隶罢了……"

门后面的声音说道："进来！"尤维戈就像一个听话的奴隶似的向前走。

他进门后惊奇地发现大厅里布置简单、装潢简朴，简直令人无法相信它竟然属于卡迪至高无上的统治者。阿苏伯看起来更像是一场鏖战中果断的指挥者，而不是一个为胜利而沾沾自喜的统治者。大厅的桌子上摆满了书、纸张、砚台及新旧作战计划。墙上挂着卡迪的旗帜，张贴着一幅巨大的佩格地图。地图上有数不清的线条和读不懂的文字，似乎它们是在被细细研究后才留在上面的。直到那个坐在一扇宽大的窗户前、背对门口的人喊了他名字一声，他才意识到那人正是阿苏伯。他的衣着、姿势和秃顶实在无法显示出他的首领地位。

"亲爱的尤维戈，到这里来！光荣的兽人统治者……过来看一看这些艺术品！"

听到自己被称作统治者，尤维戈万分惊讶，他拖着步子朝阿苏伯走去。他尽量离这人远些。望着城堡花园中那些上蹿下跳、互相撕咬的家伙，尤维戈大惊失色。

"它们很漂亮，对吧？"阿苏伯带着孩子般的喜悦说道。他说话的口吻流露出他希望得到肯定的回答。

"太壮观了……"尤维戈费力地回答着。他实在没发现眼前这只长着十几只爪子和蛇身的硕鸟漂亮在哪里。但他可不想跟这群野兽的主人作对。

突然，阿苏伯回过头来望着他，脸上现出灿烂的微笑。"真是太壮观了！"他似乎很高兴有人同意自己的观点。

　　然而，看到阿苏伯的脸尤维戈差点忍不住大叫起来。似乎阿苏伯的变化不仅仅局限在头发的脱落上。尤维戈觉得阿苏伯就像一个经受了好多天折磨的奴隶。他前额上的红色皱纹、脸颊上的伤疤和眼睛下面的黑眼圈使他的面容变得惨不忍睹。兽人可汗实在想不出阿苏伯发生这种变化的原因。最终，他猜可能是某种疾病引起的，也许这种疾病与前一段时间突然出现的成群野兽脱不了干系。或许其中的某只野兽传染了阿苏伯。

　　想到阿苏伯的疾病或许会传染，尤维戈尽可能离他远些。但阿苏伯突然抓住了他的胳膊，他吓得面如土色。外面的那些野兽迫使尤维戈一言不发。他唯一能做的就是祈祷那种疾病不会传染。

　　"亲爱的尤维戈，它们还算不上最棒的！你肯定见过我派到赫尔图格去的那只。但是，不要担心！我还会给你看更棒的。来吧，我们一起去见见那些超棒的东西！"

　　"我们？"人高马大的兽人嘟囔着。他来这里只是想表达自己的忠诚，现在却被称为合作者，他不禁大吃一惊。不清楚阿苏伯要索取什么样的回报，这让他很困扰。

　　阿苏伯兴奋地尖叫："对啊！我们！你和我……我们会攻占佩格的每一寸土地。你可得帮我这个忙。我会慷慨回报你的！"

　　阿苏伯松开尤维戈的胳膊，迈着矫健的步伐走到墙上挂的地图旁边。他张开双臂似乎是在拥抱整个佩格。接着，他回头大笑一声，尤维戈困惑不已。"那将会相当壮观！强大的阿苏伯与佩格军队的对决！历史将书写我的胜利几百年！"接着他瞥了尤维戈一眼。他依旧在微笑。"亲爱的尤维戈，不要担心！我已经制定了周密的计划。我可是花了好长时间才将这个计划制定出来。我的一个小家伙已经使赫尔图格海军葬身海底了。如今，对于我们来说，海上很安全。你一回到领地，立刻下令兽人为我打造船只。我的鸟儿很漂亮，可惜的是它们不能远距离飞行。因此，此刻我只能让它们戍守卡迪。但等到船造好后，我的鸟儿、人马妖、武士和所有你想象不到的帮手会与兽人军队并肩作战。你一定要为我打造一些庞大和结实的船只。你能做到吧？"

尤维戈惊讶地倒抽一口气。他沉默了几秒钟，体会着阿苏伯的话。这个疯子打算发起一场针对整个佩格的战争，而自己被选作他的同盟者。他当然可以为阿苏伯打造船只。兽人擅长打造高质量的船只。然而，尽管他们与卡迪之间有深仇大恨，却素来与蓝色罕萨无冤无仇。一想到可能出现的后果，他吓得全身的血液都凝固了。这些该死的家伙会攻克整个佩格。尽管他不太喜欢人类，但是想到对一个种族造成如此大的破坏，他还是揪紧了心。

"但是陛下……"他费力地说，"卡迪是个富庶和美丽的领地。它对我们来说足够了。我们为什么还要攻克其他的领地呢？"

阿苏伯望着这个魁梧的兽人，眼神中流露出了愤怒。他当然不喜欢听到从他嘴里说出这样的话。

"我亲爱的尤维戈，"他说，"我本希望你能理解我。攻克其他领地并不重要，重要的是证明我们的实力。你难道不能体会到其中的深意吗？"他遗憾地望着这位兽人可汗。显然他很失望。"是我以前看错了人，"他说，"你也是一个可怜的家伙，跟其他人没有什么区别。我还以为兽人的伟大可汗会与众不同。但没关系。你的无能妨碍不了我什么。无论如何你得为我打造那些船只。"

尤维戈明知道自己是在冒生命危险，但他还是决定试最后一次。"我不能命令国民参与这样一场战争，我的殿下。"

"但是我能！"

阿苏伯友善的表情立马换成了统治者和主人才会有的表情。"看来我们没有必要继续讨论下去了。兽人，你拒绝了一个绝妙的机会。终有一天你会明白我为何这样说，你会后悔的。现在你可以离开去忙了。这些船必须在一个月内下海。如果延迟一天，我会杀死一百个兽人作为惩罚。如果你想逃跑，我会让你生不如死。趁还没惹得我更生气之前赶紧滚！"

　　尽管自己的一句话使自己从同盟者变为了奴隶，但尤维戈感觉不太坏。他鞠了一躬，后退着离开了房间。阿苏伯已经忘记了他的存在，此时他已经埋在了面前的书中。当尤维戈跟随阿苏伯的仆人行走在走廊中时，他想阿苏伯简直就是个疯子，他一定是脑子里缺了某根筋。

　　他会为阿苏伯打造船只的。但他不打算为了毫无意义的实力展示而使国民沦为这些野兽爪下的牺牲品。他会按照阿苏伯的意愿去做，但他心不甘情不愿。他宁可成为一个奴隶，也不愿成为一个遭人唾弃几百年的兽人可汗。"更多的流血冲突会发生，"他自言自语，"但愿众神可以帮助我们……"

　　读了一段时间的书后，阿苏伯又一次走到了窗户前。他怜惜地望着园中带翼的那些家伙，似乎在他眼中它们只是一些小麻雀。"不用着急，漂亮的小家伙，"他说，"一旦时机来临，你们将会向整个佩格展示你们的实力。没有人能够阻止。从伊尔萨尔到图拉伊，每个人都会对你们充满仰慕之情。"

　　突然，他记起了那只被自己派出去破坏赫尔图格的怪物。它比他的鸟儿更为壮观。据他的手下报告，那怪物干得相当漂亮。但他不明白为何到现在它还没有返回卡迪。一个没敲门就进来的人让他吃了一惊。真不懂规矩，他想。

　　这个不速之客是一个士兵。同其他士兵一样，出于对丧生的恐惧，他才投靠了阿苏伯。阿苏伯之所以能够容忍他们是因为他们负责为他通风报信。他养着的那些怪物只有在杀死人后才会问问题，因此它们算不上好的通风报信者。

　　"未经我的允许，你竟敢私自闯入！"他咆哮着，"你想干什么？"

来者面带愁容，吓呆了。他几乎是结结巴巴地说："主人，请原谅我。但事情紧急。我认为你一定想尽快知道。"

阿苏伯很好奇。他决定过会儿再惩罚这个鲁莽的家伙。他问："什么事情如此紧急？是我的宝贝儿从赫尔图格回来了吗？"

那人愁云密布。他鼓起勇气向主人汇报。"杜克盖德……"他哽咽着。"杜克盖德杀死了它……"他不能将那个恐怖的野兽称为"您的宝贝儿"。

一时间，阿苏伯还以为是自己的耳朵出了毛病。他木然地盯着这个士兵。

"它在从赫尔图格返回的途中遇到了杜克盖德。那是一场漫长的战斗。敌人受伤惨重，但最终……"

阿苏伯慢慢听懂了他的话。他先是愣了几秒，接着咆哮着推翻了桌子。为了不成为牺牲品，士兵仓皇地跑出了房间。他听到在房间里好像有一个人被掐住脖子的声音。他一直沿着走廊往前跑，想跑得越远越好。

直到阿苏伯将房间中的东西砸了个粉碎，他才消了消气。他倚靠着窗户，气喘吁吁。鲜血从他手上的伤口里渗出。

"佩尔图，你不该动我的宝贝儿！"他咬牙切齿，挤出这句话。"你真是罪该万死！"

杜克盖德使他颜面扫地。想到被一个凡人打败了，他忍无可忍。佩尔图不可能比他更强大。他恨不得现在就将佩尔图抓住，将他掏心挖肺。他快速走到地图前，像撩开窗帘一样撩开它。接着，他拿下挂在脖子链上的一把钥匙，打开了隐藏在墙中的壁橱上的三把锁。他从中取出一本大书，就像母亲捧着孩子般小心翼翼地将它捧到了书桌上。这张桌子是唯一在他几分钟前大发脾气中幸存下来的物品。他把书放到作战计划上，抚摸着它那金色凹凸封面。

　　"佩尔图，我不会让你给我带来麻烦……"他嘟囔着，"我也不会再败在你的手下。我会让你和整个佩格都明白谁更强。我会派最强的力量去把你的血吸光。你只要一见到它们，你的心就会停止跳动……"

　　此时，他快速地一页一页翻着书。甚至在那只打败可恶的科赞的鸟儿莫名其妙地死去后，他翻书的速度都没有这么快。事实上，他不用这么着急。书上读到的每一个句子都增加着他的痛苦。他脸上的皱纹和眼睛周围的黑眼圈就是他这样做的后果。

　　"但是佩尔图，为了你，我会忍受这一切，"他嘟囔着，脸上堆起了坏笑。听到关于杜克盖德的讲述后，他简直对佩尔图恨之入骨。这个声名狼藉的海盗，这个佩格国民最害怕的家伙，让阿苏伯妒火中烧。佩尔图竟然还杀死了那只美丽的大鸟，这让他对佩尔图更加深恶痛绝。此时，让杜克盖德葬身海底与战胜佩格能带给阿苏伯同样的喜悦。

　　他想知道下一个出现的动物会是什么模样。每翻一页，都会有一个新的动物出现，而且一个动物比一个动物离奇。假如他跳过几百页，直接翻到最后一页，或许跳出的东西将不可思议，他为他所付出的代价无怨无悔。因为最终，他创造出的东西会为他而战。一个威力无比的仆人没有坏处。

　　他得到这本书的过程扑朔迷离。一天晚上，他一觉醒来，听到了一个人蹑手蹑脚走路的声音。他已经做好了抗击科赞的准备，因此，他惊叫着从床上站了起来，起初他还以为是刺客溜进了自己的房间。然而，奇怪的是，没有一个侍卫跑进来救他。他问那个黑影到底是谁，进来做什么时，那黑影却一声不响。陌生人将一本书扔到了阿苏伯床上，低声咕哝了几句莫名其妙的话。阿苏伯也不知道又神志不清了多久，但他醒来后发现的这本书却改变了自己的一生。

一时间，他成了佩格最强大的人。有很长一段时间，他一直都在好奇给他带来无穷力量的那个神秘陌生人究竟是谁，其真正用意又是什么。然而，无论是一直都在打瞌睡的侍卫，还是他清醒后围绕宫殿所展开的一系列搜寻，都无法帮助他解答这些疑问。最终，他觉得那个神不知鬼不觉地出入自己房间的陌生人就是命运本身。或许阿苏伯命中注定要成为佩格的主人。知道这一点足够了。神的旨意不容置疑。

他一下子翻到了书的最后一页。他满脸笑容。对于即将忍受的钻心的疼痛，他漠然处之。想到一个神通广大的家伙即将诞生并为自己而战，他心里美滋滋的。他垂下眼睛，一口气读完了这一页上凹凸不平的文字。

奇怪的是，他没有丝毫的疼痛感。以前的法术中都包含很长的句子，但最后一页上只有一个词。"谢尔门……"他低声说道，"就只有一个词吗？"

突然，这本书喷出了火焰。他赶紧扔掉书，但指尖还是被烧了一下子。疼痛蔓延了他的全身。他跪倒在地。他再也听不到，也看不到了。他感觉皮肤就像撕裂了般地疼，他这才意识到自己犯了一个巨大的错误。他灵魂出窍，被其他的东西所代替。他已经到了欲罢不能的境地。

尤维戈骑马驰骋在回自己城堡的路上，听到一声不可思议的震耳欲聋的尖叫声。他透过眼睛的余光向身后望去，只见一团深红的亮光如同太阳般包围着阿苏伯的宫殿。亮光越来越刺眼，似乎从窗户中进入了阿苏伯房间。

尤维戈摇摇头，快马加鞭。尽快逃离这种疯狂景象是当务之急。

第十二章　"彼岸之地"

　　覆盖西克鲁泽兰的古尔代森林通常是一个静谧、平静之地。太阳光透过浓密的枝叶洒落在每一个喜爱阳光的人身上。有时候，迷路的游侠或者躲避土匪的可怜人会在这里避难。然而，四双脚同时踩踏在草丛上——就像现在发生的一样——在这片森林中还是不太常见的一景。

　　乌尔唐和盖里杨并肩而行。古尔林跟在这两个老人后面，离他们有几步远。列奥弗德迈着小碎步走在最后面，小心翼翼地仔细环顾四周。他们到这里已经有一会儿了。海盗一定已经停止了搜寻。然而，武士的直觉使列奥弗德更加谨慎。而且，他无法再靠别人，只能靠自己。假如盖里杨不是沉浸在越来越接近"彼岸之地"的事实带来的喜悦之中，或许他也会表现得像列奥弗德一样小心翼翼。但此刻，这个老巫师看起来就如同一个在草地上玩耍的孩子般无忧无虑、精神放松。

　　出乎他们意料的是，乌尔唐突然在一片稀稀疏疏的长着几棵树的空地上停了下来。古尔林差点撞到他身上，他顺着这位老者所注视的方向好奇地望去，只看到一个小木屋。小木屋造型普通，与列奥弗德在卡迪拥有的那个极其相似。它完全是由木头建造而成的，上方有一个临时搭建的屋顶。当然，它比列奥弗德的木屋多一个门。追上朋友们后，列奥弗德问乌尔唐："老先生，我们真的到达目的地了吗？"

从他的口吻判断，他期望得到肯定的回答。他们真是费尽周折，一路奔波才来到了这里。此刻，他唯一想要做的就是穿过去到达"彼岸之地"。

乌尔唐望着列奥弗德。他还没习惯眼前这个长得像野兽的人，他还带有一丝恐惧。"离目的地不远了，"他疲惫地说，"只有几步路远了。跟我来。"

乌尔唐朝着连两个人都装不下的小木屋走去。盖里杨跟在他后面，一副若有所思的样子。真奇怪，他丝毫感觉不到周围有任何魔力。他不想怀疑乌尔唐记错了方位。假如果真如此，他们的一切努力就付诸东流了。当乌尔唐打开小木屋的门时，盖里杨透过这位老者的肩膀向里面望去。映入眼帘的场景既让他大吃一惊，又令他深感欣慰。

他回过头，对着正兴冲冲地等待解释的古尔林和古瓦德说："里面有一个洞。我们需要顺着洞向下爬。我们最好是一个接一个地向下爬。"

"又用一根绳子？"古尔林抱怨着。他都记不清最近爬过多少次绳子了。

乌尔唐走进小木屋，钻进了洞口。没想到，他顺着绳子向下爬的动作极其敏捷，与他的年纪很不相称。盖里杨和古尔林满脸狐疑，尾随其后。列奥弗德走在最后。由于爪子的缘故，他向下爬实在不易。在他开始这个艰巨任务之前，他回头尽情地观赏着翠绿的佩格森林和富饶的土地。也许，这是他最后一次看到它们了。想到由于自己长相丑陋，无人会再牵挂自己了，他微微一笑，也走进了小木屋。

当除乌尔唐以外的三人双脚着地时，他们都有一样的想法，这无疑是个相当壮观的地方。只有畏惧无懈可击的敌军或者带有狂热宗教感情的人才会在地下建造一个如此广阔的地方。一尊巨大的雕像站立在远处的角落中，墙上用古文写成的句子说明后一种猜测是正确的。

"我得承认它给我留下了深刻的印象。"巫师说。

古尔林咬着下嘴唇，回答道："你意思是说自己很失望吧……"

等到列奥弗德靠近了他们，乌尔唐敬畏地解释道："这是希维尔神灵的庙宇。希维尔常常指点我。假如不是怀着对睿智的崇拜之情，或许我忍受不了与一个女祭司共同生活。我过去常来这里祷告。我正是在这里遇到了那个怪人和那本书。"

盖里杨朝房间的中心走去。他可以感觉到周围深厚魔力的存在。此地的建设者一定是一些法力无边的巫师。四周墙上的火把很可能好多年都没有添过油了。火把依旧在燃烧，似乎是最近刚被点燃的，这说明它们被一股强大的魔法保护着。也许厄尔萨盖希望找到的古老魔法并不是痴人说梦。那个神秘的陌生人企图杀死乌尔唐的用意显而易见。他不希望乌尔唐向他人提起这个地方，因为只有这样，这座庙宇才可以免遭破坏。只要稍微懂点巫术的人绝对不敢破坏此地。

"但门在哪里呢？"古尔林的问题打破了沉默，但这个问题似乎也不是毫无道理。其实他不喜欢在庙宇中停留太长时间。

受到周围魔力的影响，盖里杨无法回答这个年轻人的问题。他思考了片刻，对乌尔唐说："老朋友，你还记得那一天发生的事情吗？"

"我记得很清楚，"乌尔唐说，"那是我一生中最有趣的一天。"

"那人躺在什么地方？"

乌尔唐眯起眼睛，拼命整理思绪。几秒钟过后，他说："他头朝一根绳子。是的。我记得很清楚。地上有血。一条殷红的血线延至希维尔。我刚到这儿不久，那人就死了。希望希维尔能够为我作证，我无力救这人的命。我唯一能做的就是扛起他，埋葬他的尸体。"

列奥弗德将一只爪子放在了这个悲伤的老者身上。"任何人遇到这种情况也只能做这些。好朋友，不必自责。"

盖里杨半信半疑地瞅了蔚为壮观的希维尔雕像一眼。雕像紧靠墙，中间没有任何空隙，这说明秘密通道不可能在这里。一时之间，他觉着这位智慧之神看起来如此的朴素和睿智。他形体高大，两条粗壮的胳膊抱在胸前，两腿盘坐，大腹便便，沉思的双眼深邃无比，宽大额头上的皱纹诉说着丰富的阅历与成熟，花白的头发整整齐齐地拢向脑后，看起来凝重庄严。还有一点引起了巫师的注意。跟周围其他的东西相比，这座雕像是无色的。"乌尔唐，你曾经摸过希维尔吗？"他这样问，目光仍旧注视着雕像。

那位老者兴奋地回答："摸智慧之神？没有。如果我有这样的想法，我情愿不得好死！"

盖里杨笑了笑。想到尽管自己不是一个真正的宗教信仰者，但就连无神论者也会将自己下一步的举动视作大不敬。

他抖了抖斗篷的一根袖子，掉出了一个铁饼。他深呼一口气，将铁饼冲着智慧之神的脸扔去。铁饼在空中飞了几秒钟，碰到雕像后，像石子落水般消失得无影无踪了。

"我的天啊！"乌尔唐惊叫。接着他用微弱的声音说："你都做了些什么？我们会遭到天谴的！"

"我们会安然无恙的，"巫师嘟囔着。他似乎已经完全将乌尔唐抛到了脑后，转身对其他两个人说："我们已经找到门了！我们已经找到那扇从来都不关闭的门了！"自从三个人相遇后，他还是第一次如此兴奋。望望两个朋友，他慈爱地微笑着。"我的朋友们，不用担心。这次我不打算让你们单独去那里。我没理由再等在外面了。我们可以返回时再走这扇门。当然，如果我们能安然无恙返回的话……但是我们现在先别绝望。我坚信我们会成功的。只要有你们在，我们就会一直成功。加油！现在就让我们开始吧！"

在乌尔唐困惑目光的注视下，这三个伙伴肩并肩地站在了一起。列奥弗德摩拳擦掌，古尔林紧握戈尔巴剑柄，盖里杨从腰间掏出了一把小匕首。

"乌尔唐，回到你妻子身边去吧，"巫师轻声说道，"她一定盼望着再见到你。如果有一个女人如此深爱着我，我会寸步不离。带她到一个远离克鲁泽兰的地方，去过安定的生活吧。"他朝雕像方向向前迈了一步。他不安地补充道："请在那里为我们祈祷。因为一旦我们失手，佩格将不会再剩一寸人类的安身之地。"

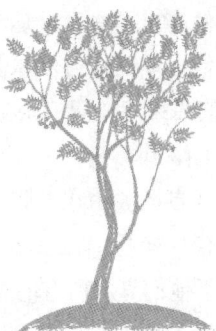

第十三章　射　手

　　古尔林忍痛挣扎着坐了起来，头撞在了笼子的上方，他决定爬向盖里杨。巫师身体状况不妙。河水猛烈地拖拽着他们，他竭力使自己和盖里杨浮出水面，巫师衰老的身体吃不消如此折腾。

　　古尔林俯下身子抱着盖里杨的头说："别留下我一个人，老朋友"，他哀求着，"请不要离开我，老朋友……是你把我带到这个该死的地方。相信我，我真的非常需要你！"

　　事实上，此刻他不只是需要这个初次见面时曾憎恨过的老巫师，还有他的依恋。他找不到别的理由来解释心中撕裂般的疼痛。想到另一位挚友，他也感到忧虑。他没有发现任何线索表明古瓦德已经上岸。但是，古尔林仍抱有希望，他的朋友曾经历过比这更大的危险。他无法断定列奥弗德是否死了。更何况他现在身陷牢笼，也不可能去寻找古瓦德。他恼恨地看着眼前长长的栅栏。"最糟的是我们落入了早已准备好的陷阱……"

　　当他从激流中爬上岸时，他已经完全分不清东西南北了。这条激流在他们穿过希维尔雕像时将他们卷走。正当他要放弃挣扎时，盖里杨抓住他，使他浮出了水面。这样过了很久，他们被一个小瀑布冲散了。在他们上岸的地方河水分为很多支流，水流缓慢一些。幸运的是，他们最终还在同一条支流中。可很不幸的是，他们在那条特定的水路上岸了。

几分钟后，他们发现自己被困在一张坚固的大渔网里。他俩几乎失去知觉，没能做任何挣扎。古尔林记得的最后一件事是那些身形巨大的怪物抢走了他们身上所有的东西，将他们推进牢笼。庆幸的是那里还有个干燥的地方，他立刻睡着了。当他醒来时，他才绝望地意识到了形势的严峻。

戈尔巴不在他的腰带上了，巫师筋疲力尽。他们被关在一个有轮子的大牢笼里，由两匹强壮的马拉着。可憎的怪物身佩长剑骑马走在笼子两边。古尔林以前还从未见过这样的家伙，虽然他们看起来像野兽，但他们皮肤光滑，头的两边悬着两只小耳朵。其中一个走近牢笼，威胁地朝牢笼里看了一眼，年轻人才有机会更清楚地看到这张脸，注意到它的嘴唇结构很不一般。不知道有多少牙齿可能藏在那巨大的嘴唇后面，古尔林感到不寒而栗。

看着呻吟的老巫师，他将老人的头放在自己的膝盖上，抚摸着他的前额。巫师的戒指还在，但他不知道哪个指环里装的是治疗的药液，他可不想冒险让朋友中毒。

行走了一段之后，这队人马突然停下来了。其中一个家伙走近笼子，向里面扔了许多水果，然后回到伙伴身边和他们一起坐在地上休息。古尔林一开始还有些怀疑，但也还是决定尝一下水果。如果这些家伙真想害他们，在这之前早就可以干了，那是轻而易举的事。水果吃起来有些肉的味道。水果虽小，但很充饥。吃饱之后，古尔林尽力给盖里杨喂了一些。

充分休息过后，那些人又骑马上路了。带轮子的笼子也开始颠簸着向前移动。剧烈的颠簸让巫师感觉自己是从噩梦中惊醒一般。额头布满汗珠，睫毛抖动着。他一边用颤抖的声音问"我们在哪里？"一边向周围瞥了一下，眼神中带着惊恐。

古尔林抱住试图坐起来的老朋友，尽量让他冷静。"我们在该死的笼子里。我们可能会在这里面待上一段时间。所以，要放松，好好休息，因为你已经过于紧张劳累了。"

巫师带着难以置信的表情盯着古尔林的脸。他依稀记得他是怎么救了这位当时快要被淹死的年轻朋友了。可他们是如何被关进笼子里的，他一点印象也没有。

突然，越过古尔林，巫师看到一个奇怪的骑手正和马车一起前行。一直困扰巫师的疑团突然解开了，他问："那张渔网……"

古尔林点头问道："你感觉怎么样？你有办法让我们逃离这个笼子吗？"

巫师摇摇头，他看起来很悲伤。"我没有力气了。我感觉自己的一切都被一位大力士吸走了，一点力气也没有。不过，类似的情况以前也有过。没有了魔法，我想我什么忙也帮不上。我可以用戒指里最后一滴酸把锁打开，但我想外面那些家伙是不会善罢甘休的。"

古尔林低着头，坐在盖里杨旁边，头靠在巫师的肩膀上，低声说道："他们拿着戈尔巴，本来我们有戈尔巴是有机会的，可你的法力没了，戈尔巴也没了，我们什么也做不了。"

盖里杨正要回答，两个怪物走近牢笼，微笑着朝牢笼里看看他们的脸。那既不是仁慈也不是令人宽心的微笑，而是猎人看着无助的猎物时的表情。

"老家伙醒了……很好，他活着。"其中一人用佩格语说。另一人用古尔林从未听过的语言说了些什么。然后他们大笑着走开了。盖里杨和年轻人一样吃惊："这一定是一种古语，我也听不懂。"

　　巫师不想对古尔林撒谎，但还是不让他年轻的朋友知道那些话的真正含意吧。因为那个怪物说的是："真不错，除了鱼我们还有另外的收获带回村子。那老家伙的肉是老了些，但年轻人的肉看起来很美味！"

　　为了不引起古尔林的注意，巫师偷偷地检查了一下他头颅模样的戒指里毒药是否够两人用，一看够用，他就深情地看了一眼他的朋友，将头倚靠在牢笼的铁条上，闭上眼睛，让时间平静地过去。毒药可以让人瞬间死去。如果他们找不到逃生的路，他宁肯喝毒药而死，也不愿意成为那些怪物的晚餐。他会给古尔林选择的机会。但他内心知道，他的朋友一定和他想法一样。他祈祷古瓦德从激流中幸存下来。他不怕死，但受不了无法阻止谢尔门。

　　古尔林透过栅栏看着外面的大地和森林。如果这个地方真是"彼岸之地"，他感到失望。眼前的景色与卡迪的任何地方没什么差别。尽管那些囚禁他们的家伙外表可怕，但和克鲁泽兰的强盗比起来，算是小巫见大巫了。他认为塔尔古林在与古尔林谈到这块土地时可能夸大了事实。塔尔古林受了很多折磨，痛苦难耐，临终的人说些夸大的话不奇怪。

　　是的，这只是另一片普通的土地，与佩格没有多少不同。同样的神灵不可能创造出截然不同的土地。可就在那一刻他亲眼所见的事实让他完全改变了看法。

　　像所有别的森林一样，这片森林里有块空地，一条蛇盘蜷着躺在空地上。令他震惊的是，虽然从远处看起来树木只有手指头大小，但那条蛇看起来却有两只手那样大。他感到一阵恐慌，他看见那些家伙骑上马，他们也一定看到了这条大蛇，但奇怪的是，他们并不在意。他抓住巫师的衣领，疯狂地摇动他，同时在他耳边尖叫，想叫醒他。一会儿，盖里杨张开了眼睛，喃喃道："发生了什么？"他看了一眼嘴里嘟囔着"蛇……蛇……"的古尔林，被人叫醒，他显得有些不快。可不一会儿，眼前的场面让他如此惊讶，以至于他一下子跳起来撞到了头上的栅栏。他惊讶的不是那条蛇，而是一个胸口中箭倒在地上的怪物。

"这是你干的？"巫师惊叫道。古尔林摇了摇头。他跟老人一样惊讶。看了看周围，他们发现除了这些怪物外什么都没有。在箭的射程内，他们看不到任何人。那些体形庞大的怪物惊恐地簇拥到了笼子边。其中一个刚走近同伴尸体，第二支箭就将他一下子击倒了。

现在射手的位置暴露了。大家都往箭射过来的方向看去。一个侧影出现在森林入口处，慢慢地靠近他们。但是他离得很远，他的箭不可能射中他们。

第三个怪物被又一支箭射中后开始尖叫，不可能发生的事发生了！所有的怪物都在惊吓中撤退。只有四个留了下来。他们开始胡乱地射箭。可他们的箭射到一半距离后就落地了。射不中神秘的射手，四个怪物就骑马飞快地向那人奔去。突然，其中一个人停下来转头看笼子。随着一声狂怒的吼叫，他调头往笼子冲过来。

盖里杨和古尔林踌躇地相互对视着。巫师在混乱中把几滴酸倒在了锁上，迅速逃出了笼子。可现在面对全速朝他们冲来的巨大怪物，他们不知如何保护自己。

古尔林跑向最近的那个倒在地上满身是血的怪物。他艰难地把死去的家伙翻转过来，在他的腰带中搜寻武器。他的发现让他放松下来，充满信心。当他站起来时，手中闪烁的剑让巫师感到安慰。

戈尔巴又可以战斗了。

那个怪物直直地朝古尔林奔来，他想用剑击败年轻的男子之后，对付那个老头子就是小菜一碟了。

古尔林一动不动地等着那匹大马靠近，然后用尽全力给了敌人一刀。

顷刻间，那家伙腿上被深深地刺了一刀，翻马倒地。他还不清楚是怎么受伤倒地的，挣扎着坐起来，恐惧地瞥了一眼站在几步之远握着剑的年轻人。虽然他的敌人已经证明了他不是个静止的靶子，但他仍坚信他能打败这个年轻人。他从腰带里拿出一个权杖，不顾流血的伤口，再次骑马向他的敌人冲去。

古尔林静静地站立着等怪物靠近，像雕塑一般。他迅速地避开了权杖的攻击。紧接着，还未来得及完全站直，便将他的剑直直地朝敌人坐骑的薄弱之处猛地刺去。

那家伙咆哮着紧紧抓着年轻人的腿，随即倒在血泊中。

古尔林耸了耸肩，这是一场简单的战斗。那个可怜的家伙永远都不会知道它是死于一把神剑之下的。他转身去看老巫师，"那是我们的戈尔巴！"他大喊着把他的武器举过头顶。他说话的口气就好像他们第一次相遇时巫师的语气。盖里杨慢慢地站起来，看着古尔林，就好像他也是第一次看到他。然后，他将从另一具尸体上拔出来的剑给古尔林看。

"戈尔巴在这，亲爱的朋友！你的那把像戈尔巴，但实际上只是一把普通的剑。"

起初，古尔林不相信巫师的话。他开始慢慢地研究手中的剑。

然后，他把剑扔在地上，尖叫着从死掉的怪物身旁跳后两步。他难以置信地睁大了眼睛。

"是你打败了那个家伙！"盖里杨说。他真是感到欣慰。他快步走向他的朋友，把手搭在朋友肩膀上。"看在上帝的份上，你靠的是自己！这绝对是辉煌的战绩……"

古尔林像一片颤抖的树叶一样无声地看着巫师。意识到他是用一把普通的剑和这个可怕的怪物进行了一场决战，这真是出乎他的意料。但胜利并没能减轻他的恐惧。

突然间，一个陌生的声音引起了他们的注意，"我希望我没有打扰你们！"

两人同时转向声音传来的方向，一个巨大的怪物坐在一匹巨大的马上，在离他们不远的地方笑嘻嘻地望着他俩。他穿了一件紧身战衣，腰上佩有两把长剑。他的左臂像是勇士的手臂，但右臂看上去像吉尔富熊。数十只箭搭在左肩上，他手中的弓告诉这两个朋友：他是来救他们的。

盖里杨尽力让自己平静下来。他感激地说："不，亲爱的朋友！今天对我们来说，是一个充满惊喜的日子。遇到救命英雄是我们最大的荣幸！"

勒米的脸上呈现出灿烂的笑容。他的笑也带有某种讽刺的意味。"我不是刻意救你们的，"他回答说，"我对牢笼里有什么并不好奇。我只要一看到该死的食人族就会射猎。在这个该死的血腥的地方，这是我唯一的娱乐。我从未放走过一个。如果我帮了你们，那是因为你们今天真的运气好。"

古尔林和盖里杨面面相觑。年轻人害怕地问巫师："食人族？"

盖里杨张开双臂，似乎表示他也是闻所未闻。他看着远处三个躺着的没有生命迹象的怪物，相互隔五六米的距离。他们上马的速度不够快。新朋友给人印象深刻，几秒钟内就射杀了六个敌人，自己却毫发无损。他对正在下马的勒米说："至少可以说，你很坦率。能告诉我们你的名字吗，陌生人？"

勒米又笑了，他开始搜集射在这些怪物身上的箭。拔出最后一支箭后，他看都没看巫师，就回答道："陌生人？……你们竟然还不知道赫尔盖斯是吃人的野蛮人？我可以说是这里的主人！我一直住这儿，我的名字是波尔戴特的勒米。也许你们听到过我的名字。"停了一会儿，他伸出他那不同于常人的右臂。很明显，这是他用来射箭的。"在佩格，大家称我是神箭手。"

盖里杨确信自己以前从没听过这个名字，奇怪的是他甚至也没有听过神射手家乡的名字，尽管他相信自己对佩格这个地方了如指掌。勒米可以说一口很地道的佩格语，不会就出生地撒谎。盖里杨心想也许他不该这样好奇。

他疑惑地看了一眼古尔林。巫师在卡迪不受欢迎，所以他只去过几个地方。但是，古尔林茫然的眼神充分说明了他们现在不在卡迪。

勒米耸了耸肩，有些失望，叹道："好吧，我离开佩格有一些时间了，很多事情都变了。新的英雄出现了，老的被遗忘了。只有这个是不会改变的。"

他弯腰从最后一个猎物身上拔出了一支箭。小心地清洗之后，他有些颤抖地把它放好。盖里杨发现那些箭很特别。它们可能会加强射手的力量，使得在很远的距离箭就可以射死敌人。

勒米收拾停当后朝他的马走去。巫师跟在他后面，声音有些忧虑："等一下，你不打算帮助我们了吗？我们需要一个向导。"

勒米回过身吃惊地说："帮你们？被流放到这个像地狱一样的地方，除了自救没有人可以帮你们。"

"我们不是被流放到这儿来的！"古尔林反驳道。在此之前他没有参与谈话，他还在努力从没有戈尔巴帮助的那场战斗中恢复过来。不过，他很清楚勒米是他们唯一的希望，他在考虑应该做点什么。事实上，他根本不知道勒米说的流放是什么意思，如果他可以劝说勒米加入他们，那他可以以后再问这个问题。

"你们不是被流放到这儿的？"勒米好奇地问，"但是……那你们是怎么来的？你们来这儿是因为上帝流放了你们，否则你们不会到这个地方的！"

"我们对这个地方一点都不了解，"古尔林说道，"但我们知道我们是自愿到这里的。我们在寻找使佩格免受谢尔门的怪兽迫害的方法。你一定听说过谢尔门。我的意思是，他也来自这里。我们的人民正在遭受痛苦。如果我们袖手旁观，他们会更加艰难，那也是你的家园，他们也是你的同胞，我的意思是，至少，你是这样告诉我们的。"

勒米盯着他们，越来越惊讶。突然地，他的脸色变得很苍白。好像他再也不能呼吸似的。"你们是自愿到这里来的……那就是说，这儿有一条出路。真的有可能离开这个可恶的地狱？"

巫师意识到勒米对佩格发生的事情并不感兴趣。但他对有可能逃离这块土地有想法。巫师示意古尔林不要再试图激发勒米的英雄情感，那是徒劳的。他说：

"当然有出去的办法。我看到过有人来到这里然后离开的。我们也会离开这里。不过，我们要找到阻止谢尔门的方法后再离开。如果你帮助我们，我们也会帮你。如果你很想离开这里，回到佩格，只有我们能帮你。如果你想在阻止谢尔门之前就回到佩格，我向你保证那片土地不会比这里更好。"

勒米脸上露出了喜色，就像听到了他生命中最大的喜讯。他敏捷地爬上马背，指指那些死去的赫尔盖斯怪物，说："给你们自己找匹马。从现在开始，我会像保护我自己一样保护你们的性命。我无法回答你的问题，但我知道有人可以，找到他不太容易，所以我们要加油。我愿意克服所有困难，只要你们能帮我早日远离这该死的地方。"话音刚落，他的表情立刻变得严肃起来，说道："可要是被我发现你在骗我的话，我的愤怒会让你觉得谢尔门反倒是位天使！"

巫师抓住一匹马，笑着爬上了马背，"不要担心，我对你说的每个字都是真的，那么，我们打算去哪里？"

勒米指着森林："你有很多问题，我知道有个人能解答所有的疑问，我会带你去希维尔神庙，找智慧之神!"

　　盖里杨和古尔林默默地相互对视着，他们不知道把一切告诉那个正在纵马驰骋的勒米是否明智。他们其实就是从那个寺庙来的。但他们想，在这片陌生的地方，按照这个当地人说的去做应该不会错。他们策马去追勒米。他们也确实没有很多时间仔细思考，因为满怀希望的勒米已经策马驰骋得很远了。

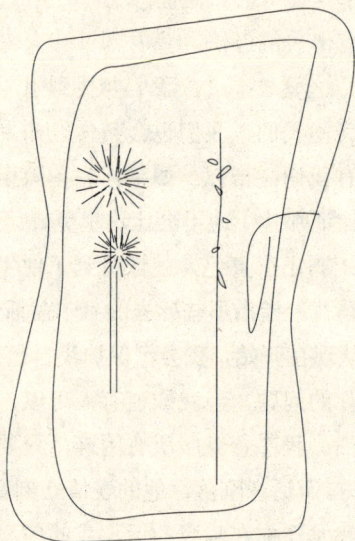

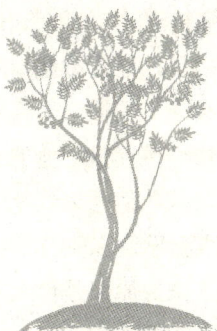

第十四章　客　人

列奥弗德转悠了整整两天才找到走出森林的路。有时，他甚至开始认为"彼岸之地"就是一片巨大的森林，一片陌生、凄凉、荒芜的森林……在过去的两天里，无论是树上还是地上，他都没有看到任何生命的迹象，连一只鸟、一条虫子都没有。

走出森林后，他的眼前是漫无边际的山谷。与森林里浓枝密叶相反，这里连一个低矮的灌木也看不到。整片土地上只覆盖着干枯的、不到一指高的草皮。

他耸了耸肩继续往前走，他已经不指望遇上一个能帮助他或能为他指路的人了。他会努力往前走，直到走不动为止。到那时他会抛却所有的忧虑沉沉睡去。他决心尝试到最后一口气，因为他欠他朋友的。

走了几小时后，他无意中走到一个水坑边，他改变了想法。他觉得应该停下来休息一下，要是他喝点水滋润一下干渴的喉咙，他可能会坚持得久一些。他在水坑边弯下腰。水看上去很清澈，闻起来很甘甜。他先用爪子蘸了些水舔了舔，感觉到水的清澈后，他将头伸进去，喝了个痛快。

坐下来后他感觉好多了，他感激地望着清水。水里的倒影让他不安地叹了口气。很久未见的这张令人恐惧的面庞再次让他感到沮丧。突然，那个倒影好像读懂了他的心思似的，消失了，他不明白到底发生了什么，接着他意识到整个地方暗了下来，似乎黑夜降临了。只有一件事会导致这种情况，他抬头望向天空。

看到造成突然天暗下来的原因是什么时，他的心先是咯噔一跳，随后以不可思议的速度怦怦直跳。

这只鸟长得和普通鹰一样，但它是如此巨大，仅一只爪子就比盘旋在贝勒姆山上空的鸟还要大。他仔细研究了一下鹰飞的方向，看到了远处山的轮廓。鹰飞翔在空中，飞过列奥弗德头顶时它拍打着翅膀，扇起的风将他掀倒在地。

列奥弗德一边摇头，一边努力坐起来。天空不再黑了。他敬畏地轻声说："瑟琳娜，天神……血腥的传说原来是真的！"

瑟琳娜是老骑士向年轻武士在篝火边常讲述的一个传说。数百年前人们在佩格看见过一只巨型的鸟，自那以后，这个故事就变成一个谜。列奥弗德记得关于这只鸟的所有的故事，它可以读懂并且掌控所有生物的思想。据说它是除神以外最聪明的生物。现在列奥弗德感到虚弱而无助。他不禁颤抖了。

求救声将他的注意力从渐渐消失在远处的神秘生物身上拉回到了现实。一个焦虑不安的小东西正朝他跑来。小小的手臂，小小的腿和身体，使它的头看起来显得太大了，像只球在地上滚。列奥弗德没到看有人在追逐小家伙，很纳闷它为何害怕。它犹如箭似的从列奥弗德身边跑过。古瓦德看着这小东西跑开，一种突如其来的奇异本能驱使他往前走。

空中有东西在飘动，它的轮廓模糊不清，像风一样无影无形不可触摸……

当它停在列奥弗德前面时，他看清了那到底是什么。一个在黑暗中看到的模糊不清的物体，看起来像是一只怒气冲冲的老虎。没有尾巴，前额却有个大角。它怀疑地看着新猎物。与那个被追逐的小东西相比，它算是个巨人。它的两只爪子看起来相当锋利。它移动得非常缓慢，不让自己饿死的唯一方法就是让自己变得透明直到接近它的猎物，在开始攻击前才恢复真身。这时的它不再透明，细小的纹路都清晰可见。它扑向列奥弗德，然而，这是它最不该犯的错误……

被追赶的小东西跑回来愤怒地踢着这已经死亡的野兽。它充满爱意地望着救命恩人，他正在草地上擦拭手上的血迹。列奥弗德回报它一个同情的微笑。看着它天真无邪的脸庞，他知道这个小东西连小孩的智商都没有。

小东西走得更近了一些，它的小手抚摸列奥弗德的手。列奥弗德觉得它就像是一只温顺的家猫，他可以拥有它。自从他失去朋友，他感到孤单。他突然想到它也许已经有主人了，否则不可能在这里生存。如果它有主人的话，他也许可以提供一些谢尔门的信息。现在，他需要一切援助。

它一直逼自己说话，脸都憋红了，终于小嘴里蹦出了一个词："里德库"。对它来说，也许说佩格语太难了。

列奥弗德猜想这是它的名字，就拍拍它的头，重复说"里德库"。然后用手摸摸自己的胸口说："列奥弗德"。他认为没有必要跟这个可爱的小东西隐瞒他的真实身份。

里德库高兴得拍起手来。努力尝试后，它终于叫出"劳弗德"。古瓦德点点头表示赞许。这对它来说已是很成功了。

他站起来跟着这个新交的小朋友走。一想着接下来可能找到有头脑的人，他再次兴奋起来。他跟在里德库后面走了大约十分钟。尽管这个小家伙跑得很快了，但列奥弗德还是得不时地停下来等它。他惊讶它是那么精力充沛，不知疲倦。他纳闷它为何总是这么兴奋。也许它是想去赶上什么东西或什么人。

终于，他们来到一个陌生的地方，那里有上百个小水坑，看起来与列奥弗德之前饮过水的地方相似。里德库朝列奥弗德笑了一下，开始在这些水坑之间奔跑。列奥弗德一直跟着它，直到看见地上有个装了半袋东西的袋子。古瓦德感到有些什么事情正在发生，虽然他不清楚那到底是什么。

这个小东西看到袋子松了一口气。就是在这个地方，那只透明的大猫开始追猎它的，幸运的是在最后关头，里德库发现了那只捕食者，开始逃跑。多亏了那双虽小却跑得很快的腿，它的性命保住了。它努力爬进袋子里，然后又如释重负地爬出来。

列奥弗德看见这个袋子的时候，他坚信一定可以找到其他人，因为这个大袋子不可能属于这个小家伙。他弯腰下去瞧瞧里面有什么，但是里德库发出抗议的叫声，似乎里面有无价之宝。为了向他的小朋友证明他没有不良企图，他站了起来，没碰袋子。他举手向它微笑。它也模仿他，接着跳进水坑。当它圆胖的身体漂浮在水上时，列奥弗德禁不住笑了。这个小家伙鼓捣了半天，消失在泥洞里。过了几秒钟，它又出现了，一手拿着一只水果。它左右摇摆着抖去身上的水，跑向袋子，把水果丢进去。列奥弗德惊讶地看着这个装满半袋果实的袋子，心想里德库一定花了至少半天的功夫才能收集到这么多的果实。如果它只是自己吃的话，要么它胃口很好，要么就是为一场长久的饥荒作准备。列奥弗德心里有个声音在告诉他，它不会自己吃那么多果实。那就有两种可能：它不是有个大家庭，就是有个比它大得多的朋友。

"希望有人能解释我的疑问。"他咕哝着。

它在水坑里潜了很多次水才停下来，看着它的大朋友似乎对它很不耐烦，它不想他闲着，就鼓起两腮，叫道："采啊！劳弗德，采啊!"

列奥弗德无奈地摇摇头，将手伸进最近的水坑里，扯断细根捞出数十个果实。里德库高兴地拍起手来，有了他的帮忙，它的袋子很快就能装满了。确实如此，在它又潜入水中两次以后，列奥弗德挖起一把果实，将袋子装得满满的。

它感激地看了看它的新朋友，努力地系紧袋子口，随后抓住绳子开始拖拉。可即使用尽全力，它仍不能使这个袋子移动分毫。

列奥弗德为眼前这个沮丧的小家伙感到遗憾，似乎它比他想象的还要天真。它是否考虑过能否搬动这只装得快要满出来的袋子？他蹲下去，小心地拿起袋子，扛在肩上，生怕他的锋利爪子会划破袋子。

起初，它皱着眉头，但后来它还是让步了，因为别无选择。它饶有兴趣地看着他，好像在告诉他别耍花样。然后，它又费劲地说："跟着我，劳弗德!"

在它的带领下他们上路了。列奥弗德对这个家猫样的小家伙要他做的一切感到厌倦。尽管这小家伙很聪明可爱，它却总在折腾。他来这是想击败战神的，帮它搬水果简直是浪费时间，除非它能使他有机会见到某些人。现在他想知道在佩格有多少无辜的人被谢尔门的野兽恐吓和杀戮。埃尔拉特是因这而死的，他的好朋友古尔林和盖里杨被埋在了冰冷的河流深处，也许与埃尔拉特的命运一样。

这样想着，他的步伐变得越来越沉重。当感觉到路程比意料之中要长些时，他几乎要改变主意了。突然他看见一座类似城堡的建筑物，他很兴奋。这建筑物看上去很古怪。他们走得越近，他越觉得他看到的屋脊实际上是墙，它们既不是石头也不是木头垒成的。它们是如此光滑，他可以发誓绝非人类能够建成。土著人没有这样的技术。从远处看，这些建筑围成了一个圈，只有一个进出的木门。这扇普通的门与墙体的完美形成强烈对照，好像这扇门是其他人做成的。他想知道那里面都有些什么人，但从外面什么也看不到。

他猜想那里面的生物不会有什么危险，因为像里德库这样可爱的人对他如此友好。如果他们像它一样只会说那么一点佩格语的话，那要向他们解释他不是敌人，只是个友善的朋友就得费点劲了。但是，如果他们不像里德库那么天真，那么容易信任陌生人，他们可能会被列奥弗德的外表和锋利的爪子吓着。

他低声说："我只能希望他们信任我了，因为我给他们带来了一大袋水果！"他笑了一下，不再担心了。如果水果是给里面的人的，那么他们为何派出像它那样的小家伙去采呢？它只能拿得动正常人双手能捧的那点。他耸了耸肩，快步向前走去。他还得再走百来步，才能找到问题的答案。

当他们站在木门前面时，里德库鼓励地朝列奥弗德笑笑，然后向前跑去。它从地面与门之间的缝隙里爬了进去。他不喜欢被单独留在外面。当他的小朋友不在他身边，任何人都可能把他当做来自地狱的恶魔。他不知道里德库想做什么，也不知道里面等待他的是什么，这让他紧张。不过，有一件事他是确定的：里德库是不会丢下水果的，它可是费了很大劲才采摘来的。

他想得一点也没错。几秒钟后，木门上一个小口子打开了。这个口子高出地面很多。它的宽度仅够一双眼睛看。现在无论是谁看着他，他通过开口处看到的是怒目而视和害怕的眼神。然后，黑眼睛被另一双像大海一样的蓝色眼睛所代替。有人正试图决定如何对待这个可怕的陌生人。

列奥弗德觉得他得做点什么。获得里面的人信任是他唯一的机会。他想他可以先要让他们知道他不是一个凶猛的野兽。里德库一定是从里面的人那里学的只言片语的佩格语。

他慢慢放下袋子，里面的人紧紧地盯着他的一举一动。他打开袋子，取出一把水果。然后从里德库溜进去的门缝里，把水果递进去放在地上，再把手缩回来。

他尽量笑着说，"这儿，拿去吧。这是里德库为你们摘的，我帮了点忙。如果你们需要，我可以留下袋子离开。我不怪你们害怕我的外表。我看到水面上自己的倒影都会感到恐惧。但是请相信我无意伤害你们。我只是一个需要你们帮助的陌生人。在这片陌生的土地上，无论我强壮的手臂还是锋利的爪子都无法给我指明方向，我乞求你们的帮助，我会做你们要我做的一切事作为回报。"

他说话时，那些眼睛里的神情变了，这些人听得懂佩格语。突然，门缝里的眼睛消失了，几分钟过去了，什么事也没有发生，但他能听到在门的那一头传来的热烈而又难以理解的争论。终于，这双蓝眼睛又在门后闪闪发光，一个充满慈爱和同情的声音，像一段优美的旋律传入列奥弗德的耳帘："我们会帮助你陌生人。进来吧，不用怕。你会明白我们没有权利抱怨你的外貌。我希望我们的长相也不会吓着你。请把那个袋子拿进来。很不幸，我们不能出去拿。"

列奥弗德尝试着去理解它的话时，门咯吱一声慢慢地打开了。首先映入他眼帘的是一个由茅草屋组成的小村庄。这个景象深深地触动了他，因为很长的时间以来他看到的都只是树木和土壤。接着，他看到数百个好奇的人正缓缓地聚拢在大门口看着这个陌生人。

他们是人类吗？

列奥弗德很难将他眼前的这一群定义为人类。他们和他一样，只是看上去像人。毫无疑问，他们曾经都是人类。有男有女，有胖有瘦，看起来就像普通的村民。他们看起来与众不同的是，露在衣服外面的每个部位都被烧伤，好像经历过一场火灾似的。他们的脸、脖子、手和脚踝都被烧焦了。他怀疑衣服下的皮肤是否也有所不同。

列奥弗德觉得呼吸困难，他没有足够的心理准备。他迟疑了几分钟才克服了自己慌张混乱的状态。他振作起来，这时一个高个子男子走出人群笑着向他走来。

他说："我真不知道我们俩谁更丑一些，但老实说，我真的嫉妒这双爪子。"

他的话很风趣，列奥弗德放下袋子，大笑起来。人群中传来的善意笑声告诉他，他是受欢迎的。

忽然，一个小球状的东西出现在人们的脚边，它径直地滚向那个袋子，直到撞到袋子才停下。"水果！"里德库费力地叫嚷着，"孩子们！吃啊！快呀！"

那个看起来像村长的高个子男人，朝袋子里看了一下，然后他抱起小家伙，将它放在他的肩膀上。他赞赏而又怜爱地拍拍它的小脑袋，说："你真棒！里德库，我真的不明白这么弱小的身体里怎么孕育着如此强大的心胸。"

他转过身，从人群里叫了两个强壮的男人，说："我们的朋友给孩子们带来了食品，不要像木头人那样站在那。快过来搬袋子，今晚把水果分给孩子们。当然，不要立刻分光，我想他们可以靠这些支撑几天。"他苦笑着，又补充道："这以后，食物就不再重要了。"

列奥弗德一点都不明白。那人的话、人们的样子以及里德库的慌张都使他困惑不解。失去了朋友盖里杨和古尔林，熬过了河里艰难的日子以及山谷里的疲惫，所有这些都让他筋疲力尽，难以言表。他很好奇，想知道这个村子的秘密，但是如果他可以先小睡一会儿的话，他能更好地弄明白所有的事。

那个村长注意到列奥弗德有些站立不稳，于是叫来几个强壮的人，扶着列奥弗德的两边。

"陌生人，我要带你到我家去，"村长说，"我们可以稍后再互相了解。抱歉，我们没有客房。事实上，这么多年来，你是我们这里的第一位客人。"

他抚摸了里德库的脸颊，它在他肩膀上不安地动着。"不，我亲爱的朋友，我没有忘记你。我们从不认为你是这里的客人……"

第十五章　格尔夫猫

　　在森林里，古尔林、盖里杨、勒米肩并肩骑着马。周围十分寂静，只有马蹄踩在干枯树叶上发出的沙沙声。他们都为这段新的友谊感到高兴。年轻人和巫师为他们找到了一个向导而高兴。一场与赫尔盖斯人的战斗也证明了这个新朋友将会是一个很好的保护者。勒米对有机会离开这个无聊的地方感到开心，原以为要待一辈子的。他不知道他上次遇到同类是多少年前的事了。想着可能被上帝原谅，勒米的两眼闪烁着光芒。

　　巫师打破了长时间的寂静，轻声在古尔林的耳边说："我的朋友，你战斗时真的很勇敢。这证明你能很好地保护自己。如果你不介意，你不需要的时候，我想让戈尔巴跟着我。我已经老了，力气也所剩无几了。"

　　古尔林表情怪异地点点头，他并不同意他不再需要戈尔巴的说法。然而，他明白他的这位老朋友比他更需要这把剑，他再也不能施法了。他叹息地说："盖里杨，我真的不知道那一切是怎么发生的。我之前一次剑都没有用过，我这一生也不会去用。当然，我不是说与戈尔巴一起作战的时光，这完全是它的功劳……另外，赫尔盖斯人看起来似乎擅长战斗，我是怎么击败他们的呢？"

巫师的脸上显现出灿烂的微笑："这就是所谓的魔力。你的内心深处积聚着力量，戈尔巴释放了它。在这之前，你有时表现得像一个懦弱的人，那是因为你以为自己是那样的人。可我们都见证了你拥有自信时你所能做的事。"

古尔林说："也许你是对的。我的内心有股力量……"他喃喃自语。他皱起了眉头，两眼注视着地面，说："但是，我认为我不再有那种自信了，尤其在我知道我不再拥有那把具有神圣力量的剑的时候……"

巫师亲切地说："你要学会相信自己的力量。不要忘记你有一颗神圣的心。事情不会一蹴而就，你必须为之努力。但是，我知道你可以。只有在我看到一个人的生命受到威胁时，我才意识到自己的能量。也许当佩格陷入危险时，你会突然觉悟。我知道你现在还没有准备好。但是最后，你会习惯于依靠自己的力量。"

古尔林叹了一口气。这些都是鼓励的话，他现在唯一感受到的只有恐惧，那种与来自森林深处的危险斗争的恐惧。他害怕这段旅程，同样也害怕旅途最后等待他们的结果。

再者，如果他声称他不是一个懦夫，那么不能保护家人免受杀戮，不能为他们复仇不就是可耻的了吗？

他无法鼓起勇气对巫师说这些。这个为了履行他的责任，一生都在不断冒险的老人是无法理解他的。他或许从没有犯过错误或违背过他的心。然而，他的眼神和他的话语让古尔林感到他们之间是存在着某种关系的。

勒米的声音转移了他的注意力："慢！前面有情况！"

两人屏住呼吸，担心有麻烦了。顺着勒米手指的方向，他们最初看不见任何东西。后来他们注意到地面上有个人。他外貌奇特，一动不动。由于距离太远，根本无法判断发生了什么。那么瘦小的体形，肯定不是古瓦德.

盖里杨问："会是个陷阱吗？"勒米摇摇头说："在这个该死的地方，没有碰到过有敌人聪明得会设陷阱。应该说我从没有遇到过有头脑的人。但我们还是应该小心。"

他颤抖着拿出一把箭放在弓箭上，然后小心地瞄准目标。正当他准备射击时，古尔林担忧的声音制止了他。

"等一下，也许他不是敌人。难道你准备在不知道对方是谁的情况下就杀了他吗？"

"杀了他？"勒米吃惊地问。然后他笑了起来，好像古尔林在跟他开一个有趣的玩笑。

"年轻人，你认为我是一个屠夫吗？我在这里的时间虽然有些久了，但我仍然心智健全……"

说完最后一个字，他射出一支箭，以飞快的速度穿梭在空中。古尔林和盖里杨都没有来得及反应过来，这箭已经落在那人略微分开的两腿间。

"太棒了！"古尔林惊叫道。从那么远的距离射得如此精准确非凡人。

勒米将弓再次挂在肩上时，不禁自嘲地笑起来。"啊哈！"他说，"他不是毫不畏惧就是完全没有意识，他甚至都没动弹。"

盖里杨嘟哝着："这是我们找到真相的唯一方法。"他从腰带上取下戈尔巴，奔向地上的人。勒米拿出一根巨大的狼牙棒，跟着巫师。犹豫了几秒钟后，古尔林跟在他们后面。他祈祷这不是一个陷阱。当他到那儿时，另外两人都已经下马了，正弯着腰仔细研究着地上的人。他好奇地问："他死了吗？"

勒米耸耸坚实的肩膀往旁边让了一步，以便让古尔林看看清楚，他说："这是一个赫尔盖斯人，我的意思是这是一个赫尔盖斯人的残尸。是的，我想他确实死了。"

古尔林看了一眼尸体，转身呕吐出了胃里的东西。"哪种野兽干的？"

勒米并不吃惊。

"我们这个亲爱的朋友有幸遇到一只格尔夫猫。这是一种非常漂亮的动物。我可以告诉你们，这些猫就生活在这附近。尽管它们只能在白天才能看见东西，但是它们也能在晚上凭着敏锐的嗅觉捕猎。事实上，它们是非常愚笨的动物，甚至一个小孩都能从它们身边逃脱。但它们具有一种非常特殊的、令人咋舌的能力。它们可以隐形，虽然隐形时它们不能袭击，但它们会盯着猎物，毫不察觉地接近它们，然后突然穿过猎物的形体，用它们的角让猎物窒息。它们的角上有一根很大的刺，一旦进入皮肉，就不容易拔出来。这些聪明的猫在它们的猎物还活着的时候就一口一口咬噬了。我必须承认这些猫不是狼吞虎咽的动物，它们只吃掉半个赫尔盖斯人，一小口一小口地吃。因此，当猫离开的时候，它的猎物还活着。正如我说过的，它们吃的时候，猎物也是活着的。如果不因为失血过多而死的话，你甚至可以认为他也许还有存活的机会——即使只剩下半个人。"

盖里杨端详着勒米的脸，看看他是否在开玩笑，当他意识到这位新朋友是认真的时候，他感到恐惧。赫尔盖斯人的尸体也证实了勒米的解释。"我们马上离开这里，"他说着，果断地骑上了马。

古尔林仍在作呕，紧跟着盖里杨，试着不再去看那死尸。

勒米耸耸肩说道："显然，他们不属于这里……"他从尸体腿边拿起箭跟上两个朋友。

觉得他们已经走得够远了，巫师跳下马。他想休息一下。他们将马拴在树上，在地上坐下。因为害怕格尔夫猫会在附近出现，古尔林希望只是休息片刻。如果他不是看到盖里杨筋疲力尽的话，他会有一千条理由留在马上不下来。

勒米从腰带上拿出一个袋子，抓出一把水果给朋友们。盖里杨拿了一些后把剩下的给了古尔林。看着勒米的手臂，他好奇地问："你生下来的时候，这只手臂就比另一只手臂长两倍吗？我承认我以前从没有见过这样的。"

勒米皱了皱眉头，喃喃地说："这是辛苦劳作的结果。你难以想象我付出了多少努力和汗水才能射得那么远。强盗突然袭击我们村庄的时候，我只有十岁。我们无助地看着他们因为保护金的争执杀了六个村民。我们村里没有一个武士，没能阻止惨剧的发生。我们都很勇敢，但是没有力量和战术去对抗那些强盗。那天，我们将这六人埋葬后，我就发誓这种事再也不会发生了。我要变得足够强大，保护我爱的人和村民，我要将自己训练成一个战无不胜的勇士，我日夜学习射箭和舞剑。我的朋友在玩耍的时候，我游泳、砍柴、扛木头。在村里年轻人里找不到对手了，我就和熊摔跤。我多次受伤，但我从没有想过放弃。回首往事，我从不后悔自己的选择。"

他沉默了一会，往嘴里塞了一个水果。他茫然的眼神表明他还在回首往日奋斗的经历。最后，他说："听着，年轻人，英雄不是只手击败十个人，熊也能做到。英雄与众不同之处，就在于他承受的痛苦和度过的岁月。"

"还有最重要的是他想要变强大的原因。"

盖里杨说完最后一句话时，勒米转向他，点头表示赞同。

古尔林敬佩地看着他那毛茸茸的脸，叹了一口气。他开始吃手里的水果，以便转变话题。

"赫尔盖斯人也给了我们这些吃的东西，"他嘟哝着说，"这一定是这儿最受欢迎的食物了。"

勒米笑了:"绝对是!特别是当你认为这是这里唯一能食用的东西时……不过赫尔盖斯人吃的不止这些。"

盖里杨很惊讶地问道:"他们捕鱼呀……难道你不吃鱼吗?"

"鱼!"勒米发现他的新朋友越来越搞笑,"如果你看到这些坏蛋所谓的鱼,你宁可挨饿也不会吃。如果你习惯吃佩格食物,我恐怕你在这里除了水果,什么都不吃。"

古尔林又往嘴里塞了些水果:"它们吃起来味道不错。"

盖里杨说:"等我们吃完数千个同样的水果时,我们会改变看法的。"然后他问勒米:"你在这里多久了?如果你不介意的话……可不可以跟我们说说你是如何来这里的?"

勒米又扬了扬眉毛,看上去若有所思,似乎不知道该如何回答这个问题。然后他耸耸肩说:"具体的日期很难说清楚了,过了7000 天之后我就不再计数了。如果我告诉你我来这儿之前参加过神之战,也许你就会有所了解。我想那是第一次也是最后一次神之战,否则,佩格是不会幸存下来的。"

古尔林好奇地看看巫师。他从没有听说有这么一个战争,他也无法追溯那 7000 天前后确切的年份,或许他的老朋友可以告诉他。

盖里杨的表情并没有给予线索,但是这位老人的眼睛渐渐地变得越来越大,看上去很惊讶。"神之战……是的……我想我是听说过的。"咽了几次口水后,他最终放声大笑。"谢天谢地!是真的吗?"

古尔林走近巫师,激动地问:"盖里杨,发生了什么事?告诉我!"

老人镇定地指着一脸困惑地望着他的勒米说:"让我给你介绍吧,古尔林。勒米这家伙大约 800 岁了。我意思是,将近……"
古尔林屏住呼吸,看着勒米。

　　勒米看起来更加吃惊些，他摇摇头嘟哝着说："天哪！也就是说我来到这里有很长的时间了，对吗？我认识的每个人肯定都死了，我太愚蠢了……甚至他们的家人都一定死光了！等我回到佩格的时候，我将是一个孤单的人。"

　　盖里杨更加好奇地问道："在一个时间不会流逝的地方，你将如何结束这一切呢？显然，来到这儿并不是你自己的意愿。"

　　勒米恢复了镇静，好像大梦初醒。他打趣着自己的处境说："孩子，别对我这么老的人太苛刻。"事实上，和满脸皱纹的巫师相邻而坐，他看起来更像个年轻人。

　　"在神之战中，我有点太狂热了。我猜我激怒了他们中的一人。事实上，我有点困惑。有　天，我骑马走在山谷中，到处变得一片漆黑。当我可以再次看见的时候，我就到了这个荒芜的、毫无生气的地方。我所遇到的每个人都参加过那场战争。因此，我断定他们都是在神之战中受惩罚而被流放到这里的。要是我们找到希维尔，我们可以问问他。"

　　"但是为什么你等了那么久才去拜访希维尔呢？为什么你有耐心等待八百年而不试着走出这里呢？"

　　勒米用理解的眼神看着古尔林。"很明显，孩子，你不了解希维尔。找到他并不是一件容易的事。而且，对于一个孤单的人来说，这几乎是不可能的。如果我知道有办法离开这里，无论如何我都会尝试的。但是我认为这是一个监狱，逃跑是绝对不可能的。直到你们告诉我你们是自己愿意来到这里的，并且有一个出口存在，我才知道我不会被永远困在这里。我开始这个疯狂的计划仅仅是因为你带给我的希望。我的生命是珍贵的，即使是在这个该死的地方，不到必要的时候我不会冒险。"

　　盖里杨完全理解。他一生的旅程使他能够充分观察到停泊在每个生命内心生存的欲望。那些经历了极大的痛苦或最煎熬情形的人都受到这个欲望的控制。事实上，他自己的生命足以证明这个事实。有一段时间，他警觉地担心别人会读懂他的内心世界。之后，他又将他心底最大的秘密和痛苦安置在他们该去的地方。

古尔林吃惊地看着勒米，在他的描述中，找到希维尔是件疯狂的事儿。这个强壮的武士曾经袭击过七个赫尔盖斯人，一眼不眨，还杀了其中六个，没有受到一点伤害。现在这段旅程可是他盼了八百年的事。这个想法让古尔林心里充满了奇怪的感觉。此时，他已经感觉不到戈尔巴给予他的安慰了。

"给讲讲我佩格的事情吧！"

勒米兴奋的语调分散了两位同伴的思绪。盖里杨感到有必要做些解释。毕竟，年轻的古尔林除了卡迪和克鲁泽兰从来没有去过佩格其他地方。

他开始解释了。他告诉勒米，卡迪的人生来就是勇士，格尔多的春节会持续数周，赫尔特格有光荣的海军，富阿利的牲口贸易依然延续着古代的传统，巨大的桥梁连接着艾特湖两岸，四大岛屿上有骄傲的巫师，阿尔提夫有金碧辉煌的麦得瑞恩雕塑，厄瑟瑞有独脚的布鸿鸟，嗓音甜美等等。他讲述到奥米尼夫的年轻人巡回赛时，很开心。他跳起来，讲述一场场比赛。他讲到拉塞那些不可触摸的人，鲁克树上那些晚上会发光的魔力树枝时，还记得它们的美和他的热泪盈眶。与勒米一样，古尔林饶有兴趣和钦佩地听着盖里杨的故事。他意识到自己一直束缚在狭小而乏味的生活和思想里，他的世界之外发生的一切都有着超乎寻常的点滴。在见识了那个豁然开朗的世界之后，他再也无法回到原来的平静而拘谨的生活中去了。

过了许久，勒米示意巫师不要再说了。他叹息道："好了，老先生。"他看起来很满足。"我听够了，余下的我要亲眼目睹。我们会找到智慧之神，无论如何从这里走出去。我所知道的佩格的一切都不存在了，我决心要看看它现在的样子。你可以相信我。"
他站起来，认真地看着他的新朋友。"在我大饱眼福前，我不会让
所谓的谢尔门毁了它的！"

三个人又重新上马了。他们穿过荒无人烟的广阔森林。当勒
米喊着说前面无路可走的时候，黑暗降临了。几分钟后，勒米震
耳欲聋的声音充斥在他们耳中："希维尔圣庙……就在我们前面！"

古尔林和盖里杨注视着远方。沿着勒米所指的方向，森林的
尽头有一片广阔的山谷向远处延伸开去。一个像城堡的建筑物矗
立在山谷的尽头。尽管从远处无法估计它的大小，但毫无疑问，
那是个巨大的城堡。

他们同时策马向前驰去，马蹄发出的声音回响在荒芜的森林
里。他们一走出森林，那个城堡就清晰可见。城堡上有三座高塔，
旁边两座塔较矮，矗立在中间的那座塔是旁边的两倍大。塔与塔
之间由网状的桥连接着。塔的结构看起来像是巨型的光滑圆顶，
他们走近时，看见塔顶上有很多突起物。

古尔林很兴奋。他从没有看到过一个可以容纳十二个村庄的
大城堡。与这座塔比起来，科赞或阿苏伯的城堡就像是小客栈。
汉顿去世前常住在小城堡里。他从游客那里听到过佩格其他地区
的大寺庙和宫殿，盖里杨也告诉过他这些事情。然而，他觉得那
些故事听起来都不如这座塔有吸引力。在克鲁泽兰，寺庙没有房
间，否则会被认为是对智慧之神的侮辱。

古尔林毫不迟疑地驱马前进，把盖里杨和勒米抛在身后。冷
风吹在脸上让他感到有些微醺，策马疾驰时巨型城堡看起来更
大了。

马毫无先兆地骤然停了下来，古尔林不由自主地被甩离了马
背。在空中飞了几秒钟，重重地落在地上，在地上翻滚了两次后，
便一动不动倒在地上。他无法站立，只能慢慢地跪起来，想弄明

白到底发生了什么事。

　　谢天谢地，他没有摔断骨头，但是他全身疼痛。他困惑地看看自己周围，想要弄明白为什么他的马一下子像疯了一样，它是害怕城堡吗？

　　这时，他觉得在他和马之间似乎有什么东西，马疯狂地在空中踢着。

　　就像风一样虚幻和无形……

　　突然，格尔夫猫猛然向前一跳，把角戳进惊恐的马的腹部。

　　一看到这只野兽，古尔林觉得他得鼓起勇气采取行动去救他的马，自己有这种勇气他感到很吃惊。当他拔出剑，往前一步时，他意识到麻烦不少，无数的猫出现在他面前：他被包围了。

　　其中一只猫跑去分享被袭击的马，其他的开始靠近拿着剑的古尔林。他用尽一切办法不让它们靠近，但是，它们太多了，他知道过不了多久，它们其中就会有一只将它的角戳进他的身体里。

　　要不是一支箭像子弹一样迅速射进最靠近的一只猫的脖子……

　　没料到遭到袭击，它们往后退了一会，带着怒火的眼睛开始在四周搜寻它们的新敌人。它们注意到两个骑马的人正全速向它们奔来，立刻掉头逃跑了。

　　勒米骑马一边飞奔一边不停地射出一只只的箭。不过几秒的功夫，四只猫被射死了，但是黑暗中不停有猫出现，它们看起来毫不害怕。古尔林看见盖里杨拔出剑朝他扔过来。剑在空中旋转着，划着弧线飞向古尔林。惊恐中，年轻人试着接住这救命的稻草。他一抓着剑柄的时候，剑就往后砍去，就像有条绳子牵着，向一只正要把角刺向古尔林后背的猫的额头上砍去。然而，这并不没能阻止猫锋利的爪子在古尔林手臂上留下一道深深的伤口。

　　剧痛让古尔林弯下身子，剑从他手中滑落了，但他依然用尽全力成功地把戈尔巴剑从猫身上拔出来。他绝望地看着鲜血沾染了衣服。突然，一只强大有力的手臂像托着一个轻盈的小孩子一样把他架到了马背上。他看到了一个毛茸茸的宽阔胸膛：是勒米。

看着勒米骑着马直接进入森林，盖里杨感到如释重负。他已经看到古尔林受伤了，但是，所幸他受的伤并不致命，现在他必须保护自己。如果他从马上摔下来，他既没有武器也没有任何人能帮助他。在他尽力跟随勒米时，两只龇牙咧嘴不断咆哮着的猫挡住了他的去路。他双腿踢着马腹试图控制住自己的坐骑，马两条后腿跃起，在猫的虎视眈眈下向前奔去。

猫只追了几步便返回森林，意识到不可能追上盖里杨，猫愤怒之下再次变成透明。它们开始在山中徘徊，希望可以找到新的猎物。

两匹马穿过了树林，马背上的人并没有停下来，因为不能确定他们是否被追逐。最终，勒米勒住缰绳，他们才停了下来，他先检查了一下是否有树叶或树枝在他们后面移动，然后他高兴地朝盖里杨喊着："这些血腥的野兽需要一整天才能走完这段路，我们已经甩掉它们了！"

不等盖里杨回话，他就跃下了马背，让古尔林在地上躺下，他快要晕过去了。"这孩子伤得很重，如果我们动作不快点的话，他就撑不下去了。"

盖里杨很快来到了他身边。他先用匕首撕开年轻人的衬衫查看伤口，然后在衬衫干净的部位撕了些布条把伤口上方的手臂扎起来。

"会有点疼……"他对着古尔林的耳朵轻声说，好像他可以听见似的。他打开其中一个指环，倒出两滴液体在开裂的伤口上。古尔林虚弱的身体痛得颤抖了一下，之后像头野兽一样咕噜了一下，便失去意识了。一股烟伴随着难闻的气味从他伤口那儿冒出来，勒米的眼睛没有离开古尔林的手臂，他对盖里杨说："我希望你知道自己在做什么！"

盖里杨点点头："别担心，我知道自己在做什么。难道这里还能找到疗伤的药吗？"

勒米一言不发地站起来，走到森林深处。几分钟后，他回来了，手上拿着一束红色的叶子。"无论我何时受伤，我都是用这些树叶的，它们不是非常有效，但却是我们在这儿能够找到的最好的药了。"

"该死的东西！"巫师诅咒着。不知不觉中他们陷入不利的境地。他倒在伤口上的药可以防止感染和坏疽。但古尔林的手臂要完全愈合还需要很长时间。从现在开始，这个年轻人只能用一只手活动了。真是不妙！

伤口仍在冒烟，他把叶子敷在伤口上，用布条裹着。他打开另一个指环，将一些液体倒进年轻人的嘴里。现在，唯一没有用过的指环就只有装饰着骷髅头的死亡之环了。而且，他几乎不可能在这里找到制作新药的材料。事情变得越来越糟。

他问勒米："你知道我们该如何穿过这个山谷吗？"

勒米正在松开古尔林捏紧的手指。他取下戈尔巴，毫不犹豫地把它递给盖里杨。他对这把剑的神奇力量全然不知，但他无疑感觉到它的特殊，在山谷里它救了年轻人的命。

"是的"，他说，"我知道。也许你不喜欢，但它可能是我们唯一的选择，如果可行的话，我们就不用战斗了。我们先把这个年轻人扶起来，然后，我会告诉你我的计划。"

第十六章　垂死的村落

很多天之后，列奥弗德醒了。他那习惯于睡在地上、石头上或木头甲板上的身体，此刻正享受着床的温暖。他闭着眼睛又躺了一会。他沉浸在已成为遥远过去的甜美回忆中。那些回忆和他安全而温馨的家相关，还有可口的饭菜、他深爱着的埃尔米亚等等。他自知一睁开眼睛，记忆中的景象将烟消云散。他知道这是不可避免的。

深吸一口气后，他睁开眼睛，很高兴地看到上面有屋顶。他慢慢从床上坐起来，几乎一下子适应不了。突然间，他意识到屋子里还有一个人。

一个小男孩站在他床的右边，微笑着看着他，眼里没有一丝恐惧。这个陌生人一定引起了他的兴趣。

列奥弗德屏住呼吸看着这个男孩。他眯着眼睛确认他所看见的是真实的。这个男孩的脸、脖子和手完全被烧伤了，这个可怕的外貌让列奥弗德感到疑惑。他记起在村子的广场见到的人们以及那个和自己谈话的男人，想着这样烧伤的外貌在这村子是司空见惯的，他对小男孩回以微笑。

门突然被打开了，一个高个男人走进来。他就是这个村的村长，在村口迎接过他，并邀请他去他家做客。他一手插在腰间，一手指着小男孩说："戴尔芬！这样是非常没礼貌的！我们的客人很累，你为什么把他吵醒？"

列奥弗德赶忙解释说："不是他吵醒我的，我已经醒了。"他向小男孩使眼色，他赶紧跑到这个高大男人面前，双手抱住他的腿求他原谅。

"好吧，原谅你了。"村长说，"很多人在外面等着见你呢。请你见谅，外面的村民很热情。我们已经很久没有见过村外的陌生人了。如果你准备好了，那我们出去吧。"

列奥弗德从床上起来。他下床时头撞着天花板了，村长和小孩笑了，列奥弗德自己也笑了。

当他走出房间时，阳光的照射使他感到眩晕。太阳当空照，尽管这个村庄高山环绕，四周没有任何荫蔽。列奥弗德向等在门外的男男女女行礼致意。一看见他们，戴尔芬带着一丝不高兴的表情跑开，跟其他孩子去远处玩了。村长开始讲话。

"我这些亲爱的朋友们，都是村委会的成员。我叫奥普萨。如果你告诉我名字，我会很高兴把你介绍给他们。"

列奥弗德犹豫着不想说出真实名字。他记得里德库曾叫他"劳弗德"。于是他尊敬地说了一句："我叫劳弗德。我也很荣幸见到你们。"

互相介绍完后，这个年轻人觉得已经认识这些人很久了。村民们的热情和友善强烈地感染了他。这些面孔被烧伤的村民对他感恩戴德。他们的话语、态度，甚至眼神都表明他们想要感谢他。奥普萨注意到列奥弗德吃惊的神情，就轻轻地在他耳边说："你带来的水果……对我们很重要。等会我再告诉你原因……"

突然，村庄的广场上躁动起来。人们一个个从家里出来聚集在那里。起初，列奥弗德以为这与他的出现有关，但当他意识到那些村民聚集在一起时，连瞥他一眼都没有，他知道一定是发生其他事了。

奥普萨抓住他的手臂把他带到广场："跟我来！你一定得看看，这不是你平常可以看到的。你会看到我们这个村庄是如何被拯救或被毁灭的。这都是很不寻常的，对吧？"

列奥弗德顺从地跟着他，村委会会员们也跟着他们。看到他们来了，大伙都安静下来。他们站到两边，中间空出来让他们走过去，氛围很庄严。

一个骑马的人出现在人群中，径直往前。他是个年轻人，个子不高但身体强壮。甚至在烧伤的脸上也能看出他的悲伤。他走到村长和村委面前停下来，点头行礼。

一个村民严肃地说："纳菲特，你准备好了吗？"

一声长长的叹息后，年轻人说："我已经做好准备来弥补我所犯下的错误。"

奥普萨点点头："我希望你的错误能够成为我们获得解放的指路明灯。"

他们的对话列奥弗德听不明白。显然，他们在说发生在他到来之前的事。他对将要发生的事感到好奇。突然，他感到有人在拉他，原来是里德库在轻推他的腿。这个小家伙看起来也十分悲伤。

纳菲特看着整个村庄，好像是在看最后一眼。然后他转身把马牵到大门口。奥普萨做了个手势，两个男人跑去打开了门。村民都显得极度紧张。马儿感到年轻人的脚后跟踢了它的腹部后，一跃而起向前奔去。列奥弗德无法把目光从这位飞速抵达门口的年轻人身上转移开来。他意识到这不仅仅是一次普通的放逐，这个人将要经历的不只这些。纳菲特到达门口时他感受奥普萨屏住了呼吸，一时间他自己也屏住了呼吸。

马儿刚跨出大门，随着一声巨响，大地裂开了，吞没了无助的年轻人和他的马。

痛苦的尖叫声响彻村庄。妇女们将头埋在她们男人的胸膛哭泣。几个村委跪下了。里德库紧紧抓住列奥弗德的手，几乎抓出血来。奥普萨痛苦地呻吟着："什么都没变！再也不会有希望了……"

列奥弗德一直看着门外，无法相信自己的眼睛。那里和他几分钟前见到的没有多大差别，大地依然平滑，跟原先一样。他突然间记起前天他走过那里，当时他就站在那里跟门后的人说话。

奥普萨平静的声音解开了他的困惑："无论如何……这是意料之中的。没有理由相信诅咒已经过去。"

列奥弗德哀怨地说："奥普萨，发生什么事了？是否……我刚才看到的一切是真的？"

"如果你看见大地吞没了纳菲特，我想是真的。是的。不幸的是这一切都是真的。我想我该告诉你事情的来龙去脉。来吧，我们坐到那边石头上去。我已经没有力气站住了。"

坐下后，列奥弗德注意到村长看上去精疲力竭、痛苦不堪。他沉默地等待了几分钟。当村长开始说话时，他的声音显出了他内心极度的痛苦。

奥普萨说："我不记得什么时候了，那是在很遥远的过去，我都很难想象了。我们的村庄在博德尔是个普通的村庄，它拥有佩格最富饶的土地。我们从不买卖东西，我们自己耕种，自己织衣，丰衣足食。耶罗王国是其中的一部分，足够富有，不需要我们交税也不要求我们那么做，数百年来，我们这片土地上没有战争。长话短说，我们在自己的天堂过着幸福的生活。"

　　"直到有个从王国来的信使告诉我们神战打响了……"

　　"我们并不信奉某个神，村里也没有一座寺庙。我们相信一切神灵，但是我们和所有的神都保持同等的距离。我们本来认为自己与战争没有关系，它的发起和结束不会影响到我们。"

　　"事实上，很长一段时间我们认为自己是对的。如果不是信使不时来告诉我们战争的进程，我们都相信在佩格一切平安。每次他们来，都把恐惧种进我们心里，他们告诉我们死亡、毁灭、大火及降临到地球上令人敬畏的神明。耶罗王国的军队代表美神杰美琳出战。我们是幸运的，因为这支军队全是伟大的骑士，他们不需要我们这样的农民跟随。战争初期当信使告诉我们杰美琳胜利的时候，他们也开始提到了战神的名字——谢尔门，以及他在佩格的恐怖统治。然后，有一天，一个信使骑马进入了我们村庄，他的背上中了两箭，死在村庄正中，他是我们见到的耶罗王国的最后一个人。"

　　"我们立即开会讨论接下来怎么办。我们不知道别的地方，不知道哪里还有比我们村庄更安全的地方，从没打过仗，也不想打。我们全体决定顺从得胜的战神，不管他是什么身份。这样，我们或者可以消除胜利者的戒备，拯救我们自己。"

　　"在我们做决定的那个夜里，一个我们从未见过的年轻女人来到了我们村里。她衣着破旧，身负重伤，她惶恐地奔跑到井边，倒在那儿。当我们跑去帮她时，我们看到了追她而来的三个骑兵。他们愤怒地拔出剑，命令我们把女子交给他们。我们问他们是谁，想从她身上得到什么。他们说他们是谢尔门的牧师，而那个女子是背叛了神的神职人员。女子乞求我们不要把她交给他们，还不停地哭。事实上，我们很难不同情她。可我们害怕与将要赢得战争的神作对。我们再次聚在一起，最后决定将她交给骑兵。我们刚把她交给他们，他们就把她绑在村里广场的柱子上。为了避免看见将要发生的事，我们都退回到自己家，并放下了窗帘。"

"我们不得不捂上耳朵，他们折磨得她不停地尖叫，无休无止。后来我们看到火光映照进窗户，他们在活活地焚烧她。"

"那天晚上我们根本不敢走出家门。当我们早上出去时，我们看到难以置信的景象：我们的村庄矗立在一片我们从未见过的土地上，周围被高高的墙围着。我们面面相觑，惊骇万状。"

"我们看上去都像是被火烧焦了似的。"

"我们中有些吓得神志错乱的人企图从墙上的小口子那儿挤出去，似乎一旦出去，那邪恶的魔法就会消失。我震惊地一动不动，站在那里，看着大地裂开吞没逃出去的人。没有一个人逃跑成功。"

"于是我明白了。"

"我们将那女子出卖给了魔鬼，我们该死，我们被惩罚永远待在这个牢狱里。"

"尽管听上去是这样了，可真要接受这个事实不容易，但我们不得不接受。我们没有其他选择，我们还有孩子，孩子因为我们的错而受到惩罚……为了他们我们得坚强。我们从不需要领袖。然而，那些日子，当有人感到困惑时，就得有人站上去负起责任。我也不知道怎么搞的，最后是我承担起了这个责任。老实说，人们指望我，我其实和他们一样困惑。但我是坚强的。首先，我们把城墙上的洞堵上，以抵挡外面的危险。我们建立起一套生存体系，然后开始搜寻逃出监狱的路。"

"我们确实努力尝试了好几年。城墙很高，难以逾越，但也许我们可以挖洞穿过去；我们试着挖隧道，却发现毫无用处，只好再次放弃。地下土壤跟城墙一样，很难穿越。我们试图在大地裂开吞没我们前骑着最快的马冲出去，但一切都是徒劳，我们只是失去了更多的人。"

"最后，我们决定屈服于神，它目睹了我们的所作所为，我们罪有应得，所以我们停止了努力，我们决定有责任、有尊严地接受应有的惩罚。"

奥普萨深深地吸了一口气，不响了。列奥弗德花了好几分钟才消化了他听到的话。他扫视着慢慢离开广场的人群。那个让全村受罚的女人一定是个重要人物。他仍然无法接受为什么连无辜的小孩都要受到惩罚。他看看自己放在膝上的手，唉，这不是他第一次见证不公正的事了……"

突然，他脑海里想到一个问题："你说你们放弃努力了。但那个年轻人纳菲特是怎么回事？"

"哦！"奥普萨说。他的脸色也沉了下来。"我忘了告诉你故事的结局了。事实上，这是最重要的部分。请跟我来。"他站了起来，沉痛地走进村庄深处。

列奥弗德沉默地跟着他。路旁的人都陷入了沉思。无论是他的外貌还是他锋利的爪子都难以引起他们的注意。经过了许多房子，他们来到一块空旷的地方，地面上布满了小水坑，这与他和里德库采摘水果的水坑十分相似。水坑之间布满了许多被火烧过的树枝残骸，烧过的树枝的颜色表明这场火灾就发生于不久之前。

奥普萨苦笑着指着这个地方说："这就是我们那死去的战士干的。这幅景象已经说明了我们的结局。"

列奥弗德不明白怎么回事，他吃惊地看着村长。

村长说："看不见什么东西，是吗？最糟糕的就是这一点。要是你上个月来，我会带你来这里，坐在树荫下。我们可以从水坑里捞出水果，吃个心满意足。但是，那个粗心的年轻人将树木变成了灰烬。尽管我们阻止了火势向我们的房屋蔓延，但我们没能完全扑灭它。大火燃烧时树木之间水坑里的水沸腾了几个小时。火熄灭后，所有树木都死了，水坑里的水冷却下来。留下的果树根没有一株是活的……"

列奥弗德终于明白了问题的关键。那些水果是村民唯一的食物！纳菲特引起的火灾摧毁了村民们生存下去的希望。现在，他们唯一的希望就是希望结束魔咒，走出去找到食物。然而，他们发现那只是一个白日梦。毫无疑问，村民们感到很悲伤。特别是当列奥弗德想到村里住着那么多的小孩，现实让他心情很沉重。

奥普萨的笑让他很吃惊。他怎么能在这种情形下还这么开心！他转身看见他正抚摸着脚边又蹦又跳的像球一样的小家伙。

"我们亲爱的里德库！"村长说："我的小英雄。"

小家伙像爬山一样爬到他的肩膀上。当他站起来时，这个小家伙努力地不让自己掉下来。尽管痛苦撕裂着他的心，但他看到里德库的小脸上一系列有趣的感情变化时，列奥弗德还是忍不住笑了。

"我想你现在更加明白为什么里德库带回来的食物对我们如此重要。我曾命令里德库不要去，我不想它为了食物用自己的生命去冒险。它太天真太弱小不能保护自己。可它回来了。不仅带回来一大袋水果，还带回来一个客人，一个在我们死之前可以倾听我们故事的人。感谢这些食物，我们可以多活几天了。"

列奥弗德问："那接下来呢？"他知道他将听到的话不会令他高兴，但他还要找到答案。

"等食物吃完后，我们将全部出去，我带头。我们不能眼睁睁地看着我们的孩子因饥饿而死。这将是我们最好的解决方案。"

他停顿了一会，然后苦笑着说："再说，有谁知道我们在这儿生活了多少年？谁又能说出有多少生命结束在这个该死的监狱里？现在我们已经受够了。"

列奥弗德努力控制自己的情绪。不管这些人有多大的罪，他们已经受够了。他们不该那样的死去。他情不自禁地瞥了一眼在不远处和小朋友玩耍的戴尔芬。虽然这个小男孩面容可怖，可他的眼睛显露出他纯洁无邪的心灵之光。里德库看上去很放松，它可能不明白对话的内容，看来它的语言障碍不仅仅只限于不会说。里德库茫然地看着列奥弗德，抚摸着奥普萨的脸颊，尖叫道："水果！"然后它又努力地说："够了吗？"

奥普萨拍拍它的脑袋说："够了，我的朋友。不要担心，你已经做得够好了，比我们想象得要好得多！"

然后奥普萨对列奥弗德说："里德库不是我们村里人。有一天它来到我们这个村庄就一直待在这里了。它只能听懂一部分我们的对话。孩子们饿得哇哇哭时，它总是问我孩子们为什么哭，费了好大的劲，我才终于给它说清楚了原因。它说要去给我们摘水果，我严厉地阻止它。正如我前面说的，我不知道会发生什么，但它还是听从了自己的内心。"

列奥弗德茫然地瞪着旷野沉思了一会，他还记得与里德库相遇的那个四周都是水坑的地方。他突然兴奋地大叫："我可以给你们带来更多的水果！更多！你们要多少有多少。你们不必自杀！"

奥普萨感激地看着劳弗德，说："谢谢你，可你能坚持多久？你能在这里一直给我们带食物吗？你带来的水果只能让孩子们不饿。你得在我们村庄和外面那些水坑间来来回回给我们带食物。你刚刚来这里的时候，你曾寻求我们的帮助，要求我们做向导。你的行程能再推迟多久？我相信你不可能永远留在这里。我们也不忍心看你推迟行程。我们无法预料你什么时候会走，等死比死亡本身更伤害我们。为了里德库，我们会等到吃完它带来的水果。然后，我们会听从命运的安排，这是我们能做的最好的事了。"

列奥弗德叹了口气，他知道奥普萨说的是事实。他的遭遇几乎让他忘记了当初为什么会来"彼岸之地"。他知道这个村庄很需要他的帮助，但在佩格还有数百个村庄等着他去帮助。也许他多待在这儿一秒，就有数十个村庄正在被谢尔门的怪物洗劫。他又想起奥普萨的事，他想知道会有多少无辜的人被战神伤害，正如他们害了那位可怜的妇女。命运迫使他不得不离开这个村庄，他没有别的路可走。

承认事实比接受事实要容易得多。他走到最近的墙边抬起头，墙很高，他感到头昏眼花。他愤怒地尖叫起，用他的爪子敲打光滑的墙面。最终，他停了下来，鲜血顺着手流下来，墙上却看不到任何抓痕。

奥普萨被列奥弗德的行为感动了，走上前去把手放在他肩上。虽然奥普萨是个高大的男人，他还是要踮起脚才能够着。奥普萨小声说："这是神赐的障碍。你不能用暴力摧毁它。我知道自由就在墙的那一面。大门前面那片土地有魔咒，会吞没我们的人。否则，我们也不会被困在这些巨大的城墙里。不幸的是，越过这些城墙的唯一办法就是我们飞过去。可无论是我们还是你都没有这种天赋……"

列奥弗德战栗了一下。他怀疑自己是不是听错了。飞翔？翅膀？当然！人们可以飞出这个地方。他是没有能力飞，可他曾经见过飞行啊。

他记得登上贝勒姆山时的那只鸟。他乘着那只鸟飞翔时，他能飞得比这城墙高，还能幸存下来。他在这里找不到类似的鸟，可他知道他能做得更好。

奥普萨注意到列奥弗德脸上表情的瞬间变化。他用颤抖的声音问："劳弗德，发生什么事了？你有主意了吗？"

他点点头，他真的有一个主意，然而，在他去做之前，他得要一个承诺。

"奥普萨，你能给我一个承诺吗？你能以孩子的未来发誓吗？如果我找到一个让你们逃离这个监狱的方法，你会帮助我寻找我在这片土地上所要的东西，无论发生什么事你都跟随我，如果有必要，你会献出生命。即使途中我死了，你也要继续奋斗。你能向我保证吗？”

奥普萨浑身发抖。这野兽般的声音所传达的信念激起了他忘却已久的希望。

“能！”他低声地说，“无论发生什么事也不会放弃！”然后他又强烈地补充道：“我只能给你三天。到那时，我们的食物吃光了，我们就会走那一步。假如你在三天内能找到解救我们的办法，即使会坠入深渊，我们也会跟你到底。我向你发誓，即使我们再次被诅咒，也不会放弃。”

对列奥弗德来说，这样就已经足够了。他把手搭在村长的肩上说：“帮我个忙，事实上是两个忙。第一，请把那些被烧毁的树清理干净，在村后留出一块空地。如果我的计划要付诸实施的话，我需要一块面积很大的空地。第二，如果你们不得不走向死亡时我还没有回来，请你原谅我给过你们希望。你应该知道我没有回来，就肯定是遭遇到死亡或比死亡更糟的事了。”

奥普萨强忍着眼泪不让它流下来，他说：“我也要你帮个忙，你把里德库带走。如果你不能回来，我不想它亲眼目睹将要发生的事。里德库本不属于这里，正如你也不属于这里一样。或许它和你来自同一个地方呢。但是，如果你回来发现一切都太晚了，也请你不要自责，不要悔恨。我们能否解脱都遵从神的旨意。我们犯了错，就要赎罪。如果我们不被饶恕，那也不是你的错，你千万不能做傻事。里德库是无辜的，不要留下它一个人，你们都拥有一颗博爱之心。所以，我想，你们会成为最好的搭档。”

列奥弗德没有回答。但他的眼神告诉奥普萨他会照办。这个小东西，一听到自己的名字被提到，马上就从奥普萨的肩上站起来，吃惊地望着它的朋友们。这时，一双手亲抚过它的脸颊，它轻轻地笑了。

在用眼神给里德库以信心后，列奥弗德轻轻地接过了它，把它放在奥普萨打开的袋里。里德库趴在袋的边沿，探出头看看列奥弗德，又看看奥普萨，似乎想要搞明白到底发生了什么事。

奥普萨看着这个聪明可爱的小家伙，想着可能再也见不到它了。他叹了一口气，说："和劳弗德一起旅行去吧！"

里德库想了几秒钟，然后它的脸色变了：它突然明白了过来！它甚至还为此感到高兴。"旅行！劳弗德，走吧！"

列奥弗德背上袋囊，全速向大门跑去。他发誓决不回头，直到这些该死的城墙在视线中消失。

第十七章　希维尔的寺庙

　　他是骄傲的头领，他骄傲是因为成为头领不容易。他转动了几下脖子。多年前他和前一任头领打斗中受的伤还在疼。但他并不抱怨，因为这个伤疤使他记得自己的那次胜利。事实上，他身上的这个伤疤是最令他放心的东西。年轻的格尔夫猫看到它就没有足够的勇气打败他成为头领。雄猫的懦弱是很平常的。像他这样的雄猫成为头领在他们种族里是稀有的。不过，他不明白雌猫为什么这么多年不为争夺领导权而战。

　　他走到妻子尸体旁，她已经濒临死亡。他用角将刺在她头后脑部的箭推进去。他知道该怎么对付谋杀者。他真的很爱这个凶恶的老婆。可现在他不得不开始思考选谁作为新的皇后。其他的雌猫听到他妻子的死讯就开始和他调情，露出牙齿做着亲密的动作。他得控制住性欲，选一个最适合的猫作为他的新娘。他将此归功于他的骄傲。

　　突然，他感觉到脚下的土地在震动。他用鼻子——在黑暗里他唯一相信的东西，朝震动的方向嗅了嗅，他希望那是一条美味的大虫。一顿丰盛的大餐会驱散他的痛苦。他朝发出味道的方向走了几步，其他猫正盯着他看，他非常了解。虽然他们看不到他，但是他们和他在一起时间久了，通过他发出的声音就能知道他在做什么。他也能够通过他们爪子发出的声音判断他们正在模仿他的动作。如果这不只是一条虫的话，他会很高兴地与他们分享。可是，如果只有一条虫子，他们知道他们是不可能挑战头领的。

他感觉到震动越来越强烈，他开始变得很兴奋。他不希望这只是一条虫子引起的震动。猎物越来越近！想到几天前失败的那场战斗，他决定要更加小心。在确信猎物离他近得逃不掉或无法反抗前，他不会显形，不打算像他妻子那样躺在地上，箭插在头上死掉。

震动越近，他越兴奋。他闻到的味道很熟悉。突然，他怀疑这些新的来犯者是否就是杀害他妻子的凶手。这味道令他想起了敌人，他希望天不要这么黑。事实上，他可以感觉到月光，但他需要看得更清楚。他需要更多的月光看清敌人溃败逃跑时的鲜血和脸上的恐惧。鲜血和恐惧有很明显的气味，不会有错。

他感觉到猎物几乎就在身边，他张开爪子，拱起身子，强壮的腿准备向前一跃，尖尖的角对准气味传来的方向，他已经准备好进攻。现在他需要几秒钟让它的身体显形。他确信他周围的那些追随者也同样做好了准备。

然而，他还不能进攻。

因为猎物的气味突然变了，它的鼻子闻到的完全是地狱的味道。

一闻到这极其恐怖的味道，他忘却了复仇和饥饿，拔腿就跑。

古尔林打开手上的瓶盖，他意识到勒米那句"你确定受得了吗"的意思了。瓶子的软木塞打开了，那瞬间混入空气中的异味，简直比最恐怖的噩梦还要糟。他和盖里杨在普塔布港口闻到的粪池气味与这气味相比，简直就像玫瑰花园了。他得紧紧抓住瓶子，这是唯一的能赶走这些嗅觉敏感的格尔夫猫的方法，那些家伙在黑夜里曾把他吓得半死。当然，勒米可能是错的，但他宁可不去想那种可能性。

他看了一眼悬吊着的手臂，好像一个无生命的物体。他尽量用布把下巴到眼睛盖住，那块布也是绷带，包扎他手臂的绷带，布上沾满了泥土和斑斑血迹，他感到不安。虽然受伤的手臂没有知觉，但他很高兴它还在那儿。

盖里杨告诉他，他意识不清地睡了一整天。这段时间对他的朋友来说够呛。凭着他们对处理伤口的经验，终于使他恢复知觉，还可以行走。他失血过多，但他们从草药中提炼而成的药剂使他恢复了力量。他们让他再休息一天，同时设计了一个新的穿越猫谷的计划。然后，勒米离开了他们，消失在丛林深处。当他回来的时候，他的大袋里装满了从荆棘植物上摘来的蓝色果实。这果实看起来没什么特别，但勒米对他们抱有的这种想法嗤之以鼻。外表上看，果实确实没什么特别，但燃烧后它的灰烬会产生的异味令所有生物都恶心欲吐。勒米走到一边，将灰烬放进他们的水罐，那气味足以让他自己恶心。

看到月光照射下那神秘城堡，古尔林叹了口气。莫名的恐惧取代了他开始的兴奋。几分钟后，他们会在那里。尽管摆脱猫让他们感到宽慰，但是不知道城堡里还有什么等待着他们，这使他们没法松口气。

令人欣慰的是，戈尔巴现在在他腰上。勒米和盖里杨在他两边迈着坚定的步伐，看起来非常冷静，给了他更多的信心。他们尽力把有异味的水罐离得远些，但这不能被视为软弱。

他们继续行走，终于到达圆顶的主建筑物。圆屋顶的上方裸露着大大的长方形的洞，下方有一些突起的部分，一直延续到地面。勒米认为那看起来像是楼梯，但他不明白为什么设计这样奇特的出入口。水壶里难闻的气味快要消失了，他把它放在地上。然后，伸手去触摸齿状突起的东西，但盖里杨令人担忧的声音阻止了他。

"不要！"

他不解地看着他："为什么？我们必须爬到入口。我认为再没有另外的路了。"

盖里杨撅起嘴唇沉思着。他对奇怪的阶梯感到怀疑，认为不可能这么轻易就能进入这个奇怪的地方。他拔出剑，用剑尖刺向离他最近的凸起。什么也没发生，勒米的脸上露出嘲讽的表情。这时，巫师摸了摸勒米刚想用手抓的凸出的地方，突然，数十个小而锋利的刀片弹了出来，将凸起部位变成了一只能置人于死地的刺猬。

"上帝保佑啊！"勒米尖叫着。瞬间他几乎失去一只手。"该死的陷阱！"

"看来希维尔不是那么好客，"盖里杨咕哝着，"从现在起，我们每一步都得非常小心。我确信在里面我们还将面临更多的陷阱。如果你们不介意的话，我带头，我以前到过类似的地方。"

勒米点点头，他相信自己在战场上的技术；但智慧从来都不是他杰出品质中的一部分。他的种族从来都没拥有过出色的智慧。在这个让人恼火的城堡里，他真的没有理由不跟随老巫师。古尔林还在不眨眼地盯着刀片大口吸气。从他们在卡迪森林第一次碰面，他就没有再反对过巫师……

勒米说："我们必须从其中一条通道爬上去。可我们怎么知道哪一条路有危险？"

巫师沮丧地摇摇头，说："这里有几条不同的路。我们可以搬来石头，然后扔向凸出的地方。但是，这太费时间了。我想我喜欢用快一点的方法。"他走近弓箭手："你可以把那个射下来吗？我指的是在我们头顶上那个洞下方的凸出物？"

勒米认真研究巫师指的地方。月光照射下它显得模糊不清，但可以确定的是，那是个如手大小、不高于两棵树的木头目标。虽然没什么乐趣，但他肯定可以击中。

"我甚至可以在上面写字"，弓箭手一边瞄准目标一边说。盖里杨笑了。

"我相信。但你只剩几支箭了。所以，你最好小心使用。"

勒米从箭袋中拔出一支箭，把它系在肩上绳子的顶端。一箭射中！看到箭射穿了凸起物，却没有刀片弹出来，巫师深吸了一口气。这些刀片会很容易将绳子割断。

察觉到巫师心里所想，古尔林皱着眉头说："怎么又是绳索？"

"别担心，年轻人"，盖里杨试着安慰他："这次你不用爬。我还没有碰到有人能用一只手爬绳索的。你只要用你那条完好的手臂抱住勒米的脖子就可以了。我希望我能把你带上去，但我是个老年人。我想勒米没有问题。"

古尔林和勒米互相看了看对方。心想：不知道到时候谁会出问题？

没等回答，盖里杨就开始爬绳索了。他身手敏捷，完全不像是他这个年龄的动作。他尽量避免光脚踩到任何突兀的地方。有几处凸出的地方边上只有一点空隙，更加难爬。

当盖里杨到了箭插着的地方，他贴着边挤过去。他坐进洞里，自豪地对他们说："看起来，我这把老骨头还结实吧。想来这儿吗？这儿视野真不错。"

古尔林叹息说："我们应该等到破晓。我相信那时的景色会更好。"

勒米嘲笑地摇摇头："当然，到那时我们肯定会成为格尔夫猫的猎物了。可能都不必等到早晨。我不知道你是否注意到了，水罐已不再有烟雾了。"

他用强壮的手抓住绳子问："来不来？"

年轻的古尔林看了一眼脚边的水壶，没有再说什么，就用那只完好的胳膊抱住了勒米的粗脖子。水壶的味道不再刺鼻了，这肯定不是一个好迹象。一个人继续待在这个黑山谷里显然很不妙。

勒米没有巫师那么擅长攀爬。他的脚几次踩到了凸出的地方，有几次还险些让古尔林掉下去。进洞后他转身看看古尔林的脸，希望看到年轻人脸上满怀感激的表情。然而，他失望了。

古尔林尽量不往地上看，恢复正常呼吸后，他问："接下来我们到底要做什么？"

盖里杨答道："等天亮。"他将一条腿跨开，坐在入口处，好像骑马似的。"在这里我们相对安全，但是你不要睡觉……"

古尔林问："为什么我们不轮流睡呢？"他的声音很轻，让人感觉他在乞求一样。

勒米叹了口气说："听听你这是在说啥？你昨晚打呼噜的时候，我们就在你身边。老实说，我可受不了再来一回！"

盖里杨同情地看了一眼古尔林，点点头说："我知道你状态不好，但是我们都累了，不再有力量互相保护了，倒下就是死亡。因此，我们最好还是醒着，我们三人都是。"

这是古尔林一生中最糟的一个晚上了，他浑身都疼。每次他一打呼噜，勒米就把他叫醒。在这些饱经风霜、没有合眼的老人旁边，他感到弱不禁风。他本来就不强的自信现在开始动摇了。当阳光照耀到他的眼睛时，他感到些许高兴。

"我的天哪！"盖里杨悲叹道。勒米和古尔林先看了他一眼，然后吃惊地顺着他所指的方向看去。他们看到的一切让他们更加迷惑。

洞口亮光照耀了城墙里的整个村庄。这个足以使卡迪最大城市黯然失色的村庄就坐落在这个圆顶的城堡里，没有入口。

勒米咕哝着："我真的想不出谁会疯狂到住在这里。"

盖里杨说："我想这个地方已经被遗弃了。你们看看那些建筑……"

古尔林说："我觉得你是对的。"那些废墟或许根本称不上是建筑。很难相信有人在这里住过。"你们觉得为什么要设计这么奇怪的入口呢？"

事实上，巫师也不确定住在如此荒凉沉寂之地的生物能否称得上是人类，他没有说出来，免得他年轻的朋友更加担忧。

"或许他们是害怕敌人，没有门就可以阻止那些不会爬墙的生物进来。我指的是格尔夫猫。如果有门的话，他们担心打开门的时候周围会让格尔夫猫溜进来。可以想象，这些野兽靠近毫无防备能力的孩子们，那可真是太恐怖了。不过，这只是个假设。或许当我们见到希维尔时，我们可以问问他这件事，你们觉得怎样？"

勒米按摩着他酸痛的身体说："我现在不关心这个。我想知道的是我们怎么才能从这个地方下去，我迫不及待地想见希维尔，问他这个问题！"

巫师弓着身子查看洞口。村民们以前肯定设计了一条安全的路可以下去。他注意到洞口旁挂着一根锁链，他感到如释重负。这根锁链穿过圆顶内墙上的圆环消失在上面的一个房间。当他可以看清楚的时候，他发现每个洞口旁都有一条链子。不管这是什么装置，他们不得不相信这些链条能让他们下去。

巫师把链条从钩子上取下来绕在手上，用另一只手抓住链子的上方。对着他的朋友无声地笑了几声后，他悬在空中，直到那条可能几个世纪都没用过的生锈的链子最终将他安全带到地面。

勒米和古尔林都屏住了呼吸。看到巫师安全着地，勒米对他年轻的朋友点点头："我们的老朋友是一个强壮的男人！你要多向他学学，孩子！"

古尔林把手臂绕在勒米的肩膀上皱着眉头说："我很好，我希望你不要再叫我孩子。"

勒米抓住链子。然后，他取笑古尔林说："为什么？难道我不是比你们年长了四倍吗？"然后，他带着古尔林悬在空中。

当他们到达地面的时候，盖里杨见到他们安然无恙地下来很开心。他们不需要杀任何人。他的脚一触碰到地面时，他就确信这个村庄被遗弃了。他仍然时时保持小心谨慎，因为虽然这个地方看上去没有敌人，但经验告诉他，有时一座楼也可以成为敌人。

他笑着看看经过刚才的飞行有些头晕目眩的朋友们。他说："如果你是神，你会居住在哪里？"

古尔林又皱起眉头。他实在不愿意成为神，哪怕一会儿。勒米指着村庄中心那个圆形拱顶上高高耸起的巨塔，说："我要尽可能地高，我是说，就在那主塔的顶端……"

古尔林点点头表示赞同，他也曾这么想。拥有一座固若金汤的宫殿的这位神，必定要住在一个难以进入的地方。于是，他开始朝村庄中心前进，确信他的朋友们一定跟随其后。

古尔林和勒米并肩走着。尽管他时不时地默默地抱怨，但勒米的在场让他宽心。他深情地抚摸着腰间的剑柄，自从他受伤后剑一直挂在腰间。拱顶上洞口透过来的光照耀着那座荒芜的村庄，看起来不像是个吉利的地方。他仔细观察了经过的第一座房子，它的设计风格不错，令人觉得这里曾是一个温暖舒适的家。然而，它也见证了战争与悲伤。杂乱的花园里荆棘遍布，覆盖在墙上的苔藓和灰尘表明这地方已经被空置了好几十年。

经过许多这样的房子和像仓库一样的建筑，他们终于来到了这个气势磅礴的塔前。盖里杨绕塔一圈审视了一下，带着一副失望的表情回来对他的朋友说：

"这里除了石墙什么都没有，连门都没有。"

古尔林想起那些碰一下就会弹出来的刀片说："去碰一下那些石头也许会发生点什么。"

勒米看着巫师，他似乎表示同意。

盖里杨漫不经心地说："如果你要那样做，那你就留在这儿试试吧，但我认为我们可以在其他塔中找到门。你们还记得曾经在外面见过的那些吊桥吗？它们的存在必有缘由。"

勒米和古尔林懊恼地看了下对方，他们不喜欢一个塔一个塔去找。古尔林悄悄地对勒米说："你猜他是不是清楚这些塔有多高？"勒米皱了皱眉表示否定。但是，他们还是跟着这巫师朝最近的塔走去。他们没有足够的信心和这个什么都知道的巫师争论。

当他们走近第二座塔，古尔林稍微落在了后面。他仔细地观察着途经的每一座建筑，所以走得很慢。这里的建筑和卡迪村庄及赫尔塔格城里的房子都不太一样。有一座建筑的结构他觉得特别有趣，那是一座有两个破烟囱的巨大建筑，可能曾是个马厩或是储藏室，一束微光透过一个油腻的窗玻璃，他顿时被吸引住了。

他放慢脚步停下来，这里的某样东西吸引了他，他无力离开，甚至忘了叫他的朋友。他现在唯一想到的就是进去看一眼。

他不由地走进了花园。他想要穿过那重重荆棘时，他发现受伤的手臂上出现了一个渐渐扩大的红点，伤口在渗血。他没有察觉到，那是因为巫师在他身上施法了，使他手臂麻木不再疼痛。他自言自语："要是现在我的手臂断了我也不会有感觉吧！"他心里有些沉重，朝窗内望去。

沮丧的是透过这脏兮兮的窗他什么都看不到。也许之前他看到的微光是幻觉吧。他也许犯傻了。这里肯定不会有什么人的。

突然间他听到有人在呻吟，那是一种只有处于极度痛苦的人才会发出的声音。这有一个绝望的人，一个濒临死亡的人。古尔林确定声音来自屋里面。最初的惊讶过后，他想要去告诉他的朋友，他们可能现在已经走远了。这时他又听到了另外的声音，他停了下来。

这次不是呻吟声，而是一个完整的句子："救救我！"他不敢相信自己的耳朵，他辨认出了这个声音，他发誓是古瓦德在里面。

他急切地朝那扇看起来快要塌的门奔去，将要再次见到老朋友令他兴奋不已，同时，他又担心来得太晚了。他刚要伸手去开门，有人尖叫："不要打开！"

他疑惑地转过身，盖里杨站在花园的入口处，担忧地看着他。

古尔林叫道："古瓦德在里面！"他很痛苦。"我听到他的声音了！他就在那里，他需要我的帮助！"

为了使古尔林平静下来，巫师举起他的手说："我很怀疑。我不知道你听到了什么，但我想古瓦德不在那里。请相信我，相信我内心的声音。那里很黑暗，很危险，那个人不可能是古瓦德。在野兽将埃尔拉特撕成碎片的时候，我都不曾有过如此强烈的感觉。你不可以打开那扇门！绝对不行！"

古尔林不知道该怎么办。他听到的是古瓦德的声音，没有人能使他怀疑自己。谁能阻止他去救那个曾经多次救过他的朋友？但另一方面，巫师的话一直都是对的。

古尔林问："你是想告诉我说这可能是个陷阱？"他的声音在颤抖。

盖里杨摇摇头："不！我是想告诉你，这就是个陷阱！"

"万一你错了呢？万一古瓦德就在里面需要帮助呢？告诉我，如果你听到我的声音，站在外面的是古瓦德听到了我在里面的声音，你也会这样说吗？你会转身离开，即使我可能在里面？"

　　巫师毫不犹豫地说："是的。"他的表情十分自信，补充说："我不会毁了我们的任务。"

　　古尔林苦笑了。他叹了口气说："我尊敬你，长辈。但我没有你狠心。"他转向门要打开插销。他的手指一碰触到生锈的门栓，他就被朋友们的尖叫吓住了。

　　盖里杨大叫："不要！不能打开！"勒米也尖叫着，但那是惊恐万状的声音。

　　巫师和古尔林转身看见勒米在相距两所房子以外的另一扇门前摔倒在地。

　　门被打开了，门孔里透出来的微弱蓝光，像是一只手执意要把勒米拉进去。勒米竭尽所能地抵抗，但他还是不能阻止自己一寸一寸地被迫着靠近那扇门。

　　那一瞬间，因为极度的恐惧盖里杨不敢移动分毫。他在想到底该做些什么。就在那时，古尔林箭一般地穿过花园，不顾那些荆棘弄伤自己的皮肤，疯了似的越过栅栏。

　　年轻人完全是凭着冲动在行事。不是他的脑子而是他的心在迫使他采取行动。看到朋友脸上的痛苦和绝望，他像变了个人似的，毫不畏惧地向开着门的房子跑去，他不相信那些令人厌恶的东西会出现。当勒米正要屈服于蓝光时，古尔林及时赶到。他没朝房间里看，而是直接跳起来，用没有受伤的肩膀撞向那门。门砰的一声关上了，勒米和古尔林痛苦地在地上扭动。

　　盖里杨一赶到，就将他们拖离了房门。两人的状况都很糟。古尔林浑身是血，是被荆棘划破的伤口。他的肩膀也脱臼了。勒米看上去至少一下了老十岁的样子，脸色苍白，浑身痉挛发抖。巫师跪在他们之间，尽其所能帮助他们解除痛苦。他环视着屋子，想弄清楚他们正面临着什么样的麻烦。

　　古尔林先恢复过来一些。巫师为他肩膀复位时，他睁大了眼睛，尖叫了起来。看见血从自己身上流出，他几乎就要晕倒了。但是，巫师没让他再次倒下。

"你真是了不起，我的朋友！"那个老人在他耳边轻语。"我都做不到。你救了他的命。"

古尔林并不清楚自己刚刚做了什么，他只知道，痛苦正折磨着他的身体，他无力思考其他问题。巫师将包中仅剩的草药拿出来，敷在流血的伤口上。真正让他担心的并不是那些小伤口，而是年轻人的肩膀。他问："你的手臂能动吗？"

古尔林忍痛试了试，说："还……还好……，但真的很痛。我还是少活动为妙。"

看到年轻的朋友缓缓地安定下来，他就去查看勒米。他身上并没有伤口，然而，他明显在颤抖。他的眼睛半闭着。盖里杨问："老伙计，你还好吗？到底发生了什么？"

有几秒钟，勒米茫然地看着巫师的脸，好像是第一次与他见面。许久，他回过神来，开始整理思绪。"我兄弟……"他说："我以为是我兄弟在那房子里。我发誓听到了他的声音，他向我求救，他很痛苦。自从他在佩格失踪后这是我第一次听到他的声音。我以为他死了，因为毕竟已经过了几百年了。但是我曾发誓，除非亲眼看到他的尸体，否则我不会失去希望。我想他很有可能被流放到这该死的地方，就像我一样……"

盖里杨点点头，他明白了。"但是门后是另外的人，是吗？"

勒米深吸一口气，继续说："打开这扇门，被拉进去的人只有无尽的痛苦。那深切的悲伤似乎有了形体，试图要拉我进去帮忙。但是，就算我加入，也只是徒增悲痛而已。别的什么也做不了。"突然，他抬头看着几步之外，躺在地上的古尔林。"如果我也走进那里面，谁也帮不了我了。孩子，你将我从比死还难过千倍的万劫之渊救出来了，从今往后，我的命就是你的，我愿为你做一切。"

　　古尔林摇摇头，他疲倦地说："我希望我们谁都不会死。"他
记得当时自己差点也要打开另一道门了，他颤栗了一下，说："让
我们离开这个该死的地方吧。"

　　他们开始继续前行。这次，他们尽可能地相互靠拢，以保证
可以看到每个人背后的情况。他们经过的每幢房子都发出让他们
难以抵抗的声音。当古尔林听到从某幢房子里发出的声音是他心
爱的鲁米，他几乎就要向那个方向跑去。然而，巫师一把抓住他
的手臂阻止了他。勒米听到离开佩格时人们的呻吟声。盖里杨不
得不用双手捂住耳朵防止自己崩溃，因为他听到了当初离开家乡
去做巫师时，家人和朋友的叮嘱声，还有为了拯救他的生命而死
去的人的声音。此外，还有一个特殊的声音在考验着他，一个属
于他阴暗的过去的声音。那声音勾起他对一个人脸庞的回忆，这
使他倍感痛苦……就是那个人的呻吟声，就是这个人使古尔林和
古瓦德与盖里杨相遇。抗拒这个特别的声音是巫师从未遇到过的
战斗。

　　然而，他们竟然成功了。他们互相帮助，战胜痛苦，终于到
了离这座村子最远的第三座塔。当他们到达那里时，他们的心都
在滴血。

　　当他们发现这个塔有门时，勒米用敬佩的目光看着巫师。事
实又一次证明这个老人是对的。可是，在他开锁之前，他踌躇了
一会。这个锁看起来有点不像样子。有了刚才的经历，打开一道
门需要很大的勇气。

　　盖里杨确信门后没有像那些房子里一样危险的东西。他可以
感觉得到。但是他警觉那里有其他东西。他说："我们还是离远一
点。"他那发号施令的声音连他自己都感到吃惊。他接着说："勒
米，发支箭到那把锁上，让我们看看到底会发生什么。"

　　勒米照盖里杨说的做了。箭划过空中将锁击成碎片。霎时，

大地在他们眼前裂开，形成一个足以吞噬两个人的大洞。但他们都没有后退一步。

古尔林走近洞好奇地往下看。事实上，这个洞不深。如果不是里面铺设着数百根手指长的利铁的话，人跌进去只会摔断几根骨头外，不会有生命危险。

盖里杨祈祷这是他们遇到的最后一个陷阱。他慢慢推开门，伴着令人毛骨悚然的嘎嘎声，门开了。缝隙里透进的微弱光线照亮了向上伸展的螺旋形楼梯。

"谁第一个进去？"古尔林嘲笑地问。

勒米咯咯地笑着说："当然是我们当中最老的一个喽。"他拍了拍走过他身边的年轻人的肩，用从未有过的温柔声音说："我肯定不会跟在两只手臂受伤的人后面。如果你要进另一扇门，要用鼻子开门吗？"

盖里杨笑了，说："古尔林，看来你现在已经找到保镖了，与高大强壮的人交朋友是很有用的！"

尽管很尴尬，古尔林仍保持沉默。在他迈步之前，他想到以往的老朋友，叹了口气。

"如果你还活着，古瓦德……"他低语道，"我希望你能活着，让我再见到你吧。"

第十八章 自我牺牲

列奥弗德已经连续跑了几个小时了。他一出村庄，就奔向他和里德库采摘水果的那片神奇的土地。他徘徊在水坑间，试着寻找那只被他杀死的格尔夫猫的尸体。刚开始他以为迷路了，后来终于在地上他找到那已腐烂成碎片的尸体。尽管天色已晚，但是黑暗对他来说并不那么可怕，只要谨慎地观察四周就足够了。

远处的山峦扑朔迷离地矗立着，正如他记忆中的一样。事实上，它应该被称为丘陵，因为要爬到山顶并不难。那里是唯一能找到天神瑟琳娜的地方，这可能也是佩格唯一的希望。

他背上的袋子随着脚步来回地颠簸着。里德库从袋中探出头，看上去一点也不开心。这小东西确实累坏了，一路上都在抱怨。然而，列奥弗德现在顾不上担心它，他要考虑其他事情。

关于天神瑟琳娜的传说是很恐怖的，他不知道怎样才能说服她来帮他。不过，他知道他得找到一个良策。奥普萨绝望的眼神，村里人将要面临的可怕命运，特别是村里的孩子们，都激励着他一定要找到解决问题的方法。而他也的确需要村民的帮助才能解救他亲爱的佩格城。他知道光凭一个人的力量不行。

他一边满脑子想着事情，一边跑着，突然他失去平衡摔倒了。从山坡上一直滚了下去，停下来时，他背上的袋子被甩出三米远。幸运的是，里德库摔倒时刚好是厚厚的背部着地，没有受伤。列奥弗德迷惑地站起来。他一定是在聚精会神看着远处大山的时候，被地上的东西绊倒了。可以前在这个山谷里，他还从没有遇到任何能使他摔倒的障碍物。

出于好奇，虽然要花上几秒钟，他还是要看看是什么让他摔倒了。当他一看到一只类似于树根一样的人手伸出地面，他彻底僵住了。

说实话，在这片受诅咒的土地上发现尸体并不令人感到惊讶。土壤坚硬，这只手也没有完全腐烂，这还不是他关注的重点。但这只手上似乎有他熟悉的东西。其中一个手指上的戒指曾经戴在那个他深爱的，并且愿为他付出生命的人缪塔耶奇的手上。他觉得这一切都是梦，因为他知道在佩格没有人有这样的戒指。但是，它就在那儿，看上去比周围的事物更加真实。

"不……"仿佛想让别人听到并且把他从这个梦中唤醒，他大喊着："这不可能！"

他颤抖着走近那只戒指，蹲下身，满怀恐惧地小心翼翼地触摸着它。它就在眼前，他感觉自己好像要窒息而死了。这不是梦，它像他滚下来时被擦伤的疼痛一样的真实。

他发疯似的开始挖这片坚硬的土地。在土壤被一堆堆挖出来的时候，那尸体更加清晰可见。缪塔耶奇熟悉的脸庞慢慢显现出来。他的手突然滑落在缪塔耶奇的脸上。当他看见那向下渗出的血迹，他又开始忍不住颤抖起来。

缪塔耶奇的血……但他应该已经死了！几周前，甚至几个月前就死了……

　　突然他听见一声尖叫，他马上站起来，环顾四周，一股寒流袭过全身。他知道那个拿着长剑飞奔过来的正是古尔曼，他的恩主，他的一切。因为缪塔耶奇他亏欠恩主太多……

　　这位老骑士走近时大喊："不要碰我儿子！"列奥弗德极为震惊，古尔曼居然没有认出他来。但他立刻回过神来，自己之所以没有被认出来是因为他已经不是过去的样子了。可是，古尔曼和缪塔耶奇也应该在很久以前就死了！

　　然而，惊讶也好，恐惧也罢，都不能成为他被长剑刺向脖子的原因，假如这人真的是古尔曼，他可不想伤害他，他宁可痛苦地死去也不愿与古尔曼为敌。

　　这把剑以飞快的速度架到了他的脖子上。在他脖子一厘米以下的盔甲可以抵抗很强的攻击，但是剑却落在没有保护的脖子上，它可以轻而易举地让他人头落地。他闭上眼睛，咬紧牙关，他想如果他将要死去，那么至少他要死在朋友手里。然而，事情并没有如他期望地那样发生，那把剑在即将刺到他身体时化为了尘土。

　　古尔曼不见了，躺在他脚边的缪塔耶奇的尸体也不见了。

　　他惊恐地环顾四周，空无一人，地上唯一能看到的就是他挖的洞。

　　他双膝瘫倒在地，两手抱着头，深深地吸了口气，试着让自己冷静下来。到底发生了什么事？难道我最担心的事发生了？或者是……奥希尔塔关于列奥弗德变疯的诅咒成真了？

　　"不！"他呻吟着："不是现在！现在还不行！"

　　他还有很多事要做，他曾希望在他变成恶魔前死去。至少当他变得疯狂的时候，戈尔巴剑应该在旁边，因为只有它神圣的力量才可以对抗这样的疯狂。

　　"我不能伤害任何人……我不要！"他喃喃自语，像个祷告者。他坐起来观察四周。看起来一切都和平常一样，他感到如释重负。

时间一点点过去了，如果他真的会慢慢变得疯狂，那么他必须找到瑟琳娜，找到一个最快的办法来解救村民。只有这样，村民才能找到救佩格的办法。如果盖里杨和古尔林不能从坠入的河中生还，如果他失去了理智，那么只有村民可以阻止谢尔门了。

这时他想起了他的小朋友，感觉不到背上袋子的重量。他不能确定他是否真的在变疯，他不能抛弃这个朋友。也许最近经历了很多事，他做了个噩梦而已。他得遵守他对奥普萨的诺言。看着袋子空了，他想里德库一定是害怕逃走了，但他发现这个小东西正用手指在地上画着什么，似乎列奥弗德的怪异行为并没有引起它的注意。它专心做着自己的事，地上画的那个奇怪的形状像是一种奇怪的文字符号。画完后，它用另一只手将土抚平，然后又在同一个地方画另一幅图。

列奥弗德并没有耐心去弄明白那是个什么游戏，他轻轻地抱住它，把它放回到袋子里。在准备把袋子背上之前，他轻轻地拍拍小家伙的肩膀。说："对不起，让你摔下来了，小家伙，是我的错。"

里德库一脸茫然地看着他，然后它小小的脸上显现出一抹微笑，说："不要！疼！"可当列奥弗德开始以比先前更快的速度跑起来时，它脸上的微笑消失了。

从列奥弗德有奇怪的幻觉开始大约一小时后，山开始变得更加清晰了。此时的景色使他想起当初去贝勒姆山的旅程，他曾经可以征服一只怪鸟。现在谁又能说他办不到呢？这次他不必再与那只怪鸟搏斗了。这样一想他放松了许多。

尽管跑了几小时，山谷还是与先前看到的一样，荒凉而又贫瘠。这种孤独感在这个年轻人心里唤起了一种奇怪的感觉。放眼望去，除了远方的山，所有的区域都是平坦的。就像沙漠一样没有任何生命的色彩，没有一棵树，没有一座小山丘，也没有动物。

　　突然，他听到了一阵嗡嗡声。起初，他以为是风声，但没多久，嗡嗡声越来越响，听起来像是熟悉的声音。当他看到声音的发源地时，他眼睛睁得大大的，充满了恐惧。数百个骑兵飞速向他奔来，围成一个巨大的圈，把他围在里面，他们都有长剑，穿着黑袍。

　　他们看起来像是杀了缪塔耶奇的人马妖，他感觉一阵兴奋涌上心头。不一会儿，他呆住了。

　　一小时前有过的幻觉一直困扰着他。那些马、战士、剑，看起来如此真实，充斥耳朵的声音也不像来自梦里。可是，他还是无法确定这一切是否真实。如果是真的，在如此平坦开阔的山谷，怎么会突然出现的？难道他几小时前没有看到？

　　要么他处于新的噩梦之中，要么他的旅程即将结束。每种选择都很糟糕。如果这真是另一个幻觉，他觉得自己已在疯狂的边缘。如果骑兵是真的，那么他寡不敌众。现在他们近在咫尺，他可以看到他们的眼睛。他把袋子拿下来，把里德库轻轻地放在地上。那个小生命一脸迷惑。列奥弗德不知道它的迷惑是因为骑兵还是因为被莫名其妙地放在地上。然而，他决定不去冒险。如果那些恶魔是真的，那么对他们来说，他绝对是不容易被捕获的。如果只是一个噩梦，那他要做的不会伤害它。

　　他转身跑向他们。他甚至跑得比马还快，所以，很快就赶上了一个骑兵。当这个骑兵从他身边经过时，他尽可能高地跳起来，击中了他黑罩下的脖子。他凭经验知道这些生物是难以征服的。然而，他不确定当他们的头被揪掉的时候，他们是否会死去？

　　令人惊讶的是，他没有找到答案，因为当他的手在空中挥舞的时候，他摔倒在地，骑兵也化为灰烬。当他喘息着抬起头时，山谷里已经看不到马和骑兵了。

　　他站起来，搓搓自己伤痛的身体，突然很想哭。他拖曳着双脚朝里德库走去。里德库停止在地上画图，亲切地看着他。显然，这个小家伙不知道发生了什么，它也不关心。

列奥弗德蜷缩在里德库身旁沉默了几秒钟。他又想起了奥希尔塔和她要将他变成野兽的诅咒。这诅咒在山洞里回响，渐渐地变得真实起来。似乎失去家人、身体和所有的希望的惩罚还不够，现在他正在失去他的理智和意志。认输吧，他说："我亲爱的朋友，你不能跟我走。你得回去，我相信可以找到那村庄，我从现在起，必须一个人继续往前。"

里德库茫然地看着列奥弗德，它脸上的表情使得眼睛显得特别大，因为它没有眉毛。

列奥弗德耐心地问："里德库，你能理解我吗？我很好，但和我在一起你太危险了。现在，我会产生幻觉，我知道我就要成为刽子手。你应该尽快离开我。"

里德库若有所思，似乎正考虑着他刚才说的话。然后它深深地吸了一口气，像一个人将要宣布重要决定似的。它尖叫着："看！劳弗德！"

列奥弗德低头看见地上有个手一样大小的图形，里德库神采奕奕，它的眼里充满了喜悦。"很好！不是吗？"

列奥弗德轻拍着这个小家伙的脑袋，低语道："好极了，里德库。"他没有时间和它解释一切，他希望它不会恨他把它撇下。然后，他跑着离开了，尽量不去回头再看里德库一眼。

他跑得很快，已经看不见里德库了。突然，他耳边又响起嗡嗡的声音，这次他决定不管发生什么事他都不会去理。那声音越来越大，好像在提醒他不要再靠近了。但他什么都不在乎了。没有什么可以阻止他去瑟琳娜的巢穴。他可以看到山顶上那鸟儿优美的身影了，鸟儿把头埋在翅膀里睡觉，至少看起来像在睡觉。在它醒来飞走前他得走近它，否则，一旦鸟儿展翅高飞，他就没有机会接近它了。

当他发现嗡嗡声音的来源时，他失望极了。

这条河比他上次在瑟琳娜山周围溺水过的河还要湍急，还要宽。

当他发现河水泛起蓝色的泡沫时，他在岸边停了下来。这出乎他意料。他又开始绕山奔跑。一路所见令他吃惊和痛苦。在他看来，一条河流有源头也有尽头。然而，这条河流将山围成了一圈，而且，水流的速度也快得令人难以置信。

很明显，这条河被一种超自然的能力控制着。他苦笑了一下。当然，接近瑟琳娜不是件容易的事，假如人人都能来这山找到这只神鸟，那它就不会被叫做天神了。

他觉得好累，不是因为他受伤的身体而是他疲惫的心。他坐下来凝视着河的对岸。位于河对岸的希望因为让这条难以征服的河流而变得近在咫尺又遥不可及，就像他过去的美好时光。

他低语道："三天……"奥普萨只给了他三天时间，而他仅用了一天加一小时就成功到达这里。攀登到山顶不会花太多时间。可他不知道该怎么才能够到达另一边。

他叹息道："我必须睡一觉，也许当我睁开眼睛时奇迹会发生，我会看到枯竭的河流。"

带着连他自己都不信的白日梦，他躺下来，闭上眼睛。

与醒着的噩梦相反，他睡了几个小时却没有一个梦。他惊恐地睁开眼睛，因为他感觉有东西在抚摸他的脸颊，他不知道自己又遇上了什么，他睁开眼睛，眼前的所见使他心里很温暖。

"哦，我的天哪！"他坐起来叫道，不知道该怎么说。

"我的小朋友！你跟我来了？"

里德库看起来一点也不累，它骄傲地说："找到你了，看！"显然，它认为列奥弗德离开只是和它开玩笑。年轻人敬佩小家伙的决心，它一定是迈开小腿马不停蹄地跑，才会这么迅速地到达这里。

当然，除非列奥弗德睡了一整天……

他弯下腰，对着里德库，担心地问："里德库，我离开你之后，这太阳出来过几次？"

里德库盯着天空看了一会儿。然后，指着天边的那轮红日，高兴地喊道："一次！只有一次！"

列奥弗德深深地吸了口气，他还有几个小时的时间。河水不停息地流淌着。但至少，列奥弗德知道他要做什么。他会跳进河里，游向对岸。他不知道能否成功，但他必须去尝试。为了他向奥普萨做出的承诺，也为了他对佩格的爱，他必须这么做。假如他失败了，至少他会在变成恶魔伤及无辜前死去。

他站了起来，朝河流走去。河水充满了泡沫，水流湍急，疯狂地咆哮着。他深吸了一口气，完全不理会他亲爱的小朋友在他身后的叫喊："等等！劳弗德！"他使出浑身的力气想尽可能远地纵身一跳。他飞在空中，然后重重落下，不过他没有掉进水里而是落在坚硬的土地上……

现在他躺在干枯的河床上，他跳进去时，河水变成了泥土。惊讶了一会儿后，他站了起来，迷迷糊糊地开始向山上跑去。当他到达目的地后，他开始用爪子敲击岩石。由于他不停地拍击，岩石的碎片蹦到了脸上，手也流血了，但是他已经失去了控制，停不下来了。

他叫喊道："这也是个梦吗？这座山也是幻想的吗？这些岩石根本就不存在！瑟琳娜也是一个梦。真的就没有希望了吗？没有希望吗？"

他本来可以在那儿杀了自己。实际上，那一刻他真想这样做。可有人紧紧抱住他的腿让他停了下来。小家伙充满感情的声音感动了他。

里德库喊道："不要！"它要哭了。"不要这样做！"看到鲜血从亲爱的列奥弗德手臂上流下来，它非常担心。不知道发生什么事的它更加担心。列奥弗德慢慢停下来。他看着他亲爱的朋友，他必须保持冷静，不是为了他自己而是为了里德库。他深吸了一口气，尽力让自己的愤怒平息下来。

"好了，里德库······"他点点头，"好了······"

他手上的痛证明了这座山是真实存在的，这种痛扩散到全身。他不再怀疑瑟琳娜的存在，瑟琳娜沉睡在山顶。他知道那让他退却的河流、失去的朋友、蒙面黑袍杀手都是幻觉在纠缠他，但他无法想象出一个像瑟琳娜的人，即使在他最乱的梦幻里。

有一会儿，他不知道该拿里德库怎么办，他可能没法使它离开自己。里德库不仅跟着他，而且还拖着那个装它的包。小家伙将包给他时样子的情景令人心酸。他情不自禁地拿起包，把它放进去，再次把包背起来。深吸了一口气开始了爬山。

他以惊人的速度向前进，连他自己都感到吃惊。这座山不是很陡，但却坑坑洼洼，靠他尖利爪子的攀附，他安全地向上爬。时不时，他抬头向上看看瑟琳娜是否还在那儿，他最害怕的就是还没到达那里就陷入另一个噩梦。他知道从那么高的地方掉下来意味着必死无疑，即使是像他这样一个巨人。

庆幸的是，他担心的事没有出现。他一步步往上爬，最终到达了山顶。他向上攀了最后一步，找到一个小小的可以立足的地方，他笔直地站着，努力使自己不动。

瑟琳娜巨大的脸庞就在他的面前，这只巨鸟继续睡着似乎没有注意到他。

列奥弗德不知道他现在该怎么做。意识到自己的无助，他感到恐惧。他一直在想如果见到瑟琳娜，他就有希望了。然而，现在天神就在他眼前，他却不知道该说什么。里德库瞥了一眼瑟琳娜后就躲进了袋子里。

要不是瑟琳娜开口说话，列奥弗德可能会一直站在那里，傻傻地等着，直到过了奥普萨给他的最后期限，直到谢尔门毁了佩格。

当脑袋里响起一个不可思议的响亮而有力的声音时，他吓得摇晃了一下，差点滚下山去。

"你终于还是来到这儿了，丑陋的野兽。"

列奥弗德害怕得全身发抖，他的耳朵没有听到任何声音。瑟琳娜既没有动也没有将头从翅膀里伸出来。然而，列奥弗德确定这个声音是它发出来的。他记得神话里有关瑟琳娜所有的传说。据说这只神秘的鸟可以控制思想，他现在不再怀疑这点。

瑟琳娜在他脑里，在他的脑子里直接跟他对话。

他胆怯地说："是的，我在这里。"事实上，他根本不知道自己为什么要说出来，因为瑟琳娜可以读懂他的思想。

空中之王说："你在这儿。我知道你为什么来这儿，但是，你不知道为什么我允许你来。"

列奥弗德低声说："你知道我要来找你？"然后他哽住了。"但是你……"

"你问我是如何知道的，是吗？因为我甚至连看都没有看你。"

年轻人一言不发。显然，瑟琳娜不需要他的同意。

"我知道是因为你开始想我的时候，我也在想你。自从你让我变成你思想的一部分那时起，我已经在你的头脑里了。在我让你靠近我之前我考验了你很多次，我想看看你是否可以为我带来有趣的经历。坦白地说，你成功地通过了每一个测试。"

列奥弗德惊讶地问："什么测试？"

瑟琳娜说:"缪塔耶奇、古尔曼、蒙面骑士、河流。我让所有的邪恶都存在于你的头脑里,我想看看你的底线。你没有攻击古尔曼,你没有逃离骑士,尽管你害怕你还是跳进了河流。我想和你交谈是有价值的。如果不是,我不会让你成功。"

当瑟琳娜在他头脑里停止讲话的片刻,列奥弗德有机会理清他混乱的思绪,他带着惊讶的微笑说:"因此,这些幻象……是你制造的?我的意思是我……"

瑟琳娜笑了,至少它的声音里透有笑意。"不,你不会疯。但是如果我想让你疯,你就会疯。我可以让你以为跳下这座山是你可以做得最美好的事情,我可以让你相信躲在袋里的小东西是你最大的敌人,看着你充满恶意地杀死它。或者我可以做更坏的事情。"

"但是你不会那样做的,"列奥弗德不假思索地说。他声音里的自信让他自己都感到惊讶。那些噩梦与奥希尔塔没有关系,他感到如释重负。

"你怎么知道?"瑟琳娜问,这只鸟疑惑不解。现在它也很好奇这个年轻人轻而易举地说出了这些话,它不明白他为何如此自信。

"我不知道,"列奥弗德回答,"我只是觉得你不会那样做。不是我的脑子而是我的心灵告诉我你并不邪恶。你不能读到我的心灵,对吗?"

"是的,"它饶有兴趣地说,"我不能读到你的灵魂,那就是为什么我让你走近我的原因。我想看看你心灵的底线,神灵赋予你们的力量常激起我的兴趣。大部分时间你们是平庸的、自私的、内心懦弱的人。相对来说,我更喜欢其他动物。可是,有时候你们又可以做动物做不到的事。列奥弗德,为什么你的心如此强大?你的底线在哪里?你可以为佩格或者说那个该死的村庄村民做出多大的牺牲？你可以走多远？"

列奥弗德屏住呼吸，他脑海里回响着的这些话，在孕育着希望。他相信瑟琳娜也许会帮助他。他抑制住激动的心情说："你希望我走多远我就走多远。你要我走多远？"

瑟琳娜很欣赏他的挑战。然而，这只鸟的笑声令他恐惧，因为那声音听起来像是一只在玩弄老鼠的开心猫。

"我们再看看吧，"空中之王说。突然，它的声音像雷鸣。"我们要看看你到底有多强大。"

一眨眼的工夫，瑟琳娜消失得无影无踪。山也不见了，里德库也消失了。起初，他什么也看不见，因为他被一束强光包围了。但是后来，光消失了，他发现自己身处一个从未见过的花园。

他惊讶地环顾四周。一方面，他知道自己目睹的不是真实的，但另一方面，他想还有什么会比这里更真实呢。他开始谨慎地走着。五彩缤纷的花朵擦过他的脚边，袭人的花香洋溢在花园的每个角落，令他陶醉。这不会是梦吧。头上是一片蓝色的天空，白色的小鸟在空中欢快地飞翔，蝴蝶在他身边翩翩起舞，神奇的小羚羊簇拥在他脚边令他惊喜。他继续向前走，似乎听到了瀑布的哗哗声。他很久没有看到瀑布了，他感到非常兴奋，加快了脚步。在一阵欣喜地狂奔后，他发现一条瀑布从青翠的山崖倾泻而下。一条小溪延伸出来，溪水清澈，水下闪亮的石头清晰可见。他强烈地想喝水。当弯下腰去喝水的时候，他闭上眼睛，以免看到自己丑陋的容貌，它与周围的美景太不相配了。

突然，他觉得自己变得越来越小，越来越轻。睁开眼睛时，他都认不出水里自己的倒影了。他渐渐记起他以前英俊的容颜，他看看着自己的胸、胳臂和双手。当他发现他不再是古瓦德而是年轻的骑士列奥弗德时，他几乎是喜极而泣。

正当他沉浸在这个新发现时，他听到身后有个甜美的声音。

这个声音轻轻地叫着他的名字，充满爱意，像音乐或神曲。这是个熟悉的声音。他立刻回过头，看到他心爱的埃尔米拉，微笑着慢慢向他走来，这几乎使他幸福得哭出来。

这个年轻女人说："我真想你啊！"她的声音比小鸟的声音还要甜美。列奥弗德伸开双臂上前去拥抱她。

可是，正当他要碰到她时，那束强光又包围了他。他沮丧地发现自己仍在山顶上，面对着瑟琳娜。

他感到十分困惑。他看到木头般粗壮的双臂中伸出的爪子，仇恨笼罩着他。两滴泪水从他脸颊上滑落下来。

瑟琳娜问："你喜欢我的花园吗？埃尔米拉怎么样？她还是和以前一样美丽，不是吗？"

"你为什么要这样对我？"列奥弗德痛苦地呻吟着，"你为什么要让我想起我已经永远失去的爱，用它来刺激我？"

"永远失去了？"这只巨鸟答道，"我能把所有一切都还给你，你的美貌，你的双手，你美好的家，还有埃尔米拉。我可以让你永远住在我的梦想花园里。只要你向我要。但你只能要求这些，不能再多了，不然你会失去所有的东西。"

"但这只是一个梦！"列奥弗德低声地说，"当我想到我身处在这个美丽的花园，我实在是一步都不想离开。"

"年轻人，那事实又是什么呢？"瑟琳娜嘲笑似地说，"你闻过那些花儿了，不是吗？难道它们不是真的吗？你可以品尝那些水，感受到凉风习习，见到你心爱的人。真实只在你的心中，我能给你所渴望的一切，这是你唯一的机会。现在，做个选择吧。"

列奥弗德颤栗着。他对这个建议没有思想准备。他怎能拒绝这个机会呢？他会重新成为人，和埃尔米拉一起生活在神奇的花园里，永远不会变老。现实令他如此受伤，他甚至不在乎他所选择的"事实"只是一个梦。正当他要屈服时，他背上的袋子动了一下，他想起了里德库，想起了奥普萨，想起了因谢尔门受苦的村民，想起谢尔门会对佩格下毒手，那个真正的埃尔米拉可能也会被烧成灰烬。他积聚了全身的力量说："不。你肯定知道我为什么来这里，你知道我想向你要什么，其他的我什么也不要。你可以继续拥有你的天堂。"

瑟琳娜沉默了一会，看起来好像料到他会作出这样的回答。接着列奥弗德脑海里听到了笑声似的，那个巨鸟的头慢慢地从翅膀里出来了，深切地看着列奥弗德。

"你确实很坚强。"它又开始说话，却没有张嘴，它的声音在他脑海里回响，但现在听起来更加真实。

"然而，力量是双维度的，"瑟琳娜继续说，"要么放弃你的欲望，要么忍受你不想要的东西。你可以将欲望抛在脑后，你还能做什么？"

"我可以充满期待，"列奥弗德答道，并自信地盯着天神，"还有什么事比舍弃天堂更难的呢？"

"我会的，"瑟琳娜点头应和着。列奥弗德赞赏地看着这只鸟一上一下动着的嘴，突然，一道同样耀眼的光令他目眩起来。

现在他在森林里奔跑着，浑身汗涔涔的。他疼痛的双腿表明他已经跑了很多天了，他手臂上的爪子告诉他，这次不是和上次一样甜美的梦。

他感到很怪异。他正以奥希尔塔派他去狩猎时那种不可抗拒的激情奔跑着。他扯掉途中的树枝和叶子，最糟糕的是他沉醉于他的野蛮，他很多次想停下，但都失败了。

突然，他到了一个开阔的地方。一个年轻的女人正蜷缩在地上，她用一只手揉搓着脚踝，可能受伤了。列奥弗德想知道他是否追赶过她，这个可怜的女人想逃离他吗？他感到好奇的同时又感到恐惧。突然，他有了答案，他有强烈的欲望要杀人。

　　这个女人察觉到他的到来，她裂开的伤口，被血浸透的衣服表明她已经流了大量的血，已经没有多少力气逃跑了。她气喘吁吁地好像已经跑了很久，就像一个被判了死刑的女人，她向命运投降了。她叹息着，转身朝她身后不远处上气不接下气的野兽微笑着，像是在耳语："来吧，结束她。"一种安逸的表情出现在她脸上。

　　列奥弗德吓呆了，他困惑地看着埃尔米拉，想要确定那是不是真的她。几秒过后，他不再怀疑。虽然她的脸因为伤口和疲惫有所改变，但是他确定这个可怜的女人就是他所爱的人。

　　那一刻，杀戮的欲望在他的体内冲撞着，他不能用这双爪子去抚摸她，他不能伤害她。然而，疯狂的声音在他的脑海里回荡着："你必须杀了她！杀了她！"

　　他的嘴里泛起了唾沫，就像一只狂怒的野兽，口水流到了下巴。他开始发怒了，痛苦使他没法冷静地去思考，他感到要疯了。除了像奥希尔塔魔鬼似的大笑，他什么也不能做。这个诅咒最终应验了。伴着滚落在脸颊上的眼泪，他向前一跃，爪子伸向埃尔米拉那优雅的脖子。

　　他大叫了一声恢复了意识，瘫坐在地上，口里喃喃说道："天哪！不！"他像风中树叶般地颤抖着，许久才停下来。

　　瑟琳娜等了几分钟让他恢复过来。然后，它温和地问："你愿意再冒这样的风险吗？如果你不接受我的提议，离开我的天堂走自己的路，这将是你会经历的事情之一。你有足够的力量向我许下承诺吗？如果你想变回人类，如果你想脱离诅咒，你会为了向我许下的承诺而放弃那个机会吗？你能发誓你会遵守承诺，没有我的允许绝不食言？"

　　列奥弗德痛苦地看着它。他能许下这样的承诺吗？杀死埃尔米拉的想法令他如此恐惧，他的自信被粉碎了，他需要时间让自己重新振作。他用微弱的声音问道:"你怎么知道我是否信守诺言?如果我没遵守又会怎样呢?"

"这你不用担心!"瑟琳娜说:"我会一直在你的脑海里,直到你呼吸停止的那一刻。我会知道你脑海里的每一个想法。如果你不守诺言,我会报复那些被诅咒的村民。然后我会迫使你发疯,让你变成一个连奥希尔塔都无法想象的令人恐惧的魔鬼。即使没有那些魔爪,你也会为一个恶魔,这你是知道的。"

列奥弗德慢慢站起来,抬起头,高傲地、毫不畏惧地盯着瑟琳娜的眼睛,它的眼睛和他的身体一样大。"我接受。"他说,"我同意这一切,我们没时间了。那些村民马上就要走向死亡了。我发誓我会遵守所有的约定直到我死去。"

瑟琳娜笑了。至少,它的表情像是微笑。然后,这只大鸟站了起来,浑身散发的气息令他颤栗。

"你,"空中之王说,"到我的背上来。我一直在等你,等了很久了。我只为你一个人而等待。总有一天,你会明白我的意思。也许现在你恨我,因为我逼你发誓,但是总有一天……当你意识到为什么的时候……"

瑟琳娜突然不说了,它已经说得够多了。"爬到我的背上来,让我们去拯救那些村民,在一切还来得及之前。我知道一个极好的地方,我们可以带他们去那里。"

第十九章　问题和答案

　　"你还好吧，勒米？"一个担忧的声音回响在这座千年古塔的墙壁间，直至消失。这是盖里杨在叫喊。他听到的一声碰撞声令他担心不已，但是，片刻之后，勒米低沉的声音令他感到一些安慰。

　　"我一切都好，不要担心。我只是才意识到我的头穿不破墙壁，我想我们已经到了这条通道的尽头了。"

　　巫师很惊讶，他们已经在黑暗中向上攀爬了一会儿。他不知道他们是否能够沿着这里一直向上。因为这是一条很黑的通道，连一扇窗户或一处开口都没有。可是，他能确定一件事：他们不能从这里爬到寺外看到的高塔的顶端。

　　"你确定吗？"他疑惑地问。

　　"如果你想知道，来试试！"勒米咆哮道："我的头已经撞到石头顶了。"他深吸了一口气，接着说："但是也许你们人类的脑袋比这石头硬！"

　　正当盖里杨思考下一步怎么办时，他的背被什么东西撞了一下。他的手本能地去寻找戈尔巴，正要拔出剑。

"是我，盖里杨……抱歉！"古尔林尴尬地说，"我没有意识到你停下来了。为什么我们要停下来？"

巫师把手从戈尔巴剑上移开，说道："我们不能再往前了，至少，我们不能走这些楼梯。"

"真的吗？"这个年轻人咕哝着，"哎，那就是说从这里我们到不了任何地方。"听起来，他一点也不失望。相反，他好像在压抑愉快的心情。"我是说，"他继续说，"我们应该走下楼梯，找出另外的解决办法。并不是所有希维尔的士兵都能在塔间玩杂耍！我肯定也会有年老的士兵和孩子！他们一定预备了第二条通道。

巫师微笑着摇摇头，问："你害怕吗？"

"害怕？哦，得了，为什么要害怕？我只是担心你。你身子太单薄了，上边一定很冷。当我们已经陷于困境时，生病是我们最担忧的事。勒米和我没有问题，但你是老人家啊。"

他停顿了一会。他也失过手。

"我的意思是，"他说道，"你不再是年轻的时候了。"

盖里杨还没来得及回答，勒米的话让他转移了注意力。

"这里好像有些什么，也许是扇门……我找到像是门栓什么的。现在，我去看看那到底是什么。"

"该死的！"古尔林为了不让旁人听见，轻声说道。他希望可以重新制定这个疯狂的计划。他担心的不仅是海怪、食人勇士、隐身猫、野蛮的海盗以及汹涌的河流，还有鼓起勇气走在这用绳子吊起的桥上。

"是的！是的！"勒米说。他兴奋地说："这是通道……现在打开了……来吧！"

勒米先用左手试着去推门。然后艰难地将弓挂在肩上，用比左臂大一倍的右臂推门。最后，当他试着用双手同时用力时，这扇巨大的多年不曾用过的铁门，咯吱一声开了。勒米一下子失去了平衡，摔向古尔林和巫师。

"小心！"盖里杨叫着。重重的勒米把他俩撞向了墙壁。万幸的是，没有摔下楼梯。不然，结局就惨了。

勒米的情绪很好，喊道："我成功了！"光线照进高塔里，所能看见的是布满蜘蛛网的墙和满是尘埃的楼梯。尽管如此，这样的景象对于压抑在黑暗中的古尔林和盖里杨来说却是天堂。

他们爬上楼梯到达勒米的位置，透过勒米巨大的体型，往小小的井口瞥了一眼，就意识到剩下的任务并不容易。

他们所爬的路程比想象中的要少，甚至不到一半。在他们面前的吊桥，连接着另一座一模一样的高塔。虽然绳子看起来很结实，但它是悬空地架在塔之间，宽度仅够一人独行，看起让人害怕。事实上，相对于勒米巨大的身体，它实在太窄了，以至于勒米不能两脚并立站在吊桥上。盖里杨想到要走到另一边也不禁颤栗着。虽然桥看起来绷得很紧足以抵御风引起的摇摆，但只要稍稍失去平衡，便会从要命的拱顶上掉落到下面粗糙的石头地上去。勒米已经走上吊索桥，头顶上悬着相似的绳桥。另外还有其他一些索道连接着两塔通向最高的塔顶。他感到困惑，看了巫师一眼，因为他觉得巫师的智力更胜于自己的。"那么，你怎么看，老朋友？"

起初，盖里杨尽情享受着新鲜的空气、灯光和绝佳的景色。暂且不理会他们当前不利的处境。他很开心走出黑暗和浑浊的空气。然后他开始认真地研究起这些吊桥。每一架都比前一架高些，在连接两座塔的所有桥中都有另一架连接它们通向最高塔的桥。他想象自己是一只正盘旋于高塔之上的鸟儿，从脑海里的另一个视角来窥探全景。

现在他明白了。

"它们和高塔里的楼梯一样，以盘旋的方式逐渐向上。我们得尝试穿越这座桥，到另一座塔里。在那一边我们通过阶梯到达另一座桥，然后，走过索桥，到达另一座塔。从那儿我们继续前进，直到走入另一座桥。这样，我们将从一座塔穿到另一座，每一次都会登高一点，直到登上两座塔的最高处。我想，当我们成功走完最后一座桥时，便不会再有障碍了。"

　　古尔林踮起脚跟，越过盖里杨的肩膀，看了看他们面前的吊桥。"你意思是我们得走这座桥？"他无法相信自己的耳朵。

　　"是，这就是我刚才所说的，"盖里杨生气地说。他也很担心，所以他没有耐心去安慰这个年轻人。

　　"然后呢，我们将重复同样的做法十来次……棒极了！我马上回来！"

　　勒米一把抓住想要走回楼梯的古尔林的肩膀。"不！"勒米笑着说，"这不会发生的，我不会离开将我从无止境的痛苦和孤独中解救出来的英雄。你不会想再走近鬼屋、隐身猫或赫尔盖斯吧。你只要一直往前走，不要向下看，不会有事发生的。设想你是在美丽的山谷或美妙的森林散步。你在地上行走时不会摇摆，为什么走在吊桥上就会呢？只要你笔直往前走就没事。"

　　古尔林看着勒米的脸想，要知道他什么意思。一想到他要走过索桥，古尔林感到更加害怕。

　　"像在平地上一样？你在开玩笑吗？你应该先试试……"

　　话还没说完他突然停了下来。他把勒米推到一边，然后站在吊桥的入口前。他们正在争论的时候，盖里杨已经走到了桥的中央。

　　巫师小心翼翼地走着，试图不去想任何事情。吊桥在他脚下轻轻晃动着。他紧盯着吊桥另一端的那扇门，迫使自己不要往下看。他知道在这种情况下，恐惧会随着时间一秒秒过去而增加。

他不再等待，径直向吊桥的另一端走去。

他一步步往前走，比他估计的要快些就通过了吊桥。打开这座塔的门没有什么麻烦，他深吸了口气。进入了高塔并且感觉安全后，他转身看看他的朋友们在做什么。他们显然要比他自己更加担心些。他每走一步，他们就屏住呼吸，害怕他会失去平衡摔下去。当他最终到达第二座塔时，他们欢呼着相互拥抱。勒米想起他曾是大英雄的美好时光了，他把年轻人推到一边，大叫："现在轮到我了!"然后他走上了吊桥。

他的短暂旅程蕴含了更多的危险，吊桥因为承载他的体重晃动得更加剧烈。他的脚底并不像人类那样扁平，这使他很难保持平衡。他唯一的优势就是风对他的影响比对他朋友们的影响要小。虽然他曾因为害怕而多次屏住呼吸，但他也顺利到达了下一个塔。

看到勒米安全地到达了另一端，古尔林挥拳为他朋友的成功庆祝。然后，他向朋友们挥手，他们从远处的塔向他示意。他完全明白他们的意思。他皱着眉头，现在轮到他了。

停止喘息后，勒米小声对巫师说："你认为他会成功吗?"

盖里杨没有回答，因为他不能确定。他知道这个年轻人是个未被发掘的英雄，他已经多次证明过了这一点。然而，英雄通常不会自己觉醒。如果他能通过第一个吊桥，那么其他吊桥就不再是问题。可是他的内心深处感到事情并不容易。他们除了为他祈祷还能干什么呢? 但是，巫师认为也许他们能做些什么……

古尔林静静地站在桥上好一会儿，他无法令他的眼睛离开下面的拱形屋顶。当他终于有勇气向他的朋友们望去时，他看到勒米在向他招手。他知道他必须走过去，他不能待在这儿，他不能向这次未完成的冒险投降。巫师已经成功了，勒米也成功了，所以，他也一定能做到。他只要像勒米所说的那样笔直往前走，既不要去想要至他于死地的敌人，也不想湍急的河流。他只要想象着他正在森林或山谷里散步，几分钟后，他就能和朋友们在一起了。

这样鼓励了自己之后，他迈出了第一步。他稳稳地在桥上走了好几米。但这以后，他有一会儿比较艰难，他情不自禁地往下看，骇人的高度令他感到头晕目眩。找不到一些东西可抓，他觉得腿软，寸步难移。

"可恶！"勒米呻吟着说："他过不来！"

巫师抓住勒米的手臂，不让他回去帮助古尔林。"别这么做。"他说，"这座吊桥可能无法同时承受你们两人的重量。我们不能冒险。"

"但我不能把他留在那儿！"勒米痛苦地说。他不能眼看着那个把他从无尽的痛苦中解救出来的朋友在他面前死去。终于，他说："让他回头吧，他应该回到原来那个塔。我们可以找到希维尔，回程时接上他。"

"不！"盖里杨不同意。他咬紧牙关说："他已经卷入这件事中，我不能把他一个人留下，我不知道那里将会发生什么事，我们不能保证原路返回。他双臂受伤，戈尔巴剑在我这里。我不能冒险把他一个人留在那儿。我知道他能走过来，我知道他能做到。"

古尔林像得了癫痫一样颤抖着。尽管如此，他还是开始向前移动。虽然他几乎是在爬，但也爬了几乎一半。当他爬到中间的时候，他耗尽了所有的力量，已经不会动了。恐怖在他灵魂中蔓延，使他处于噩梦之中：他在村子里，埃尔拉特将他的剑刺进鲁米的肚子里；他站在贝勒姆山上，一只怪鸟吞下了科赞；他在船上，巨浪袭来；他在胡塞特的甲板上；在赫尔盖斯人的囚笼里；在格尔夫猫的山谷里。每件令他恐惧的事情都清楚地出现在噩梦中，向他尖叫着："你是懦夫！你是懦夫！你不会成功的！"

他已经失去了平衡，开始倾斜，他已经厌倦了与自己作战。

他会摔下去，落到致命的拱形屋顶上。所有事情都结束了，不会再有痛楚。也许这些以前就该发生的……

突然间，他听到一声尖叫——他所认识和关心的人的尖叫。巫师在向他求助！他抬起头来看，吊桥尽头的门开着，但是看不到勒米和盖里杨，他可以听到的是黑暗中传来的痛苦的尖叫声。

"不！"他跳起来叫喊道："不是现在！我不会让同样的事再发生一次！"

因为他的懦弱，鲁米已经死了。如果他从一开始就与埃尔拉特战斗，他本来可以救下他的妻子和未出生的孩子。至少，他本来可以死得其所。现在，他不能再眼睁睁地看着另一个他关心的人因为他的懦弱而遭受痛苦。他跑着穿过了吊桥，到了桥的另一头。他抽出自己那把虽不神圣却无比锋利的剑。他的一只手臂仍然没有知觉，另一只手臂上的伤使他每动一下都要承受很大的痛苦。他已经筋疲力尽，气喘吁吁，但他没有放弃战斗的打算。他要教训一下伤害他所爱的人的恶魔。

当他带着满腔愤怒冲进黑暗的时候，两只强而有力的手臂抓住了他，不让他动。不论他如何挣扎，都无法挣脱这铁一般的肉体枷锁。他的剑从手中滑落到地上。他愤怒地吼叫着，直到听到盖里杨和勒米欣喜的笑声。

"我告诉过你了！"巫师叫道。

勒米扶起他，同样激动地说："你又对了，老朋友！这小子是个真英雄！"

古尔林盯着黑暗的地方，充满了惊骇和困惑。刚才听到的求救声是他的幻觉？"你们两个还好吗？"他犹豫地问道，"我以为……"

"哦，是的！"巫师笑着回答："我们都很好。不过我的喉咙有点痛。我想这是我装痛苦使劲喊叫的结果。不过这是值得的！"

"你的意思是，你……"古尔林嘀咕着。等到他若有所觉的时候，他喊道："你这白痴！放开我，勒米！我要让你们看看痛苦是什么！你们知不知道我有多担心你，老家伙？"

盖里杨叹息道："我当然知道，亲爱的朋友，我真的很感激。我承认这对你不公平，可我也没有其他办法。你最终还是走过来了，不是吗？"

古尔林转身回头看着身后那座在空中摇摆的吊桥，他到了另一座塔上，是的，他成功了！

"神灵啊！"他呻吟着："我做到了……我走过来了。"

他笑了，开心地笑了，发自内心的笑。"我做到了！盖里杨！勒米！我能过这该死的桥了！看到我是怎么做到的吗？我的腿不会再抖了！"

勒米和巫师深情地看着这个年轻人点点头。很快，他们又惊讶了，因为古尔林挣脱勒米，带头向楼梯走去。

"我们必须在天黑前到达山顶那儿，朋友们！"他现在情绪很好。"还有更多的桥要过。这次，让我先走吧。"

他履行了自己的承诺。每次都是第一个过桥。尽管盖里杨和勒米还有一点担心，但是他们没有阻止他。他们不想让他失去这份突然而至的自信心。

古尔林每走过一座桥，便多了一分勇气。当他们第四次过桥，攀上最高的塔楼时，他几乎在最后那座桥上手舞足蹈起来。

现在他们三人已经进入最后一座塔里面，盖里杨默默地拍着古尔林的肩膀，走在了最前面。年轻人一开始想反抗，但他很快就意识到这样可能是最好的办法了。现在游戏结束了，他们即将到达希维尔。老巫师知道在神的面前如何更好地行动。向上爬了很长一段后，他发现盖里杨在门那儿遇到了困难。勒米往前一步，用他强壮的肩膀去帮助盖里杨，但是他的眼睛被从门缝中涌溢出来的明亮的黄色光线照得有些头晕目眩，只能中途停了下来。盖里杨示意其他人跟着他，他开始一步步地攀爬，身影渐渐消失在光线中。古尔林和勒米紧跟在他身后。

当他们走进光线，一下子惊呆了。他们以为走进了一个房间。实际上，从外面的塔看，这个地方不会有这么大一个房间。但是他们现在身处一个大花园中。这是一个在蓝天以及果树的覆盖下美丽的让人惊奇的花园……

"这是我见过的最漂亮的地方，"勒米满怀敬畏地说。

盖里杨点点头说："是的，的确很漂亮。是个适合神灵的地方……"

"我们现在不在塔里了，是吗？"古尔林担心地问。

看不见身后的门，盖里杨说："的确如此。但你不要问我们在哪里，因为我也不知道。"

突然，前方的树枝摇晃了起来，勒米本能地从箭筒里拔出了箭，同时，盖里杨和古尔林也拔出了他们的剑，但当他们看见从林中出现的东西时，担心顿时烟消云散。

离他们有两英尺远的地上栖息着一只巨大而漂亮的蝴蝶，那不可能是邪恶的。蝴蝶羞涩地向那些被它五颜六色的翅膀所迷惑的访客微笑着，鞠了一个躬，说："欢迎你们的到来！宽宏大量的神希维尔，允许你们来到这个神圣的地方。"

"他知道我们在这里吗？"古尔林天真地问。

那只蝴蝶惊讶地回答："当然。"它说："希维尔是智慧之神。他洞悉一切已经发生的和正在发生的事情。难道这不是你们来这里的原因吗？"它优雅地拍动翅膀，从树上伸展开来，说："跟我走吧！希维尔不喜欢等待。"

他们跟在蝴蝶身后，目不转睛地看着它，他们想要推开那些挡路的树枝时，这些树枝自行移动到两边，这使他们惊讶不已。

古尔林注意到一件另外两人毫无察觉的事：地上的花在他们踏上之前自动隐蔽，在他们走过后又会重新露出地面。

走了一会，他们三人看见蝴蝶飞落到地上。盖里杨想到马上要见到神就颤抖不已。他想起了经过克鲁泽兰时，神殿中的雕像，他想知道如何才能在强大的希维尔面前站直，希维尔是那么高大，拥有敏锐的视力。一想到曾经他是多么粗鲁地对待希维尔的雕像时，他变得更加焦虑起来。可能他得躲在其他两个人后面，尽量不引起注意。

突然，他们前面的树木移到了两边，这一幕让盖里杨十分慌张混乱。

那只巨大的蝴蝶尊敬地在宝座前弯下腰，那个宝座很大，几乎看不见那个中年黑人妇女坐在里面。她穿着朴素的衣服，看起来像农妇一样，她交叉着腿靠在宝座一边，冷漠地吃着橘子，橘子水弄脏了她的嘴唇和脸颊。

他们三个人没有谁能说出话来，他们一言不发，直到她鄙视地看着他们，开始问话。

"先生们，我让你们失望了吗？"她略带讽刺地说，"如果你们不喜欢我，你们可以回去了，因为并不是我邀请你们来的。"

勒米使劲摇着头，极力掩饰着他的惊讶之情。难道这个外表朴素的女人真的是希维尔吗，那个智慧之神，真的是在神战中无数战士为之牺牲的智慧之神吗？也许她只是一个仆人而已。

"我们来这里是为了见到希维尔……"他喃喃自语，"我指的是那个万能的希维尔。"

那个女人撇了撇嘴："你们就是无知的人！你们这些人都是一样的。很惊讶吧，因为我不像那你们以我名字竖立在那儿的雕像？真的很可笑……你们相信自己编造的故事，而当真相截然不同时就感到惊讶。我就是希维尔。如果你们要寻找一个让自己显得渺小的神灵的话，那么我可以告诉你们，那是不存在的。相反，如果你们是在寻找你们问题的答案，那么除了我没有人能够帮助你们。

三个人面面相觑。巫师担心这是个陷阱，决定碰碰运气，他问道："如果你真的是希维尔，为什么你没有随从？为什么接近你是如此困难？为什么在佩格没有人知道你的真相呢？"

那个女人突然很伤心，叹息了一声好像想起了从前的美好时光。

"曾经，"她说，"我有比我花园里的花儿还要多的随从。曾经，人们想见到我就可以接近我。在佩格，没有一个人不知道我。"

她的声音突然变得很刺耳，她很生气。"就因为你们人类和兽人的自我崇拜，我所有的一切都被带走了。我被放逐到这儿成了一个孤独的可怜的神。"

"你被放逐？"勒米问道。放逐这个词他听起来有点熟悉。"但是谁能放逐一个神灵呢？"

那个女人将最后一瓣橘子放进嘴里，慢慢品尝。吞下之后，她用手背擦嘴，转向她的客人。

"这是你们傲慢的另一个表现。你们仍认为我是一个神。如果我真是神，我会和你们凡人交谈吗？我会让你们如此接近我，看着我的眼睛吗？说到古代的权王们，我知道的不比你们多，他们也不会来跟我交谈。我的同类和我被赋予了保护佩格和其他土地安全的责任，我们回答你们的问题，解决你们的麻烦。但是你们把我们当成神了，建造了花哨的有我们名字的雕像和神殿，因为能够面对面与神交谈可以满足你们的自负，你们愿意信仰这个。不幸的是，我们也喜欢，喜欢作为神的新角色。可你们不仅如此，还要相信你们信奉的神比其他的神要强大，你们要另一些神去侍奉它们，我们也很乐意接受这个。为此开始了长达几百年的战争，是你们在打斗，但却把它称为神之战，最后我们也成了这场战争的一部分。掌管大海的将顿神，对抗掌管天空的杜门斯神，倡导仇恨的龙佛神对抗代表爱的荷门神。慢慢地，这些神都成了这场无情的毫无意义的战争中对抗的双方。每一个神，包括我，被有野心的你们这些凡人控制，最终，这是一场战争，没有人能够与战争之神谢尔门对抗。他在佩格和其他土地上天翻地覆地打了几年后，被制止了，然而，战争并没有结束，谢尔门不再是威胁了，但是其他的力量，就是你们称之为神的力量仍然互相战斗。最后，古代的权王们决定夺取控制权。每个积极参与战争的和掌权的人都被放逐到这片无聊而又麻烦的土地上来。佩格的一切都遵循自然法则，以控制那些野心勃勃和贪婪的人类和其他生物。直到一个不能约束自己野心的凡人从这里窃取了谢尔门之书后……一切重新开始。”

盖里杨不敢相信自己的耳朵，问道："但是……但是为什么古代的权王们允许这事发生呢？一个凡人怎么骗过他们的呢？"

"先祖总是留着一扇门，"希维尔马上答道，"这就是为什么生活有意义。如果你很努力去尝试，你一切都会成功。这也许是一件好事或坏事……他们允许谢尔门返回佩格，但是他们也不阻止你们来这里阻止谢尔门。只有更努力的人才会赢。先祖用他们自己的意志去阻止这场神之战；后来，他们将一切都留给自然规律和人类的意志力。如果你遵循自然规律，按照自己的意志行动，你总会有机会的。"

"那我们该做什么呢？"盖里杨问道。现在，他不怀疑他面前的女人就是希维尔了。她的真诚足以使他相信。而且，这儿也没有别人让他们可以求助了。"我们怎么才能阻止谢尔门呢？他们过去是怎么控制他的？"

希维尔盯着巫师，然后，露出恶作剧的笑容。"你认为无往不胜的力量是什么，老家伙？"

盖里杨没有马上回答。他想起他充满了冒险的生涯，试图想出他所遇到的武士、巫师和野兽中，谁是最强大的。最后，他沮丧地意识到谢尔门的野兽最强大。注意到他安静了下来，希维尔理解地点点头。"你像个普通人在思考。我不会因此而责备你。谈及力量，你只想到力气。力量将你和你想要的东西联系起来，在那片土地上最大的力量就是纯洁。"

"纯洁？"盖里杨惊讶地喊着，"怎么可能……"

"我不打算跟你解释这个，"希维尔打断他说，"你会明白的。在众神之战中，谢尔门战胜了所有的敌人。可是，纯洁之神厄斯瑞特他们第一次交锋时被藏起来了。如果你想战胜谢尔门，他是唯一可以帮你的人，你必须找到他。"

"那我们到哪儿可以找到他？"

希维尔打断勒米的话，笑着说："谢尔门的信徒们将他藏在这片土地的寺庙里。我们需要解救他出来。厄斯瑞特也许会胜过谢尔门，但他没有能力解救自己。这听起来也许有些奇怪，可是，当你见到他时，你们就会明白我所说的意思了。"

"如果说我们决定去解救他，"巫师说，"我们如何找到你所说的那个寺庙？对这片土地我们并不熟悉。你知道那个地方吗，勒米？"

勒米摇摇头，他以前从没有听说这回事。

希维尔紧紧地盯着盖里杨，他们对视着，一言不发。不一会儿，他突然意识到他知道寺庙的位置。事实上，他闭上眼睛也能找到寺庙。这都是希维尔干的。他第一次因为她的力量感到惧怕。如果她知道过去和现在的一切，那她同样也知道盖里杨过去黑暗的一面。站在一个知道你所有罪行的人身边是可怕的，尤其是她有可能向勒米和古尔林揭露他的罪行，这使他不寒而栗。如果他们知道了他的真实情况，他们不会再跟随他。不过希维尔甜美的声音让他们紧绷的神经松弛了下来。

"你知道寺庙的位置，"她叹息着说，"知识是件美好的事，不是吗？但是知道一切并不是件好事。有时，我要为我的博学而痛苦。很多时候，真相是一个沉重的负担。凡人知道一切一定是因为先祖的护佑。"

盖里杨摇摇头好像是感谢她。他的脸浮现出尴尬的神色，然后，他转身对他朋友说："寺庙离这儿很远，我们没时间了，必须马上出发。"

希维尔向他们打了个手势阻止了他们。"放松一会儿。你们现在想去哪儿呢？这儿没有门让你们离开。只有我可以。但是，我不想送你们去寺庙附近。谢尔门有很多信徒，你们三个赢不了他们，即使你们有伊迪亚斯的剑……"

她沉默了一会儿，然后大声笑道：

"以先祖之名！如果我的至爱伊迪亚知道我帮助了你们……他遗失了剑该多伤心啊！无论如何，你们需要帮助，我会把你们送到迫切想帮助你们的朋友那儿……"

古尔林突然激动起来："你的意思是……"

"是的，"希维尔笑道，"是的，我会把你们送到他那儿。他离开你们后结交了很多朋友，你们可以一起完成任务。但是不要忘了，没有一次胜利不需要付出沉重代价的。如果容易办到就不叫胜利了。在你们离开前还有问题吗？"

三人面面相觑。盖里杨想要婉言谢绝时，古尔林颤抖的声音阻止了他："如果可能……鲁米……可以告诉我她死的时候恨我吗？"

希维尔同情地看着他，她的脸上充满了爱："你这个傻瓜……"她说："不用担心她，她在一个美妙的地方，她仍然爱着你，她的死不是你的错，年轻人，不要责怪自己。如果你再提起你懦弱，我会抛弃你。不要忘了，我知道你所有的想法和行为。你不是一个懦弱的人。那天你不与埃尔拉特战斗，并不是因为你害怕，而是你那颗善良的心阻止你造成流血牺牲。但是，有时候流血是必需的。有时候，你甚至不能屈从你的心上人。这就是你慢慢要学习的东西。相信我，我是智慧之神。"

她停了一会，斜着眼睛上下打量着古尔林。她的手指在空中转了会儿后，年轻人的双臂恢复了健康。

"好了，"她说，"你需要它们。"

然后她双手向两边打开，低声说出了一个词。这个词一说出口，三人就被一束光围绕住，光消失时，他们也不见了。

希维尔摇摇头，转向安静的蝴蝶："这些凡人如此奇怪……"她说，"他们经历了如此多的困难就是想跟我说上话，但是几个问题后他们就满足了。事实上，他们有很多事想要了解！他们甚至不知道他们真正的敌人是谁。也不知道在现实中，他们所信任的朋友是否值得他们拿生命去冒险……"

她叹息着，轻轻地抚摸着蝴蝶绚丽的翅膀。嘴角泛起一抹浅浅的笑意。

"但这又关我什么事呢？"她若无其事地说道："我只是回答了问我的问题。他们不能奢望从我身上得到更多。不管怎样，最终他们会知道所有的事。你最好再给我个橘子……"

第二十章　保卫特雷福尔

每个看到他拖着双脚在路上走过的人，都静立着尊敬地向他鞠躬致意。看到他，人们会不由自主地对他产生信任和钦佩之情。一些士兵蜂拥着进入当地的一个酒吧去喝最后一次酒的时候，也注意到了这个年长的骑士。他脸上布满着伤疤，那些伤疤比无价的珠宝更珍贵。他们一时感到惭愧，因为他们离开了本该守护的防卫墙。他们不敢直视老骑士的双眼，赶紧跑回到他们原本守护的地方。

他的名字叫德尔特门。他没有高贵的血统，也没有丰厚的土地。但是，他是特雷福尔最重要的人物。他是军队的首领，将带领他的军队保卫特雷福尔，抵御领主阿苏伯的邪恶力量。年轻的时候，他带领军队打过的胜仗都编进了歌谣里，他的名声不只是在特雷福尔流传。在缪尼亚、乌兹内、卢萨蒂亚甚至更远的国家，那些年长的老人都用他勇敢的冒险故事吓唬小孩子们。随着年龄的增长，他不再像以前那样频繁地出手用剑了。但他从未停止过参加战争。他虽然不再直接战斗，但还是统领着军队。自从他担

任特雷福尔军队的首领以来，在七次主要的战役中他还从未失
手过。

　　他情绪低落地走在民居、商店和寺庙之间，对于周围人们对
他的注意也毫无察觉。相反地，他对于人们对他崇拜的眼神感到
有些不安和焦虑。他所希望的就是最后一次看看他所热爱的城市
是否完好无缺。无论他们在今天的战争中胜利了或失败了，城市
的一切都无法保持原貌了。他从安插在赫尔特格那里的密探口中
听到了一些发生在佩格可怕的事情，连最有法力的巫师也束手无
策。缪尼亚、乌兹内及卢萨蒂亚所有的军队都会帮助特雷福尔。
但即使他们胜利了，他们也要为此付出巨大的代价。而失败意味
着毁灭。

　　当他经过市场时，突然听到一声愤怒的尖叫。一个小男孩从
推车之间冲出来，撞到他带有护甲的腿上，四脚朝天地摔在地上。
男孩子脸上流露出的惊恐的、激动的表情表明这不是在开玩笑。
那个在男孩身后追赶的庞大笨重的男人看上去很不友善，在他看
到德尔特门之前，他已经抓住了男孩的衣领。他僵在那里，一动
不动，不知道该怎么办。随后，他生气地对这个坐在指挥官两腿
之间的男孩说："你这个小流氓！不诚实的杂种！小小年纪就开始
当小偷了！"

　　德尔特门扬起眉毛，俯身对小孩仔细打量了一番。偷窃？这
是个相当严重的罪行。再小的年龄也不能容忍。考虑到小孩可能
逃跑，他抓住男孩的手臂，将他拉到他脚边。

　　"他偷了什么？"指挥官用严厉的声音问那个男人。"你叫什
么名字？为什么没能参军？"

　　这个庞大笨重的男人笔直地站在指挥官面前，凝视着他那石
雕般的面庞。"我叫耶尔沃，长官。"他脸上堆着厚颜无耻和欺骗
的笑容。这使德尔特门不由得产生了疑心。"我是杂货店的商人，

卖水果。我将水果运往仓库以防战争的时候被掠走时，这个小鬼从我车上偷了一篮子葡萄想逃走，我追他时他扔下了篮子，我还是继续追他。我希望能抓住他，这样他就不能去伤害别人了。谢天谢地，你抓住了他，长官。还有谁比荣耀的德尔特门更加认为公正高于一切呢？"

他的赞许并没有打破僵局。指挥官因为这人没有回答自己认为更重要的问题而变得生气起来。他吼道："你为什么不参军？难道你没有听到我的命令，所有健康的男人都要参军吗？"

耶尔沃的脸变得苍白起来。经过这么多年统领军队士兵的经验，德尔特门清楚地知道怎样从一个人的眼里读出他想知道的。通过观察一个人的表情，他可以分辨出他是否害怕或在说谎。这个男人的眼神使他愤怒。

"我身体不好，长官。"他吃力地说，"我有多年的风湿病，所以我站不直，你看看我的背有多弯！所以我不适合参军……"

任何人看到德尔特门脸上的表情都会想找个地方躲起来，耶尔沃开始像风中叶子一样颤抖起来。

"风湿？"他挖苦地问。他平静的声音与他的眼神形成强烈对比。"你的病可一点也不妨碍你追赶这个小孩。你觉得我会怎么想？我认为你是个自私的杂种。你不参军是因为你得与你的水果待在一起。你得防止这些水果被像这孩子一样的流氓偷走。保护你的财产比保护你的国家更重要。我说错了吗？嗯？"

耶尔沃呛住了，他好一会儿说不出话来。他试图让自己看上去很无辜，说道："长官……我真的……"

他一句话还没说完，德尔特门拔出剑抵在他的喉咙上。"你说我是一个撒谎的人吗？"他的声音依旧是如此镇定，简直让人发疯。耶尔沃意识到他的回答会决定他的生死。也许和阿苏伯那个恶魔打交道，他会更幸运些。他点了点头说不。

　　德尔特门笑了笑说："很高兴我们能达成一致。"随后，他叫来两个在路对面观望的士兵说："这个坏蛋现在是你们的。带他去城墙上，给他一把枪和盔甲。如果他在你们死前试图逃跑，撕裂他的肚皮。如果他先死了，那就为他祈祷。"

　　士兵架着大哭的耶尔沃的手臂，他挣扎着说："我还没有把我的仓库锁上，长官，让我至少关上它啊。否则，它们会被掠夺光的……"然而，当他看到德尔特门再次举起剑时，他闭上了嘴。

　　指挥官看着士兵带走耶尔沃，静待自己的怒气平息。随后他想起了那个还在他脚边的孩子，他依然抓着孩子的手臂，可能太用力了，他看到小孩脸上痛苦的表情，他开始自责起来并松开了手。

　　"那你呢？"他问，"你叫什么名字？你真的偷了那人的水果吗？"

　　那男孩抹了一下前额流出的汗水，眨巴着眼睛说："沃尔森，我是科切迈布的沃尔森。"他没有回答第二个问题，指挥官已经知道了。

　　"孩子，偷窃是不对的。"德尔特门用平静的语气责备着。"无论你从谁那儿偷东西，都不对的。我理解你没有家，嗯，当然，这只是我的推测，我错了吗？你偷是因为你饿了对吗？但是，你仍然不能那么做。如果你向士兵求援，你会得到不止一篮子水果。"

　　"我是和士兵在一起的。"他喃喃自语。他不确定自己是否该继续解释，但是看到指挥官好奇的眼神时，他继续讲他的故事："我给士兵们擦剑，帮忙拿食物。缪尼亚士兵们都在讲他们多想吃水果，他们抱怨在特雷福尔每一餐都是肉。当我无意中听到他们的谈话时，我想起了耶尔沃。过去我曾在他店里工作过几个月。我知道他卖的水果来自缪尼亚，我问他要一篮子葡萄给士兵们，但他把我赶走了，因此我……"

德尔特门皱了一下眉，他完全没在意这些事，他忙于构建防御工事、安装弩炮和分析作战计划。来自四个不同国家的士兵并肩作战时，他应该注意到这些细节的。想到一个小孩子给他上了一课，他笑了。他拍拍男孩卷曲的、油腻的头发，说道："来，我们一起去看看仓库。之后，我会付他水果钱的。"

他真的会为他们要拿走的水果付钱的。当然，前提是他们得赢得战争，而且水果店也没有被毁掉。但这两个前提似乎都不太可能成立。然而，他不想把这个想法告诉这个男孩。

乌尔瑞克愤怒地看着他走出船舱时撞到自己的士兵。这些像恶魔一样的生物越来越让他恼怒。除了阿苏伯他们似乎不在乎任何人。可是，乌尔瑞克是兽人军队的最高指挥官。虽然他是从那个再也不想为阿苏伯服务的尤维戈手中接管的这支部队，仍然应得到些许的尊重。

他看着船甲板上的士兵们，他们武器装备精良、体格强壮。虽然军队大多是由兽人组成，他不得不承认阿苏伯的恶魔们赋予了他们真正的力量。而且，他们在每个占领的地方都留下了一些兽人部队和军官。因此，军队的人数在减少。在佩格地区的那些胜利中，阿苏伯神秘的士兵功不可没。然而，虽然阿苏伯相信自己的军队个个都是勇士，但他不指望他们个个都是管理者。

乌尔瑞克的船行驶在船队的前面。这是为什么他们首先看到了特雷福尔，高墙后的弩炮和排列在高墙前的战舰表明了他们的到来在对手的意料之中。这次战役堪称所有战役之最，以高度组织的军队闻名的特雷福尔和邻国都不容小觑。但乌尔瑞克仍然认为他们不能与阿苏伯的军队对峙太久。

他想："如果君王信守诺言，我将请求成为特雷福尔的头领。"事实上，他更想成为卡迪的首领。然而，尤维戈这个兽人的可汗更适合那个职位。尽管尤维戈不情愿地为阿苏伯汇集了这只舰队，他甚至没有参加这场战争。但是，他仍然是除了杜耳斯和泽尔图地区一些独立的小部落之外所有兽人的首领。他想，在他们去过这些部落后，部落里剩下的东西应该不多了。他冷笑起来。

他用赞许的眼神看着自己营地的副官戈鲁，他正在最后一次检查装甲车和士兵们的佩剑。他是一个非常仔细、努力、坚定和值得信赖的人。而且，自战争开始以来，他已经多次证明他的思维敏捷。虽然他年轻，但他充满希望。或许在乌尔瑞克统治了特雷福尔后他将会是个很好的助手。

乌尔瑞克突然问："我们现在是在哪里？"他年轻的助手被他长官的声音吓了一跳，快速地转过身来。

"报告长官！船上所有的士兵已经准备就绪！"他大声说道。他的脸上呈现出因完成了自己的职责而感到自豪的表情。乌尔瑞克不禁笑了起来。这些年轻人真是太不切实际了……

他问："戈鲁，你也准备好了，是吗？"

年轻的士兵眯起眼睛回答道："长官，我时刻准备为你牺牲！"

乌尔瑞克凑到助手的耳旁轻声说："但这不是我想让你做的，孩子。如果你想取悦于我，那么你应该想方设法地在战争中生存下来。或者说，我命令你不要太逞强。我有另外任务给你。"

戈鲁困惑地看着长官离去。他并没有完全理解他的意思，但是他会听从命令。他会做完任何需要做的事，最后一个离开船。

看到领主站在船尾的士兵和怪兽当中，乌尔瑞克显得格外兴奋。他的心每次见到他都会跳动得很厉害。在这次战争前乌尔瑞克没有见过他，他不知道他经历了很多以后发生了多大的改变。他的皮肤看起来随时会裂开变成碎屑，这使乌尔瑞克不禁纳闷他到底经历了什么。听完乌尔瑞克对领主的描述，尤维戈曾说："看来那绛红的光线在他身上留下的伤害不止这些。"但他没有解释其中的含义。

他推开挡在他前面的人，努力地走到领主身边。他站在他身后，试着鼓起勇气与他交谈。然而，阿苏伯开始说话了，好像他后脑勺有眼睛。"你好，我亲爱的指挥官！"乌尔瑞克再次感到恐惧。他发誓在乌尔瑞克走到他身边前，领主一次都没有转身往后看。

"向你致敬，我无限荣耀的领主！"乌尔瑞克充满敬意地说。然后他鼓起勇气往前一步。他现在离他很近很近了。但是，没有任何力量可以驱使他抬头看一下那张腐烂的脸。

"漂亮，不是吗？"阿苏伯说，"灿烂……"

乌尔瑞克认为领主是在说特雷福尔，也不禁赞许地点点头，脑子里竭力搜索合适的词来回答这一问题："是的，很快这一切都是属于你的。"

阿苏伯转过头一脸的惊讶，他转动的眼睛让乌尔瑞克有些生气。"不，这一切已经属于我了……"阿苏伯轻声说。然后，当他意识到他指挥官的意思时，他补充说："我指的是我的孩子，葬身大海深处的英雄。"

乌尔瑞克垂下眼帘。看到这个不可思议的生物在船前走动，他再次不寒而栗，恐惧紧紧攫取了他的心，他环顾特雷福尔四周。

"是的，长官……"他艰难地说："这……这真的很漂亮……"

阿苏伯高兴得就像孩子为他的新玩具感到自豪一样。对乌尔瑞克来说，这个人不是他的敌人，他感到很庆幸。

战场上一阵躁动。看见德尔特门到来的士兵都停下手中的工作，盯着德尔特门看。长官拿着篮子给士兵分水果可不常见。但是，德尔特门显得很高兴。

"大家都过来！"他喊道，"不要害羞！都过来拿一点。但是每个人都只能拿一串。每个人都有。那个小孩子那里还有几篮。缪尼亚来的士兵在哪里？这些葡萄就是你们家乡的。难道你们不想满足自己的愿望吗？"

士兵们惊讶过后兴奋地走到篮子边。没过几分钟，所有的水果都被拿走了，长官有些后悔没有多带一些来。当他环顾四周，看到很多士兵在吃葡萄，他宽心了。一个魁梧的弓箭手朝他笑笑，将一颗大大的葡萄扔进嘴里，他钦佩地说："我从小就听你的故事。我一直想知道你是否真是这样伟大的人。现在我知道那些故事是真的，你比故事讲的还要好。我参加过阿尔迪福的很多战役，但是没有吃水果，甚至没有看到过指挥官的脸。"

德尔特门感到很吃惊。他惊讶地看着这位年轻的士兵问："在阿尔迪福？我们什么时候在阿尔迪福打仗了？"

几个士兵哈哈大笑。其中一个尊敬地说："长官，我们从没有在阿尔迪福打仗。我朋友的意思是我们来自阿尔迪福。"

德尔特门更加困惑了。他放下篮子，环顾战场。他发现四周有很多不同肤色和发色的人，他明白了。当他看到不同于常人的弗利人独有的肤色时，他完全明白了。

"所有佩格的战士都在这儿了吗？"

来自阿尔迪福的射手悲痛地叹息说："是的，长官。所有活着的士兵都在这儿了。"突然，他的脸色变得开朗起来。德尔特门的出现使他充满热情。"但是，这次我们要给他们一个教训，不是吗？"他满怀希望地问。"我们要让他们为对美丽的麦菲伦雕像所做出的事付出代价，对吗？"

德尔特门不想让士兵气馁，他们最强大的力量就是希望。虽然疑虑和犹豫攫取着他的心，他仍然高兴地喊道："当然！我们要让这些魔鬼滚回他们老家去！我们要打败他们，打得落花流水！"

士兵们挥着长矛和剑，呼喊胜利的声音回荡在防御工事里。德尔特门满意地走开了。他让士兵尽情享受最后的时光。确信男孩与士兵在一起没有跟着他后，他又皱起眉头担心起来。他爬上最近的壁垒，走向三脚架上的双筒望远镜，一个女兵一直在观察。

透过望远镜，他看到敌军已经临近。有些船边附着木板，或许是给带翅的野兽准备的。他确信每只船都装满了兽人士兵和阿苏伯的怪兽。他真的不担心兽人。让他更担心的是隐藏在盔甲之下、刀枪不入的无敌武士。

他认为，他们唯一的机会就是在他们靠岸前尽可能地把船打沉下去。那些排列在防御墙周围的战舰和巨大的佩格式弩炮看起来很有威力。同时，他们还准备了用弩炮发射的巨型弓箭以对付那飞行的怪兽。不过，他还是畏惧阿苏伯的力量，因为他已经听说过太多关于他在多次战争中表现出的特殊能量，所有这些令他没有自信。

他大声说道："如果他们越过了防御墙，我们就必须尽快撤退。我们必须尝试从外城墙的后侧进行防御。若是他们也到了那里，那我们就一路撤退到厄尔特湖。在那儿，我们将在那座被视为特雷福尔的荣耀标志物的桥前决一死战。"

他自言自语时，女兵沉默着，然后她问："长官，你需要什么吗？"

"不需要。"他冷静地说。接着他想："亲爱的，我所需要的就是胜利。但是你却不能给我。为此，我们需要神灵的帮助。"

特雷福尔海军指挥官看到防御墙上燃烧的三个火炬，就站起来朝军号走了几步，他想是该进行攻击的时候了。他知道这场战争不会产生任何英雄，他们敌不过这些击败了赫尔特格海军的对手。不过，他还是会奋战到最后一口气。

当刺耳的军号声响起，战士们各就各位，最后一次为要夺取胜利而呐喊。弩炮早就已经准备好了，被石头重量压得像是要破裂了。事实上，弩炮可以承载更重的重量，它们已经为这场战役加强了。数百块岩石同时从防御墙和战舰上飞向空中，在高空中骤然上升，相互碰撞，如雨点般落进海里，激起水花，随即消失了，没有一艘船受到损害。

阿苏伯不明白这次提前攻击的缘由。乌尔瑞克觉得有必要解释："长官，那是攻击的信号！特雷福尔的战士们都非常忠实于战争的传统惯例。他们不会在给对手警告前开始战争的。他们相信应该给对手最后一个放弃的机会。"

阿苏伯的脸阴沉下来。他眯着眼睛说："但是我们不会放弃，是吗？"他张开双臂用兽人和土著人都听不明白陌生的语言说了两句奇怪的话。一个古怪的生物明白了他的意思。

莱特尔早已因那些落在它背上的岩石而恼怒了。几秒钟之间，它在主人的命令下冲了出去，数秒之间就飞到了特雷福尔海军的上方。船上的战士正忙着在弩炮上放上新的石头。当莱特尔巨大的脖子露出水面时，战士们带着惊骇的表情呆住了。

怪物露出水面的那部分看起来像座高塔，它的顶上有长满锋利尖牙的鱼头。水面下的身体像是并列游着的三条鲸鱼，在脖子和身体之间有个爪子，那爪子不停地在船上方以骇人的样子挥动着。

海军士兵们一时呆立着，不知道做什么好。船长们首先恢复了镇静，下达紧急命令立刻把所有的弩炮瞄准那个怪物。战士们奔跑着执行指挥官下达的命令，却没有注意到莱特尔的脖子上已打开了成千上万的小洞。但他们再也没有机会看到了……

莱特尔从那些洞里喷出海水，海水形成了厚厚的水雾，笼罩了所有的船只和其他的一切东西。那些负责发射器的士兵开始漫无目的地发射石头，只有极少数的石头打中怪物，却对它那粗厚的皮肤未造成一丝的伤害，反而损害一些同盟的船只。

德尔特门从防御墙那儿看到了一切，真的很恐怖。因为水雾他什么也看不到，所以他命令不再用弩炮。他生平第一次真正感到了无助。听到怪物的爪子一张一合的声音，船只被撕裂的声音，士兵们的救命声，他又无能为力，他感到绝望。他捏紧拳头，指甲都掐进手掌里了。

不到十五分钟，雾开始散去，将灾难的后果显露无遗。

莱特尔留下了一堆破碎的木头、撕破的船帆和尸体后消失在视野里。这位有经验的指挥官从来没有见过如此多的人在如此短的时间里死去，他几乎快崩溃了。士兵们全身颤抖地站在壁垒里凝视着大海，情况很糟糕。他徐徐抬起头看到敌人的船队几乎已经到达城墙了。船上扔出的石头几乎快把壁垒打出洞来。他努力使自己平静，向发射石头的士兵叫喊，让他们准备发射石头。

然而，莱特尔并不是今天唯一让他恐惧的事。

阿苏伯站在船尾看着他的最爱造成的灾难。当他意识到雾开始消失时，他命令他的士兵用弩炮摧毁堡垒。当他的命令在船只间传递时，他向两边张开双臂，准备与任何可能伤害他的鸟儿的东西作战。他花了一分钟的时间聚集力量。当他睁开眼睛时，他的眼睛几乎要喷出火来。乌尔瑞克吓坏了，小心地移动着脚步，从阿苏伯身边离去。他曾经看见过领主此时的状态，他预感到有事将要发生。阿苏伯念了一个单词，这个词没有凡人会重复……

燃烧着的弩箭开始射在宏伟的特雷福尔城墙上，在船上飞石的帮助下，他们将城堡摧垮，厚厚地覆盖在弩炮和箭车上。烧毁了数百名全副武装的武士和士兵。当火阵和雨点般的石头停止发射后，德尔特门从帐篷里探出头观察战况，发现他的士兵已经所剩无几。他们却还没有杀死一个敌兵。

他的眼睛直直地看着靠近的船队，他注意到事情有变。阿苏伯的鸟儿已经开始飞向陆地去啄食残留物。德尔特门已经没有剩余的武器来阻止他们。他向四处逃窜的士兵们咆哮着，霸气的声音却没能使疯狂的士兵振作起精神来。

"撤退！我们撤退！去城外的堡垒！"

在归队前，他最后看了一眼敌人的船队。他可以猜出站在第一艘船头的人的身份，他发誓他不想看到那个人统治特雷福尔。显然，他赢不了这场战争，但他也不愿意成为这个魔头的奴隶。他已经活得够久了。现在，他唯一的希望就是继续抵抗直到他们到达厄尔特桥。他可以为保卫祖国光荣地战死在那里。

他骑上马，带领他的剩余部队，策马奔驰。

第二十一章 谢尔门的寺庙

勒米在岩石后面好奇地瞥了一眼古瓦德。这只野兽锋利的爪子令他不寒而栗。他依然不习惯身边有人个头比他还大。而且，古瓦德对他并不友好，就像他们之间有着莫名的敌意。但是不管怎么说，他是古尔林珍惜的朋友。因此，勒米会尽量与他友好相处。

他们的相遇相当令人感动。列奥弗德和那些村民们看到这三个人都惊呆了。开始他们以为是长途跋涉了几天产生了幻觉。当古尔林意识到那个就是他挚友时，立刻眼含泪水向他跑去。古尔林原本对他的生还已经不抱任何希望的。列奥弗德和他热烈地拥抱，就像哥哥找到了失踪很久的弟弟那样高兴，却没有留意在他身后的那个相貌奇特的人。盖里杨在远处看了两个人一会，然后加入了他们。当三个好朋友热情拥抱寒暄后，他们各自介绍自己的新朋友，然后讲述各自经历过的奇事。列奥弗德尽可能略过那些发生在瑟琳娜山的事情。他决定遵守他对瑟琳娜的诺言直到他死亡。

几乎有一百人离开了他们的家，离开了瑟琳娜赐予的雨水充足而富饶的土地，跟随了列奥弗德。他们的武器只有耙子和斧头，但在这个荒凉的地方，这样一队人马还是有用的。列奥弗德和古尔林两人与戈尔巴剑组合在一起，就像一个军队一样有战斗力。勒米也准备好了与敌作战，他用树枝削成了一些新的箭。盖里杨，这个经验丰富的勇士，他们毫不怀疑他可以带领他们。简言之，他们准备去谢尔门神庙见见那些邪恶的祭司们。

他们没有浪费时间，立刻就出发了。沿着希维尔鼓励巫师走的小路，他们惊叹"彼岸之地"奇异的景色。古尔林永远不会忘记那个十米高的水柱做成的笼子和关在里面的可爱生物忧郁的眼神。显然地，那东西对水的恐惧胜过了它想出去的愿望。他真想帮助那个生物。然而，盖里杨说服了古尔林，这个东西被关押也许是有理由的。

走了三天后，他们终于发现了巨石环绕的深沟里的一座寺庙。它由三座式样简单的建筑物构成。奇怪的是，只有中间的建筑物好像有个门。这与希维尔雄伟的城堡是完全不同的景象。勒米描述得最好："它就像军营。"神之战当然就是意料之中了。

列奥弗德走近盖里杨，虽然建筑物前面没有人，他还是试图把自己隐藏在岩石后面。他说："我希望你路上已经有计划了，老朋友。"

巫师若有所思地点点头，答道："事实上，我不止有一个计划。不过在做决定之前，我们必须查明里面是什么。"

古尔林问："我们该怎么做？"他猛然一句话让他俩吓了一跳，原来他已经离他们很近了。

盖里杨指着列奥弗德背上的小家伙说："也许它可以帮助我们。他那么小不容易被发现。古瓦德说它跑得跟马一样快。它可以去那里查看地形。你可以为我们做这些的，对吧，小家伙？"

受到关注里德库很高兴，它用尽全力喊着："里德库！走！"

盖里杨想让它小心点，但是还没开口它已经跳下列奥弗德的肩膀，开始向神庙跑去。巫师看着列奥弗德问："它真的能做到吗？"

列奥弗德点点头，但是他看上去很担心，他说："它是我见过的意志最坚强的，只要有路，它就可以找到。但是它比小孩更天真。我希望它不要有什么麻烦。"

盖里杨说："我也希望如此……它小小的肩膀挑起了巨大的重担。

对小精灵来说，这是令人兴奋的任务。与主人分别后，自己独自一个在陌生的土地上，不是有很多机会去完成有意义的任务。但是，它的种族生来就是为了帮助别人的，甚至为了主人们牺牲自己的生命也在所不惜。因为这是它们生存的唯一理由。就因为它想履行的那个任务，它被抛弃到这个地方。它记得为了寻找新的魔法和主人进去过的那个寺庙。那是它所见过的最神圣的地方。一碰石头，一道光吞没了里德库。当它再次睁开眼，它已在一个奇异而陌生的地方，离它的主人很远了。它想知道老魔法师主人现在在做什么。他能找到另一个忠实的精灵服侍他吗？里德库停下来，把脑海中的种种回忆驱逐出去，此时此地，回忆这些会影响新任务的。

里德库到达建筑物时停了片刻，深吸了几口气。"到处看看"的字眼一直在它脑海中盘旋，用它的母语需要九个字才能表达同样的意思。事实上，佩格的人学习它的语言要比它学习他们的语言更难。当它注意到墙上的苔藓时，它高兴极了。虽然很难，但它圆胖的身体开始爬墙。它气喘吁吁地爬到了一个小小的通风口，那通风口小到只能容一个中等身材的人伸进头去。数小时的持续奔跑都没有这么累。

它把小小的脑袋伸进洞口，窥视着里面。这是一个肮脏的、杂乱无章的房间。房间里有一些倒在地上的桌子和椅子，上面布满了蜘蛛网。房间内没有任何守卫，这让里德库稍稍感到失望。它爬下去然后走到下一幢楼。当它来一个窗户下面，它转身向它的朋友们挥手。即使它看不到他们，但是它知道他们就在不远处，为他们做一些有用的事使它感到极其愉悦。

完成了另一个极具挑战性的攀爬之后，它可以住里面看了，这次它觉得很高兴，因为呈现在它前面的景象看起来很重要。房间仍旧是肮脏混乱的，但是它不是空无一物的，许多穿着长袍的人躺在地板上似乎是前一晚喝多了一点点。他们可能是谢尔门的祭司们。里德库没法知道关于这些人的真相，但是至少它可以把它所看到的说给它的朋友们，它感到很开心。它转身开始向朋友们挥手，试着用声音告诉它们"这里！睡觉！"它不知道它的朋友们躲在岩石后面是无法看到这里的情形的。

由于没有回应，这个小东西决定挥动它的两只手，可它一松手，它就失去平衡掉进了房间。但是，它抓住了窗框。

这是他第一次碰到了房间里的东西，这个小生物永远不会知道因为这个无意的碰触，大地摇晃得就像世界末日来了。因为这个无意碰触，祭司们从他们的噩梦中醒来了。

祭司们发疯般地大怒，他们拿着剑跑出去要给那些胆敢触摸上帝圣地的冒失的人一个教训。当他们睁开眼意识到自己躺在地上，他们认为自己掉进了陷阱，他们所记得的最后一件事就是窗外飘进的绿色的烟。在那之后，他们一个接一个地倒下了。他们徒劳地用几乎喷火的眼睛搜寻着强大的骑士、巨大的野兽或者魔法师。最终，其中一个指着那个只有手掌大的小家伙，它正在岩石中用一种不可思议的速度攀爬呢，他们都感到沮丧。

他们开始追赶这个小东西。当里德库来到岩石旁时，它和祭司们之间的距离变大了。勒米等着里德库，看到里德库到达了一个安全的地方，他站起来开始射箭。

当一些祭司开始倒地时，他们开始意识到遇到的困难远比追赶的小生物大得多。他们改变方向向勒米狂奔而去。毕竟，他只有一个人，不管他射得有多快，在他们到达他那里前，他都不可能杀死所有的人。

村民们保持安静，静静地待在隐匿处。当祭司们够近了，他们就从岩石后冲了出来，挥舞着耙子和斧子，把祭司们砍倒在地。一开始，祭司们试着疯狂反抗，但是，当他们意识到与这么一大群人对抗是毫无希望时，他们开始向庙宇跑去。在那里，他们可以更好地保护自己，敌人必须从一个房门到另一个房门，那要好抵抗得多。

假如他们没有碰到两个强有力的阻挡的话，或许他们可以达到这个目的……

祭司们离开建筑物时，两个朋友到了入口。他们站在那里，击倒所有走近他们的人。列奥弗德的爪子和古尔林的神剑显露了威力，嗜血的祭司们也被吓坏了。他们以前是经验丰富的勇士。但是现在，他们对那些只需一击就把他们的剑打成碎片的敌手完全无能为力。一个健壮的祭司，从他的腰带里抽出短剑，以极快的速度扔向那个年轻人，在与戈尔巴神剑撞击之后短剑又飞了回来，刺进了它主人的前额。伤亡和流血结束之后，数十条尸体躺在庙宇和巨石之间。就是久经战场的谢尔门也不能如此快速地赢得胜利。

所有人聚齐之后，列奥弗德审视着朋友们的脸。确定他们没有一个人受伤后，他向奥普萨望去，问："你们的损失大吗？"

村长数了一下他的手下，说："17个人牺牲了。但是他们每一个人都死得很光荣。我们已经准备好以死来偿还我们欠下的债。

这点代价相对于把我们村从咒语中解脱出来是微不足道的。再说，我们与谢尔门的祭司也有过节……"

列奥弗德敬重地向村长点点头："你们的确已经还了债，没有你们的帮助我们不可能赢。现在葬了你的朋友们，然后回家去吧。剩下的我们自己能够处理。非常感谢你们，佩格也感谢你们……"

奥普萨命令他的手下们埋葬好牺牲的战士，然后他非常真诚地看着列奥弗德："我们已经还清了账，从现在开始，我们可以自由地做我们想做的事。我的战士会回到他们的家人那里去，但是我会一直和你们在一起，直到我把你们平安无恙地送回你们的家园。否则我不会安宁的。"

"也许你可以和我们一起到佩格，"古尔林说。可是，当奥普萨令人恐怖的脸转向他的时候，他意识到这是一个不适当的建议。

"谢谢你，年轻人，"奥普萨说，他的声音很平静，完全任由命运操控，"对于我们来说，将来就在这里。我不能说我不想念佩格，但是我认为它并不是一个可以接受像我们这样的人的地方。"

列奥弗德凝望着地面，对他来说也是如此。但是，他要回到佩格，他已经准备好克服任何困难险阻去看看他所爱的人们是否安全。不管怎样，他们首先有任务要去完成。

他走向开着的门，好像没有人在里面，也听不见一丁点儿声音。唯一熟悉的就是一股浓烈的腐烂气味。他正准备踏进去，突然听到盖里杨的声音。

"等等我！我们一起进去更安全些。"

列奥弗德停住脚步……盖里杨、勒米、古尔林、奥普萨和里德库都走近他。他向巫师投去好奇的一瞥。"这个地方好像是空的，"他说，"我想我们杀死了所有的祭司，即使有几个藏在角落里，我也能够对付。我的爪子会变得更锋利。"

"我担心的不是这些祭司，"盖里杨说，"我担心是因为这一切太容易、太简单了。记得我们进入希维尔寺庙的时候是多么艰难吗。这难道不奇怪吗，谢尔门的安全措施就是由这些赤脚的祭司组成的？我们还是小心点，留心每个人的背后。克服了那么多的困难险阻之后我们不能再冒险了。"

"那我们准备找什么呢？"奥普萨问。

勒米深沉地回答："一个被俘的神。千万别看起来惊讶成那样！我遇见到那些家伙之后，我已经学会了不对任何事物感到惊奇。"

在列奥弗德的带领下，他们相继进入了这幢房子。灰尘使他们感到呼吸困难。他们找遍了这幢房子的每一个角落和每一个小孔与缝隙。当他们最后在门前碰面的时候，所有人看起来都惶恐不安。

"这里除了蜘蛛什么都没有，"勒米抱怨着说，"除非这个纯洁之神太小了，看不到。我可以告诉你们他不在这。该死的，这里看起来非常凌乱。我打赌有其他人在我们之前搜过了这个地方……"

"勒米的话我赞同，"盖里杨若有所思地说，"更有可能的是，那个人找到了他而完全没有惊动到祭司。"

"但这是不可能的！"古尔林大声抗议道，"希维尔告诉过我们厄斯瑞特在这里。那个智慧之神是不会出错的。"

盖里杨叹了口气，他所害怕的事情正在发生。他说："我可以肯定希维尔是对的。我们和希维尔谈话的时候，厄斯瑞特肯定在这里，但是现在他可能已经不在这里了。希维尔不能预见未来，他只知道现在和过去。在我们到达之前，有人可能已经把厄斯瑞特带走了。"

"该死的！"

列奥弗德吼道，他不能接受一路到这后遇到失败。想到佩格将落入杀害缪塔耶奇的凶手手中，他感到很痛心。勃然大怒中，他踢向面前的桌子，桌子向一面墙飞去，顷刻之间，桌子变成碎片。

突然间，桌子移开后露出的盖子让所有的人都惊讶得叫了起来。

"我想你应该会找到些什么了吧，"奥普萨说道。盖里杨此时显然放松了一些，说："有时愤怒也会有用。"

这盖子是从里面锁着的。列奥弗德和勒米一起把它从地面向上拉，盖子还是抵不住这两个人的神力。盖里杨好奇地扫视着盖子下面的洞口。但他什么都看不到，洞太黑了。他让奥普萨和古尔林帮他找个火把。经过一会儿搜索，他们在房里找到了一个。点燃火把后，他们看见洞里有一个用绳索捆扎的梯子。为了看得更清楚，盖里杨把火把放到洞口上，突然火把的火好像被人浇了一桶水似的灭了。

"搞什么鬼啊！"勒米大叫。

盖里杨又担心起来，说："火不能在里面的空气里燃烧，我猜这是预先谋划好的。"

"所以呢，"列奥弗德打断他，"我们不必讨论让谁下去了，谁能在黑暗中看得清楚就让谁下去。"

"你不能一个人下去，"古尔林反对，他坚定地说："我在黑暗中看不见，但是戈尔巴剑不需要任何的光来保护我。"

盖里杨点点头。很显然，古瓦德不喜欢这种帮助方式。盖里杨拍拍他的肩，说："古尔林是对的，我们不知道这下面是什么。一个人下去可能有危险，"接着他轻声对列奥弗德说，"你应该给他个机会，他应该去。"

列奥弗德坐在洞旁，两脚悬在黑暗中。接着他握牢梯子，开始往这神秘的洞爬下去。直到古尔林的头也在洞里消失，勒米不禁抗议说："该死，我也应该下去的，并带上剑。"

盖里杨抓住勒米的手，艰难地阻止他。

"让他去吧，"他说，"他想去，列奥弗德会照顾他的。古尔林不单是为我们或佩格，他也是为他自己。"

列奥弗德从梯子上慢慢向下降，他警告古尔林小心那些碎片。这年轻人在列奥弗德的指导下在黑暗中前行。向下去的越深，他越要与萦绕心头的恐惧抗争。事实上，列奥弗德在这无尽的梯子下根本看不到什么，他也很害怕。怪异的空气让他们呼吸困难，同时，他们又为还没有遇到阻碍而如释重负。

向下降了好长一段，列奥弗德高兴地发现他们终于到了梯子的尽头。他不清楚下面什么会等着他们。他的脚碰到最后一级梯子时，他提醒古尔林。接着他松开双手下到地面。几秒过后，古尔林也下来了。

"真高兴终于结束了，"这年轻人嘟囔着，"我的胳膊开始疼了，我还以为我坚持不到最后呢。"

"但是你成功了，我亲爱的朋友，"列奥弗德拍着他朋友的背说。

"你看到了什么？"古尔林问："这是什么地方？你能看见厄斯瑞特吗？"

列奥弗德转身仔细观察四周，他不喜欢这个奇怪的洞，感觉像厄斯瑞特的巢穴。他说："那儿有门，我们在一个圆的洞穴里，墙上有很多门，但没有窗或气孔。只有打开门，我们才会知道里面有什么。"

"是那个吗！"古尔林说，他显得比之前更担心了。

"那些门上有些奇怪的图像，可能它们意味着什么，我不知道……"

列奥弗德走到最近的那扇门。他听到自己的心怦怦跳，他希望那是因为空气令他窒息，他似乎对这些图像有点熟悉，但是他不知道为什么。最后，他鼓足勇气，拉开了门上的铁把手。

真不该开这扇门……他差点没躲过一个冲出来的大怪兽的角。这个怪兽用角夹住他，拖着他，直到他的背脊对着墙。他的爪子对这金色皮肤的怪兽没有造成任何伤害。他不能呼吸了。但很幸运，这个怪兽没有用角把他拱到墙上，但是随着时间的推进，这只怪兽压在列奥弗德身上的重量越来越重了，马上他的肋骨要被挤断了。

他疼得尖叫着求救。古尔林听到尖叫声，很害怕。但是他还是让自己振作起来，走向那可怕的地方。他拔出刀，在空中胡乱挥舞着，然而，他发现方向不对，因为他听到的声音是来自怪兽和列奥弗德在洞穴墙上的回声。

"朝你的右边走！"列奥弗德大喊着。他疼得快要晕过去了。就在他要昏倒的时候，他看见古尔林就在那怪兽的后面。"快用你的剑！它就在你的前面！"

尽管古尔林看不到任何东西，但他仍按着列奥弗德的指示去做。他因怕会伤害到他的朋友而颤抖着。

当剑刺到那金色的怪兽时，怪兽变成了灰尘，就像没有存在过一样。

列奥弗德松了一口气，跪在了地上。

当碰到他朋友的腿时，古尔林才意识到列奥弗德就在地上。他蜷缩在他朋友的旁边，想确认朋友是不是还活着。感觉到他的呼吸时，古尔林松了一口气。"你有没有受伤？"古尔林问，"看在上帝的份上，告诉我到底发生了什么事情？"

列奥弗德深呼吸了一下，镇定下来理了下思路，然后说："我一个人下来这里真不是个好主意。我没有流血，但我想我的骨头变小了！"他强迫自己冷静，笑了一下。

"我们不能再这样继续下去了！"古尔林低声地说，"我根本不知道到底是什么东西袭击了你。但是我敢打赌，在那些关着的门后面，有着更多的危险。我们必须找到另外的路。"

列奥弗德也认为他的朋友是正确的。他确定除了右边的这扇门，其他的都隐藏着致命的陷阱。如果他下次不能像这次一样从袭击中存活下来的话，古尔林根本没可能活着从这里离开。列奥弗德不敢想象留下他的朋友，在黑暗里孤独、无助的样子。他转头看着其中一扇门上的浮雕。要是他能理解这些浮雕的意思就好了……

突然，他颤栗起来。他记起了什么。那是多么的令人难以置信，但是它给他带来了希望。他跳了起来，开始观察每一扇门上的浮雕。他站在一个很特殊的门前，一动不动。就是这个门，对的。他无法解释，但他很确定，他曾经看见过这浮雕。

渐渐地，他想起来了，这些奇怪的图案是里德库只要有机会就会在地上画的画。

"列奥弗德，你在哪里？"古尔林大喊。

列奥弗德叫着他朋友的名字，古尔林疑惑地走了过来。"我想我找到了我们要找的东西。"列奥弗德说，"我想我们找到了！"

古尔林根据他朋友的声音，又向前走了几步。为防备万一，他把戈尔剑握在胸前。

"是怎么回事？你又怎么知道那不是另一个陷阱？"

"我知道。"列奥弗德说，"请相信我。"

一个像里德库这样天真无邪的生物画的图案不可能代表着邪恶的东西。列奥弗德曾一直把里德库看做宠物小猫。但是现在，他意识到那些小生物有着不为人知的秘密。他确信从现在开始，他会换个角度去看待里德库。离开了这里，他很乐意跟那个小东西好好聊聊。

他深吸了一口气，抓住了铁把手。带着可能见到神灵的激动之情打开了门。

然而，眼前所见使他一时呆若木鸡。

古尔林也看到了那个生物，他的身体好像被柔和的光亮笼罩着。然而，最使他们吃惊的不是神灵在黑暗中散发出着光辉。

"那是……厄斯瑞特？"古尔林喃喃自语，"纯洁之神？……该死的！"

列奥弗德发自内心的笑声让古尔林沉默了下来。列奥弗德说："你期待的是什么呢？一个漂亮的少女么？我想，我们在这里遇到的一切都完美极了！"

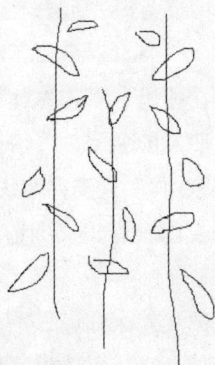

第二十二章　神灵之战

"我看到了一道光。"听到奥普萨叫喊声，每个人都兴奋地跑过去。盖里杨凑近洞口朝下看，注意到光亮正渐渐增强，他屏住了呼吸。

"这怎么可能，火已经熄灭了，这光是从哪里来的？

"可能不是我们的火源？"勒米担心地说。

"我现在不愿意朝那方面想。但我们仍要小心。

他们往后退了几步在洞口处围成一个圈。

盖里杨抓住了匕首，奥普萨准备好了耙子，勒米把箭放到弓上瞄准，里德库也紧抱双拳站在勒米腿中间，做好应对可能出现危险的准备。

开始，那道光出现了，投射到空气中就像一道水柱一样。当他们从光柱中辨认出列奥弗德这张熟悉的脸时，他们都深吸了一口气。

列奥弗德出来了，没等任何人说什么就弯下腰帮古尔林爬出最后一步。看到第三个出来的人时，其他三个人齐声欢呼着。里德库开心地呼喊着："好，好，好棒。"

盖里杨看了一下列奥弗德的脸，他脸上有着灿烂的笑容，"这是厄斯瑞特？"

"是的，"列奥弗德说，"毫无疑问。"

"他几岁了？"勒米终于问道。

列奥弗德用手轻轻拍了拍小男孩的头说："4 岁还是 5 岁，我们没问他，因为他到目前为止还没说过一句话。"

"他可能不知道怎么说，"列奥弗德停顿了一下，接着有些苦恼地说，"至少不是佩格语，我猜……"

古尔林点头："是啊，也有可能。"

盖里杨还是没被说服："你确定没错？即便他是神，一个小孩怎么战胜谢尔门？"

奥普萨一直保持沉默，叹息了一声说："一桶水看起来没有多大危害，但它可以轻易地把火熄灭。"

"这个男孩就是厄斯瑞特，盖里杨。"列奥弗德自信地说，"我们不会错的。如果你还记得，希维尔说过，当我们看到厄斯瑞特时会惊讶。我曾奇怪既然他拥有所有的力量，祭司怎么会扣留住他的。现在我明白了。因为他只是一个他们做错他都不知道的小男孩。"他停顿了一下，"另外，我们有一个很棒的向导在那儿。"

里德库不明白列奥弗德为什么在他说了这些话后向他投了一个意味深长的眼神。

"我们当然还有这个。"古尔林呼喊道。他拿出挂在他身后的一本厚书，"事实上，这小孩用这个当枕头，我想它可能会有用就带上了。"

刚开始，盖里杨冷漠地瞥了一下书，他的脑子里仍然纠结着一个问题：这个小男孩怎么能打败谢尔门？他眼神茫然地看着书的封面。突然，他抓过古尔林的手。

"天啊，你没有打开过书，是吗？"

古尔林和列奥弗德眼神惊讶地互相对视一下。

"没有，"古尔林说，"我一找到它就放进了包里，但为什么？"

盖里杨恐怖地看着书好像它是一个噩梦，一个过去常常萦绕着他的噩梦。他喃喃地咕噜些什么，别人也没听见。他抬起头逐个看着他们，说："朋友们，我尊敬地也是憎恨地向你们介绍谢尔门的书！就是它！我是说这是他该死的书中的一本！"

有那么一会儿，大家一句话也说不出。屏住气张大眼睛看着那本盖里杨胸前的书。怎么会这样？魔鬼的书成了纯洁之神的枕头？

"当然，"盖里杨低声说，"现在我们不用怀疑这个小孩就是厄斯瑞特，他们把书放在他旁边，因为他们想除去他拥有的力量。"谢尔门的祭司怕被纯洁之神的力量所影响，失去内心的憎恨或者驱除他们的邪恶。"突然，一个隐晦的笑容出现在他脸上，好像他记起了一个过去的景象，他痛苦地皱起眉头。想到别人正在等他的解释，他说："我们一起出去吧。我有个计划，我想我们必须回到佩格。但这已经改变了一切。"

他们静静地跟在老巫师身后。古尔林认为他们必须尽快摆脱这该死的书。只要他一想到他身后背着这本书，就令他毛骨悚然。但是他并没有足够的胆量去反对盖里杨。连列奥弗德和勒米都不敢抗议，那么他可以向谁说出他的看法呢？

他们离开寺院的时候，除了祭司们的尸体在外面，没有其他尸体。奥普萨的老乡们已经将他们的朋友们埋葬好，启程回家了。盖里杨很高兴，因为那些村民已经离开了。他想，接下来的事情目睹的人越少越好。他们离开岩石地带后，他突然停下来。他环顾四周，明亮的太阳，绿色的树木，朋友们的面容，厄斯瑞特容光焕发的面容……然后，他用微弱的声音对古尔林说："我们有过快乐的时光，对吗？"

　　这问题对小伙子来说并不轻松，因为他不知道巫师到底在想什么。"我们度过了非常美好的一段日子，盖里杨，我为此感激不尽。"

　　"那我希望你会记住我，记住这段美好的记忆。还有你，列奥弗德。如果有一天，你听到了关于我的一些真实的事让你生气，我希望在你评价我之前可以回想起这些记忆，不要怀疑我所做的所有事，我可以战胜所有困难。"

　　"你到底想说什么，老朋友？"列奥弗德说，"你这样说好像要离开我们似的。我们成功了！我们找到了厄斯瑞特。但是我们还没有打败谢尔门，现在真的不是分别的时候啊。"

　　盖里杨笑了笑。那是怎样苦涩的一个微笑啊，列奥弗德和古尔林不由地战栗起来。他们不知道接下来将发生什么事情。

　　"我不会去佩格了。如果一切顺利，你们会去。如果你们在那儿需要帮助，去找鲁法斯，找茹姆泽尔的阿姆乃，告诉他你们是我的朋友。告诉他我们在阿烈湖的战斗。只有我的朋友知道这件事。"

　　"盖里杨！"古尔林咕哝着。他不知道该怎么办。在他怀里的小男孩越来越重。突然，他不敢相信地看到巫师正在打开书。古尔林冲着盖里杨喊停下来的时候，盖里杨已经翻到了最后一页。这个老男人动了动嘴唇说了简短的几个词。当听到这些令人害怕的字眼时，他们都惊呆了。盖里杨把书扔进了火堆里，然后打开了他一个戒指的盖子，一口喝掉了里面的东西。当看到指环盖上的骷髅头在阳光下闪烁时，列奥弗德发出了绝望而又愤怒的尖叫："为什么！"

　　这个老人倒在古尔林强有力的臂膀中。他的痛好像在他全身蔓延。但是，他设法用他最后的力气说了几句话：我用法术制服他。在我死之前，他已经完全无力了。你必须在我死之前阻止他。"

古尔林的眼泪顺着脸庞滑落下来，他十分难过地在盖里杨身旁跪了下来。尽管勒米非常惊讶，他想起要把孩子从这个小伙子身上接过来。奥普萨完全不知所措。他对接下来该如何做完全没有头绪。只有里德库对这个将要死去的老人不甚关心，只是注视着前面森林不断积聚起来的深红色的光，这光看起来十分不祥。

他的主人在他身边跌跌撞撞地走着，乌尔瑞克伸手扶住了他。当他发现主人身上没有任何生命迹象时，他惊慌失措了。他们的军队把特雷福尔士兵赶到厄尔特湖之前，一直进展顺利。胜利即将属于他们。失去阿苏伯真是令人难以接受。他根本不知道没有阿苏伯该如何带领这支部队。他决定将他主人死去的事保密，他命令战士们加入斗争。当他和主人一起时，他扶着他的尸体以便让大家看到笔直的身躯，好让大家相信他们将会指挥一场战争。同时，他一直对自己轻声说："振作一点！该死！镇静点！"

那光团渐渐地浓厚起来，并开始有了形状。一个接一个，他们都注意到了，尽管勒米习惯地握住了弓，但他本能地知道这样的敌人是无法打败的。他抓住还想去帮盖里杨的列奥弗德和古尔林的肩膀，带着他们到了一块岩石后面。"你们帮不了他！"他喊道，"他为了我们，牺牲了自己，我们必须打败敌人，这样他才死得有价值。"

奥普萨跟里德库早已经在岩石后了。当他们三个到达后，他们深吸了一口气。

"是谢尔门吗？"奥普萨问。他的声音因恐惧而颤抖。列奥弗德把目光从仍旧活着的巫师身上移开，盯着眼前这个逐渐显现出形状的可怕的生物上。他大得像一座小山，完全由火焰形成，不停地变幻着形状，每次都变得比前一个更可怕。

"一定是谢尔门！"他咬牙切齿地说道。他最大的敌人，使他变成粗野凶残之人的敌人，把埃尔米拉、缪塔耶奇，最后连盖里杨逐一从他身边抢走的人。"盖里杨把他召唤到这儿来了。"

这深红色的光突然俯冲向下，到了巫师躺着的地上。他想进入盖里杨的身体，但并没有成功。勒米抓了想冲过去帮助盖里杨的古尔林。看了这红光几秒钟之后，他想他明白了。

"他不能进入这个老男人的身体是因为它感觉到他愤恨的感情。但是他也不能退出来因为正用法术召唤的人是活着的。他被陷在这两者之间。他不能动直到他所想进入的那人死亡。我确定他也不能伤害盖里杨。书的力量一定比他的力量强大。盖里杨可能意识到这个他才会让我们在他死亡之前阻止他。"

奥普萨试图控制住自己的恐惧，说："盖里杨死后，就什么也没了。没有什么可以阻止谢尔门去佩格。我们只剩一点点时间了！"

众人都互相看着。他们不知道该做什么。无论勒米的箭，列奥弗德的爪还是古尔林的剑都无法灭掉这团火焰。他们不知道怎样去打败这个魔鬼。他们多么希望盖里杨在他陷入这种境地之前告诉他们怎么做。不过他也许也不知道。

就在那一刻，一个他们从未听到过的声音，一个能深深触到心灵的声音，一个可以驱除所有悲伤和仇恨的声音在他们耳边响起，"我可以亲吻他吗？"

他们全都转过头看着厄斯瑞特。这个小男孩站起来了，毫不畏惧地看着恐怖的火焰。

列奥弗德说道："我们不能这么做，他只是一个孩子，我们不能拿他的生命去冒险。"

勒米钦佩地看着男孩子，说道："我不认为他有危险，我想他明白他正在做什么。"他拉着厄斯瑞特的手，从藏身的地方了走出来。

就在谢尔门注意到那男孩的刹那，他恐惧而疑惑地大叫出声，这一叫震动了周边的一切。毫无疑问地，战之神被击溃了。

勒米慈爱地说："孩子，给他一个吻。或者做你任何想做的事，把这个恶魔送到属于他的地狱！"

这个小孩开始朝那团火走去。当盖里杨就要屈服于疼痛时，他看见小孩走过他身边。他开始对他知道名字的善良的神灵祈祷，让神灵给他多一点力量以多忍受几秒。列奥弗德和古尔林用担忧的眼神看着小男孩。里德库在奥普萨的头上，用他的小手指指着厄斯瑞特走过的地方开放的花。没人知道小男孩是否能成功，但是，看到他那由鲜花形成的足迹，他们意识到了纯洁之神的力量。

谢尔门尽可能地后退，但是他不能回到他最初出现的地方。他不能前进也不能退却到佩格城里阿苏伯安全的躯体里。他被自己的武器猎获，书的力量使他无法逃离。狂怒之下，他把火把毫不留情地扔向他的敌人。当火球降落到厄斯瑞特身上时，列奥弗德几乎晕了过去，想着一切都完了。可火焰消失了，看到纯洁之神坚定地走着，他感到如释重负。

接近谢尔门后厄尔瑞特停了下来，战神在绝望中扭动着发出尖叫，好像在乞求饶恕。他身上掉下的火焰点燃了边上的树木。然而这男孩，没有流露出不快和敌意。相反的，他像是带着同情和遗憾的表情看着谢尔门。他所能看到的是一个即将被毁灭的恶魔，为了神圣的利益，他会这样做。

他迈出最后一步，张开他的手臂，充满爱意地拥抱火团并亲吻它们。一股强风把所有的旁观者推出几米之外，附近的树木连根拔起。寺院所有的门窗都震碎了，墙壁也裂了。地面上现出深深的裂缝，一直延伸到远方。狂风持续了几秒过后，厄斯瑞特独自站在森林前。

盖里杨闭上了眼。多年之后，这是他第一次可以安心了。他看见一张熟悉的亲爱的脸在黑暗中看着他。"我希望你能原谅我。"

他细语着。

所有的人都跳起来，向着那个男孩跑去，只有古尔林等在巫师身边，直到他离开这个世界。列奥弗德先于其他人赶到厄斯瑞特身边。

他扶起男孩，拍拍他的胸脯，如释重负地说："好了，现在一切都结束了……"缪塔耶奇、厄尔莱特、盖里杨以及其他的人都可以安息了。

"这一切正是因为你，孩子！"

厄斯瑞特继续闪着光回应列奥弗德热情的拥抱，他并没有意识到他刚刚所做的一切有多么重要。他看着列奥弗德那双带着关切之情的丑陋双眼，说道："我可以亲你一下吗？"

忽然，列奥弗德的心跳停顿了一下，厄斯瑞特亲吻谢尔门时，他驱走了所有的邪恶，没有一样属于魔鬼的东西留下。列奥弗德暗想，如果厄斯瑞特也像那样亲吻他，那么奥希尔塔施加在他身上的诅咒将会消失。他就可以变回一个正常人，脱离魔爪，重返平静的生活。正在此时，一个声音在脑海深处回响，提醒他曾许下的诺言："还不到时候，列奥弗德，以后还有时间。"

他的爪子温柔地抚摸厄斯瑞特长满金发的头，说："还不到时候，孩子，我还有时间。"这个决定是如此艰难，没有任何语言比这几个字更沉重，但他必须履行他的誓言。

阿苏伯的身体在突然间灰飞烟灭，乌尔瑞克情不自禁地发出恐怖凄厉的尖叫，没有一滴血流出来，就好像他已死去多时。刹那间，长有翅膀的野兽，没有眼睛的马群和隐身士兵也变为粉末。在海边等候主人命令的莱特尔也一并消失不见了。那些在他周围巡查的鲨鱼拥挤在一起，蚕食莱特尔还没有来得及吃掉的剩余的鲸鱼。无论是兽人还是特雷福尔的士兵都清楚发生了什么。德尔特门，这个久经沙场的老将首先恢复镇定，并振作起精神。他正准备用手中的剑攻击飞向他的长着翅膀的巨鸟。他的剑刺向巨鸟的身体时，巨鸟突然间化为灰烬。德尔特门知道，神站在了他们这一边。随后他吼出复仇的呐喊声，激励他的士兵们冲到厄尔特桥前。面对暴怒的特雷福尔勇士，兽人们四处逃散。乌尔瑞克并没有怎么阻止他的士兵从船上四处逃窜。事实上，他是第一个离开的人。

当取得最后一场战役胜利后，德尔特门的名字铭刻在历史中，成为"从恶魔手中救出佩格的人"。这个事件标志着一个新纪元的开始。

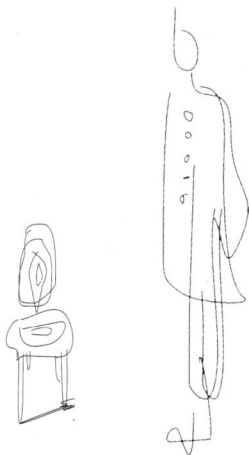

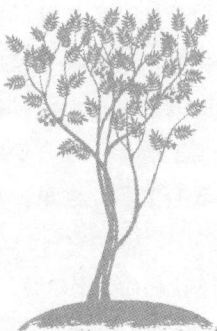

第二十三章　告　别

当箭划过空中射向对面的树时，勒米大叫了声咒语。他转身怀疑地盯着古尔林，这个年轻人正用眼角看着列奥弗德，像是在问是这座桥吗？列奥弗德自信地看着他，"再试一次，"他说，"这次偏右了点。"

勒米耸耸肩，如果列奥弗德真的能带他去佩格，他不介意站在这里射几天箭。他拿起一支新箭置于弦上，"中！"他用深沉的声音叫喊着。松开弦之后，箭在空中飞行了几秒钟，准确地到达了桥的另一边，消失在视野中。被绑在箭上的绳子也穿过那个洞，奥普萨惊奇地看着半空中的半截绳子。

"哇！这桥真的将两个地方联系在了一起！"

古尔林点点头，说："是啊，看起来是这样。"过了一会儿，他又担心地说："我希望勒米射箭的时候，乌尔唐不在寺庙，否则即使没碰到，老人也会被吓死。"

勒米，拿着桥上的一段绳子，用力地向后拉使它绷紧，固定在正确的位置，他射的箭是向下倾斜的，用这种方法，他们可以滑动到另一边。他把留下来的那段绳子绑在桥的一根柱子上，这样是能稳稳地承受他们的体重的。一直受压抑的渴望重新苏醒了，他整个人颤抖不已。"我回来了，"他轻声低语，"我怀疑我的故乡是否还在。"

古尔林意识到勒米在跟他说话，忍不住开起了玩笑，"勒米，在那儿你会发现一个战无不胜的敌人叫做变老。如果你愿意，我们现在就会留你在这里。那样会好得多，你将永远年轻，永远健康。现在我们做个交易吧！如果你认为，你变成一个肮脏的老人时，我们会去照顾你，那么你就绝对错了！"

魁梧的勒米用一种很生气的表情低头看着这个年轻人。看到他朋友的笑容时，他意识到这仅仅是一个玩笑，便放松了许多，"我真的是老了，孩子。如果有人会害怕变老，那这个人就是你。"

他举起手臂绕在绳子上，开始向另一边快速滑行。所有看着他滑行的人都屏住了呼吸，摇摆的桥柱发出了令人恐怖的声音，就像桥断了一样，但它并没有断。勒米吊在半空中到达终点时，所有人都松了口气。"他成功喽！"古尔林挥舞着他的拳头，"坚持住，佩格！你的英雄们来了！"

古尔林转身温和地看着奥普萨和里德库，他们正忙着在地上画着什么。厄斯瑞特敏锐地观察着里德库，它像是一个值得爱护的玩具。古尔林用悲伤的眼神掠过"彼岸之地"的土地。不管怎么样，他将怀念这个地方。当想起盖里杨时，突然间他眼睛里充满了泪水。他怎么可能忘记这个地方，他们是在这片土地上埋葬了他们的朋友。

在拉绳子之前，他有点犹豫地问古瓦德："你会成为我的朋友，对吗？"

他的声音听起来好像一个否定的回答会让他很受伤。

列奥弗德笑着点了点头，"我会在你后面，走吧！"看着古尔林，他对自己说，"即使没有人欢迎我，我还是来了。"

事实上，他更喜欢待在孤立的被上帝降罚的小村庄里，在那里，人们可以接受他，在那里，他的丑陋会被隐藏。尽管他珍惜古尔林这个朋友，但这不是他回到佩格的唯一理由。他要去找那个与他的过去相关的一个人，看看她在战争后是否还好。为了能再去看一次埃尔米拉的微笑，他能打败任何等待他的敌人。

他拍拍奥普萨的肩说："这些小家伙都要你来照顾了，我忠实的朋友。送厄斯瑞特去他的寺庙吧，他属于那个地方。不要让里德库为了别人而牺牲了自己，它应该得到更多的回报。"

一想到他可能永远不会遇见到第二个神，他敬仰地看着厄斯瑞特。天真无邪的力量是巨大的。如此强大的敌人没能带走他的生命，如果要为这个无辜纯洁的孩子献出生命，他连眼都不会眨。他的视线从厄斯瑞特移到旁边可爱的小家伙，看到它在地上高兴地画画。尽管他知道他的朋友在希维尔寺庙焦急地等待他的归来，他还是禁不住来到它的身边。他把手放在它的头上，小心翼翼地怕吓到它："我现在要走了，里德库。"

里德库，用伤心和不知所措的表情看着亲爱的劳弗德。好像在说："走！很远？真的吗？"

"是的，"列奥弗德说，"我很愿意带着你一起走，但是待在这里的人更需要你的帮助和友谊。"

小家伙停下了画画，伤心地低下了头。几秒钟后，它抬起头，尽管眼泪在眼眶里闪烁，它还是表现得开心。

"劳弗德！他是对的！每个人！我必须留下来！"

"你必须待这儿，里德库，"列奥弗德低声喃喃道，"你能告诉我你在画什么？对不起，我没早点问你。"

费了很大的力气，里德库看着那幅画叫着，"这……我的法术！"他换了口气接着说："我的代表作！"

"法术？"列奥弗德惊叹道，他完全不明白这代表什么。如果盖里杨在旁边的话，他相信他对这个话题有兴趣。"这个法术有什么用呢？里德库！"他好奇地问。

这个小东西，盯了他几秒后，显示出发现重要秘密时的表情。"法术！"它说，"很好！"

列奥弗德摇了摇头，很显然他不明白这个天真的小家伙。但老实说，在那个时候这并不重要。因为还有很多秘密等待他去解开。谢尔门被打败了。他们已经达到了来这儿的目的。但这一切之后，他觉得还有比谢尔门更大更邪门的事情。盖里杨死前说的那些奇怪的话，诸如谁在他们之前进入了谢尔门的寺庙，这本充满邪恶力量的书是怎么落在阿苏伯手里的，什么原因使瑟琳娜禁止他变回人类……所有的问题都像嗡嗡作响的蜜蜂一样在他头脑里回荡。这个被称为"法术"的东西和这些谜题有关。他内心知道这是解开所有谜题的关键所在。他将一个一个去处理。但前提是，他必须先保证埃尔米拉的安全。

他最后一次摸了里德库的头。"如果有一天你和主人重逢了，我的小朋友，"他说，"别忘了我们以佩格的名义谢谢他。他真的帮了我们。"

他转过身快速地走到桥边，用手抓着绳索，滑到桥的另一边。

新的一天在黎明中到来，乌尔唐的老婆愤怒地离开了房间，乌尔唐害怕地掉了手中的水桶。他发呆地看着从桌上和椅子上流下来的水向整个地板蔓延开来，随后他迅速拿了块布试着整理干净。

"别去理会那些水了！"老妇人喊道，"就让它去吧。我有好消息要告诉你。"

乌尔唐仍然蹲在那里怀疑地问道："发生什么事了？你又梦到了怎样的诅咒？"

老妇人走到她丈夫身边，往他腋下一伸把他举了起来。她笑眯眯地看着丈夫的圆脸，"我看见了那个把你带到我身边的朋友仍

然活着！他们没有像你想象中的那样受到希维尔的惩罚。我见到
他们都安全无恙！"她停顿了一下，降低嗓音说，"只是，我没看
到老巫师，"然后她补充道，"不过这并不意味着他不好。"

乌尔唐很兴奋。尽管不熟悉他们，但他也为他们祈祷了好几
个月，他们救过他。听到他们都很好，他非常开心。

他欢快地问道："他们现在在干吗？快点，夫人！告诉我你所
见到的一切，他们安全吗？"

妇人的脸一下子阴了下来，努力使声音不显得太焦虑，她说：
"我不太肯定。事实上，他们看起来似乎面临着一些危险。但是
谁能伤害把你从贝尔塔布和享姆萨的海盗和野兽的魔爪之下成功
营救出你的人呢？"

"你看见了什么？不要隐瞒。"乌尔唐大声咆哮道。

"他们在一艘巨大的船上。"她心不在焉地答道，就好像她又
在梦里一样。高大的野兽和年轻人肩并肩，看着大海里的某个地
方，他们因恐惧而面色苍白。另外还有其他的一些人，一个巨大
的兽人，他的一条胳膊比另一条要粗壮一倍多；一个表情骄傲的
女人，她比我所见过的女人都要漂亮；还有一个前额上带有疤痕
的男人。女人的衣服表明她是来自富尔岛的女巫师。但另一个陌
生人看起来有些奇特。他们都恐慌地看着同一方向，似乎都被所
见的景象惊呆了。"

乌尔唐兴奋地问道："他们在说些什么吗？"

女人闭上眼睛，开始努力地冥想。当她再次睁开眼睛时，她
看起来更自信，说："我只听到一句话，那个救你的男人说的。"

"老太婆，别让我着急了，他说了什么？"

"到目前为止我们所看到的一切跟这个比起来简直就是小儿
科，不是吗，我的朋友？是的，这就是那个男人所说的……"

第一本书结束于此。
第二本书里，我们的英雄将开始新的冒险，
去人们从来没到过的地方，
建立新的友谊，
他们发现原来很多事情都错了。
一切都不容易……

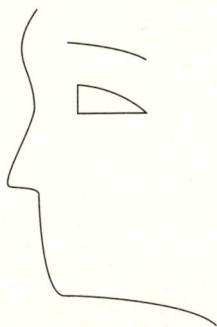

图书在版编目(CIP)数据

佩格传奇. 第 1 部, 懦夫与野兽/ (土) 穆斯特贾布奥洛著; 方凡等译.—杭州: 浙江大学出版社, 2012.8
　ISBN 978-7-308-10431-9

　I.①佩…　II.①穆…　②方…　III.①长篇小说—土耳其—现代　IV.①I374.45

中国版本图书馆 CIP 数据核字(2012)第 197454 号

Barış Müstecaplıoğlu
Perg Efsaneleri Korkak Ve Canavar (The Coward and the Beast)
© 2007 Barış Müstecaplıoğlu/Dualar Kalıcıdır
本书得到土耳其文化旅游部（TEDA）的资助

图字：11-2011-132号

佩格传奇（第一部）懦夫与野兽

[土耳其] 巴里希·穆斯特贾布奥洛 著

方 凡　顾 晔　高 莹　谢国建 译

责任编辑	张　琛 (zerozc@zju.edu.cn)
文字编辑	李　晨
插　　画	Ertaç Altınöz (封面及内文)
封面设计	杭州墨华文化创意有限公司
出版发行	浙江大学出版社
	(杭州天目山路 148 号　邮政编码 310007)
	(网址: http://www.zjupress.com)
排　　版	杭州中大图文设计有限公司
印　　刷	浙江云广印业有限公司
开　　本	850mm×1168mm　1/32
印　　张	8.5
字　　数	165 千
版 印 次	2012 年 8 月第 1 版　2012 年 8 月第 1 次印刷
书　　号	ISBN 978-7-308-10431-9
定　　价	26.00 元